時帰りの神様

成田名璃子

双葉文庫

目次

プロローグ

⛩

突然ですが、あなた、神様に選ばれたお方ですね。

え？　いえいえ、怪しい宗教の勧誘じゃ決してございません。

ああ、一条《いちじょう》神社へ向かう途中で道に迷われたんですね。

ほっほ、やっぱり選ばれていらっしゃる。

いえいえ、こちらの話です。

さ、私《わたくし》に付いていらっしゃいませ。神社までご案内いたしましょう。

鶴岡八幡宮《つるがおかはちまんぐう》から足を延ばされたのですか。今日はお天気でようございました。この晴天なら、階段の上からさぞくっきりと海が見晴らせましたでしょう。

由比ガ浜《ゆいがはま》から大鳥居まで太くまっすぐに伸びる若宮大路《わかみやおおじ》は、まさに古都・鎌倉《かまくら》の中心部。今は昔、鎌倉幕府の趨勢《すうせい》を現在へと伝える、堂々たるたたずまいですから。

鶴岡八幡宮を取り巻くようにして、鎌倉には、大小様々の神社仏閣が点在しておりますのはご存じのとおり。相模湾《さがみわん》を望む長谷寺《はせでら》、美しい竹林で知られる報国寺《ほうこくじ》、あじさい寺の名でも親しまれる明月院《めいげついん》など、一年中、参拝客でにぎわっておりますが、そちらはもう何度も詣《もう》でていらっしゃると？　なかなかの鎌倉通ですね。

この北鎌倉へはバスで？　ああ、途中からの道が地図に出てこなかったのですね。ええ、確かにこちらの道は、同じ町内の方でも氏子《うじこ》のみなさんしか通りません。

さ、よほど注意していないと見過ごしてしまうこの控えめな案内板をご覧くださいませ。〈一条神社〉と書いてございます。

こちらを右に入って、細道をお進みくださいませ。

竹の葉音《はおと》は歓迎のしるし。飛び石の上では光が踊って道案内をしているようです。どうやらあなた様は、こちらの神様にかなり歓迎されているようですね。

ほっほ、ですから勧誘などでは。

え？　新緑に胸が澄んでいくような心地がする？

そうでしょうとも。あたりに清らかな空気が満ちておりますでしょう。この先に湧き水もございまして、氏子のみなさんがお水取りにいらっしゃることもあるのですよ。

さあ、この先は、いよいよ境内《けいだい》でございます。

向こうに見えるのが本殿と拝殿がいっしょになっている本拝殿。あのとおりの破《や》れ神社でお恥ずかしいのですが、掃除は行き届いております。神主《かんぬし》みずから毎朝、隅々まで清めておりますから。

え？　掃除のアルバイト？

幕府が鎌倉に移ってくる前からの神社ですからずいぶんと歴史は古いのですが、この人《ひと》気《け》のなさ。台所事情はお察しでございましょう？

それでも、竹林を眺めながらゆっくりとお抹茶《まっちゃ》を召し上がっていただける休憩処〈こよみ庵《あん》〉は、神主が設計し、建設会社をいじめにいじめ抜いた低予算で、たいそうモダンな建物となっております。

よろしければ、さっそくご一服いかがですか。

参拝が先？　それもそうでございますね。

それでは、あとで必ず庵《あん》にも立ち寄ってくださいませ。

久しぶりの参拝客ですし、巫女《みこ》が、今朝からそわそわとお待ちしていたようですから。

それでは、ここでお暇《いとま》いたします。

おや、私の名ですか？

これはこれは、すっかり自己紹介が遅れてしまいました。

私は、白猫のタマ。歳はとうの昔に数えるのをやめました。尻尾《しっぽ》は割《さ》けておりませんが、もうずっと長いこと生きているのは確かでございます。少なくとも、この神社の神主、巫女の兄妹が生まれるずっと前、先々代の神主が子どものころにはもう、ここにおりました。

そろそろお気づきですか？　この神社、少し不思議な場所なのでございます。

時間が歪む場所、とでも申しましょうか。

私がこうして、いつまでも若猫のまま歳を取らないのも、御柱《みはしら》である聖神《ひじりのかみ》のご神威なのかもしれません。

聖《ひじり》は、日知《ひし》り。つまり暦《こよみ》の神である聖神様は、時を司《つかさど》っているのですから。

あなた様にもきっと、時の御利益《ごりやく》がありますように。

それでは、長々と失礼いたしました。

ようこそ、一条神社へ。

どうぞお気をつけて、あの日へいってらっしゃいませ。

第一話　この胸キュンは誰のもの

一条神社の神主、若宮雅臣《わかみやまさおみ》は映《ば》える。

兄が本拝殿の清掃にいそしむ横顔をこっそりと撮影し、妹であり巫女でもある若宮汀子《ていこ》は、ハッシュタグをつけてSNSに投稿した。
#一条神社　#神主　#イケメン　#鎌倉　#駅近
駅近はかなり無理があるが、この際、なりふりかまっていられない。今は一人でも多くの参拝客に足を運んでもらいたかった。

床を光るほど磨く兄を見つめ、汀子は入口で小さく息を吐く。

確かに雅臣は、八百万《やおよろず》の神々が祝福を授けたような見事な造形の持ち主だ。きめの細かな色白の肌、こめかみに向かってすうっと流れる涼やかな一重。眉毛はくっきりと太く、唇は薄く引き締《しま》っており、やや酷薄な印象を与える。それがまた、氏子のお婆様《ばあさま》がた、もとい、お姉様がたには、光源氏《ひかるげんじ》もかくやなどと、たいそうウケがいい。

ただ――中身が残念なのである。潔癖症の完璧主義、口が悪いうえに無愛想《ぶあいそう》。ゆえに、特定の恋人は汀子が記憶する限りいなかったはずだ。設計事務所を退職してこの神社を継いだから、出会いがなくなったせいかもしれないけれど。

それでも、趣味の掃除をしているときは機嫌がいい。今日は難しい汚れでも落ちたのか鼻歌まで聞こえてくるから、もしかして快く新しい客を受け入れてくれるかもしれない。

汀子は意を決して、兄に声をかけた。

「お兄ちゃん、今日、来るから」

鼻歌がぴたりと止む。先ほどまでかすかに上がっていた形のいい唇が、ぐっと引き下げられた。

「またか」

「夢で見たもの。二十代半ばくらいかなあ。かわいい人だったよ」

「参拝客の容姿なんて興味ない。それより、まともな理由の持ち主なんだろうな」

「それはわからないよ。でも夢に出てきたってことは、聖神様が認めたってことでしょう」

「にゃあ」

いつからそこにいたのか、タマが汀子の足もとに顔をこすりつけてくる。

「ほら、タマだってそう言ってるじゃない。タマ、お客様が道に迷いそうだったら連れてきてあげてね」

「にゃあ」

タマをひとなでしたあと、汀子はあらためて兄に向き直った。

「いい？　お兄ちゃんがあんな立派なお抹茶処《まっちゃどころ》をつくっちゃったせいで、うちは破産の危機なんですからね。ご寄進、お賽銭《さいせん》、ありがたく」

「おまえは、〝かんながら〟の意味も知らないのか」

雅臣の呆《あき》れ顔に、むっと言い返す。

「知ってるよ。神様のご随意にってことでしょう。その結果がこれ、この貧乏暮らし。いい？　私は、大学生なの。テストとかキャンパスライフとかいろいろあるの。ほかにも巫女さんのバイトを雇えるくらいには財政状況を回復してもらわないと」

「わかったよ。話くらいは聞いてもいいけど、くだらない理由だったら断るから」

まったく、頑固なんだから。

ぷっと頬をふくらませると、汀子はタマを連れてその場をあとにした。

大学で講義のない今日は、夕方までこの〈こよみ庵〉で店番をしているのだが、何しろ人が来ない。ご近所の厚意であちこちに看板を設置してもらっても、ぜんぜん来ない。売上帳は日々、驚きの白さである。

たまに、ＳＮＳの投稿を目にした若者たちが映えを求めてやってくるも、彼らの賽銭など最高額でも五百円。罰《ばち》当たりな考えだとは思うが、貧乏神社には焼け石に水の額だった。

今日の参拝客が、お金持ちのお嬢様だといいんだけど。

「にゃあ」

庵の入口でタマが鳴く。

「あれ、もういらっしゃったの」

外へ出てみると、夢で見たとおりの女性が何やら熱心に手を合わせていた。

⛩

お参りを終えると、ふと気配を感じた。足もとを見下ろせば、沙織《さおり》の目をじっとのぞくようにして先ほどの白猫が行儀よくたたずんでいる。

春にしては肌寒い山道で迷ってしまい、靴擦《ず》れしたかかとの上あたりをさすってかがんでいたところへ、この猫が「にゃあ」と話しかけてきた。妙に品のいい猫で、まるで道案内でもするように「にゃあにゃあ」と鳴きながら、沙織を振り返り、振り返り、この一条神社まで連れてきてくれたのである。

赤い首輪をしているから近所で飼われているのだろうとは思っていたが、神社の猫なのだろうか。瞳は薄いブルーで、時計の目盛りのように虹彩《こうさい》がぐるりと浮かんで見える。

「おまえ、ここの子なの」

白猫は、頭をなでようとした沙織の手のひらをすり抜け、少し進んでこちらを振り返った。先ほどと同じように、まるでついてこいと言わんばかりである。

「あっち?」

しっぽが遠ざかっていく右手に目をやると、本拝殿の破れ具合には似つかわしくないモダンな建物が目に入った。社務所だろうか。それにしては、販売物もなさそうだ。

興味をひかれて近づいていくと、ちょうど入口に巫女さんが出てきた。楚々《そそ》とした立ち姿で、澄んだ瞳をこちらに向けている。

「いらっしゃいませ。さ、どうぞどうぞ。お待ちしておりました」

「え」

思わず振り返るが、沙織の後ろには誰もいない。

「私、ですか」

「もちろんです。お抹茶でもいかがですか。こちらから見る竹林、ものすごく人気の撮影スポットなんです」

「人気の――？」

思わずこぼれた沙織の疑問には答えず、巫女は笑みを貼りつけている。先ほど澄んで見えた瞳は、むしろ世俗的な光を宿してギラついていた。

「えっと、私、少し急いでいるので」

「あ、待ってください」

巫女は慌《あわ》てて駆け寄ってくると、沙織の腕をがっしりとつかんだ。

「何か、後悔していることがあるんじゃないですか」

驚いて足が止まる。

「どうしてそんなことを？」

風が境内を渡り、竹林がざわめく。

「あなた、うちの神様に呼ばれてここに来たんです」

「はあ」

さんざんネットで検索し、ここなら御利益がありそうな気がしてやってきたのに、もしかしてハズレの神社に詣でてしまったのだろうか。

助けを求めて周囲を見回すが、人っ子ひとり見当たらない。

「よかったら、お話ししていきませんか。今、ちょうど暇ですし」

「それは、見ればわかりますけど」

ぐ、と声を詰まらせた巫女は、それでもめげずに勧誘してくる。

「うちのお抹茶、本当においしいんですよ。それに絶景ですし。ここまでいらっしゃったなら、足も疲れてますよね」

確かに、靴擦れも相まって、沙織の足は鈍く痛んでいた。

「さ、どうぞどうぞ。よかったらお話も聞きますから。お名前は？」

「板谷《いたや》沙織ですけど」

やや強引に背中を押す巫女にうながされるまま、〈こよみ庵〉と看板の出ているガラス張りの建物へと足を踏み入れていた。

断ろうと思えばそうできたものを、なぜ巫女に言われるがまま来てしまったのだろう。

席に着きながら、ぼんやりと思う。

——後悔していること、か。

たいていの大人ならとっくに乗り越えているであろう青く苦い想い出を、今も後生《ごしょう》大事に抱えて手放せずにいる。

沙織の話を聞いたら、この巫女も笑うだろうか。

巫女は、若宮汀子と名乗った。長い髪を後ろで一本に束ねており、まっすぐに切りそろえられた前髪の下には、星を宿したような大きな瞳が並んでいる。顔のサイズは、少し大きめのおにぎりひとつ分しかなさそうで、まるで古い少女漫画に出てくる主人公のようだった。

「メニュー、お抹茶と和菓子のセットだけなんです。少々お待ちくださいね」

汀子が奥にひっこむと、しばらくしてお抹茶を点《た》てる小気味のいい音がかすかに響いてきた。

お社《やしろ》とはあまりに雰囲気の違う和モダンの抹茶処は、座席の眼前が全面ガラス張り。向こうは視界のつづく限り竹林となっており、汀子が撮影スポットと言ったのもうなずける。この風景を独り占めできるなら、思い切って入店して正解だったかもしれない。

ただ、落ち着いておしながきに目を落としてみれば、『抹茶セット　千八百円』とある。けっこうなお値段だった。

しかも神様に呼ばれて、とか、なんとも――。

用心せねばと沙織が背筋を正したところへ、お盆が運ばれてきた。

「お待たせしました。こちら、裏小町《こまち》通りで人気の日本茶カフェの抹茶を使って点てたんですよ。お茶請けは、老舗《しにせ》のおきな屋さんの木《こ》の芽薯蕷《めじょうよ》です」

「へえ」

お抹茶のすぐ脇には、表面に木の芽を載せたころんと丸い和菓子が品よく添えられている。新緑に似た香りが、ふわりと漂った。

配膳を終えたあとも汀子が何か話したそうにしていたが、先ほどの強引な様子からして宗教の勧誘かもしれない。知らんぷりを決めこんで、沙織は抹茶をいただいた。

「あ、おいしい」

抹茶にしては苦みが少なめで、さわやかな香りが抜けていく。まさに今の季節によく似合う味わいだった。

「ありがとうございます。あの、さっき言いかけたことなんですけど、何か後悔があってこちらにいらしたんですよね」

やはり沙織のそばでたたずんだまま、汀子が踏みこんでくる。

身を固くして、素っ気なく答えた。

「人って、何かしらの後悔は抱えてるものでは？」

とげとげしい返事だったが、汀子は気にする様子もなくさらに畳みかけてきた。

「もしも過去の、ある時点に戻れるとしたら、戻りたいですか」

「そりゃまあ、帰れるんだったら帰りたい日がありますけど。そんなこと、考えても無駄だし」

「そうとも言い切れませんよ？　あ、お兄ちゃん」

汀子が店の入口に目をやる。つられて沙織が向き直ると、汀子とはまた方向の違う美《び》丈夫《じょうふ》が、いかにも不本意だという表情で立っていた。

「ご紹介しますね。この無愛想なのが、兄の若宮雅臣です。神主をしています。お兄ちゃん、ご挨拶は？」

「ようこそいらっしゃいました」

まるで子どものように妹に催促され、神主がかたちばかり頭を下げる。

「――どうも」

ふたりとも、ファンクラブのひとつやふたつ存在してもおかしくないくらいの美しさで、どこか浮世離れして見える。こそこそと話したあと兄妹が同時にこちらを見る目つきには、自然と背筋が伸びるような鋭さもあった。

何なの、この人たち。

雰囲気のいい抹茶処もあり、うまくやればそれなりに繁盛《はんじょう》しそうなものなのに、この閑古鳥《かんこどり》。本殿の破れ神社ぶりに比べて、抹茶処にはかなりの予算を割いたように見えるのも気になる。

だんだんと気味が悪くなってきて、沙織は無意識に椅子を引き、ふたりから距離を取った。

「お兄ちゃん、この方、板谷沙織さんっておっしゃるんですって。やっぱり後悔していることがおありになるみたい」

神主が、不承不承《ふしょうぶしょう》といった体《てい》で答えた。

「中途半端な気持ちで過去に戻ったって同じ過ちを繰り返すか、もっと悪くしてしまうのが関の山でしょうね」

小馬鹿にしたような声に、沙織のほうでも、つい鼻で笑ってしまった。

「まるで本当に過去に戻れるみたいな言い方ですね」

汀子がぱっとこちらに向きなおる。

「戻りたいですか」

「いや、だから、考えても無駄だと思うんですけど」

さすがにいらいらとした声を出してしまい、小さくため息をつく。時の神様に参拝し、後悔を解消してすがすがしい気持ちを手に入れたかったのに、これでは本末転倒である。

汀子がにわかに姿勢をただし、射貫《いぬ》くような視線を送ってきた。つられて、沙織の背筋もぴんと伸びる。

「戻れます。もし、お望みであれば」

「はい？」

そういえば鳥居もなかったし、もしかしてここは、きちんとした神社ではないのだろうか。この後、前納金として高額な請求をされるかもしれない。

バッグの持ち手をぎゅっと握りしめて沙織が立ち上がろうとしたとき、汀子が小さく叫んだ。

「無料ですからっ」

「え？」

「時帰《ときがえ》りって、うちの神社では古くから呼ばれてます。御祭神である聖神の得意技で、人生で一度だけ、望んだ日に戻れるんです。でもみんながみんなできるわけじゃなくて、時帰りする人は聖神が選びます。選ばれない人は、どうやってもできません。それに」

無念そうに口元を引き結んだあと、汀子がつづける。

「神様のご意向かお金もとれないみたいなんです。以前、強引に受け取ろうとしたら本拝殿の裏に雷が落ちて、一部がボロボロに」

強引に——？

汀子の大きな目が、かすかに潤《うる》んでいた。一気にしゃべったせいか、肩で息をしている。

なぜこんなに必死なのだろう。

恐ろしさのあまり泣きたいのは、むしろ沙織のほうである。

「で、でも神様が選んだってどうやったらわかるんですか」

「その方が参拝している様子が、その日の朝、私の夢に出てくるんです」

抹茶処に、沈黙が落ちる。

持ち手をますます強く握りしめながら、沙織は尋ねた。

「つまり、私もあなたの夢に出てきた、と」

「はい、今朝の夢に。服装もまったく同じでした」

「ちなみに、時帰りするもしないも、完全にあなたの自由です。汀子の夢に出てきても、時帰りせずに立ち去る人も大勢います。というか、そっちのほうが主流ですし。だってそうでしょう。まともな感覚の人間なら、時帰りなんて信じるわけがない」

むしろ、信じられても迷惑だとでも言いたげな様子で、雅臣が口を挟んだ。

「ですよね。では、私も帰らせていただきます」

沙織が即答して席をたつと、汀子が兄をきっとにらんだ。しかし、にらまれた雅臣は、なぜか満足気だ。

断るのは自分なのに、雅臣の顔を見ていると、こちらが断られた気分になる。

脳裏に、あの日の光景がフラッシュバックした。

――ごめん、俺、板谷とはつき合えない。

断られるのは、嫌いだ。つらい。悲しい。

ほんとうに戻れるのなら、今度こそ告白をやめて平穏にあの日をやり過ごし、その後の人生を変えてみせるのに。今みたいな冴《さ》えない人生から卒業して、明日行われる同学年の同窓会にもキラキラしている自分を見せつけにいくのに。

もしも、本当に時帰りなんてことができるなら。

でも――。

「そんなあり得ない話に、やってみま～すなんて気軽に返事をできる性格なら、こんな人生送ってませんよ。第一、もし万が一、本当に時帰りとかいうのができるとして、何か後遺症とかないって言い切れるんですか？　だって時をさかのぼるんですよね？　それに、今の私ってどうなっちゃうんです？　よくあるじゃないですか、過去を変えたら今の自分が消えちゃうとか、大事な人の人生が変わっちゃうとか」

「どうするんだ、突然キレだしたぞ」

雅臣が、面倒そうにぐっと眉間に皺《しわ》を寄せた。

「お兄ちゃん、失礼だよ。沙織さん、私たちが急ぎすぎました。もう少しくわしく説明させていただきますから、まずは一度座ってください」

「嫌です。帰ります」

バッグを両手で抱え、大股で出口へと向かう。

「でも、何もしなかったら、今のままですよ」

「ぐ」

痛いところをつかれ、沙織は思わず足を止めた。

「今のままで何が悪いんですか」

「だって、今のままが嫌だから、お祈りしにわざわざこんな山奥まできたんですよね？　過去は今に連なっています。つまり、過去を変えれば、今も変わるんです。そのチャンス、本当に見送りますか？」

「それ、一見ポジティブな言い方ですけど、ただの脅しですよね」

「まさか。でも単純に戻ってみたくないですか？　過去に」

ずいぶん簡単に言ってくれる。おそらく汀子のような存在には、大切に想う相手から拒絶される惨《みじ》めさなど想像もつかないのだろう。

帰ろう。

ふたたび出口へ向かおうとした。したのに、なぜか沙織の足は動かない。

今のままですよ、なんて呪いだ、脅しだ、神職のやることではない。

そう思うのに、汀子のひと言が、錨《いかり》のように沙織をこの場に止める。

大きくため息をついたあと、ぐったりと席に座りこんだ。

「話を聞くだけなら」

「ほんとうですか」

汀子の顔が、わかりやすく輝いた。お金を巻き上げられないか、このまま帰れなくなったりしないか、やはりいろいろと心配でたまらない。

バッグを膝にのせたまま、沙織は深呼吸をした。

説明のために渋々といった様子で口を開いたのは、汀子ではなくそれまでほとんどしゃべらなかった雅臣のほうだった。

「さっきも汀子が伝えたとおり、時帰りできる人間はここのご祭神が選ぶので俺たちは関与できません。それと、大きな歴史を変えるようなこと、人の生死に関わる出来事を根本的に変えることも無理です。たとえば、過去の戦争を止めることはできないし、家族やペットの死を避けることはできない。誰かに悪影響が出るような大きな変化は、時帰りで起こすことはそもそも不可能なんです。あとは、時帰りしていることを周囲の人に伝えることはできません。現在に戻ってからも、他人には言えません。物理的に口を動かせなくなります」

「なるほど。なんだかすごいですね」

「身体的な影響も今までの例からいくと、ふらつくくらいで、大きな悪影響は起きていない。ただ、過去の行動をやり直して未来に変化があった場合、それまでたどってきた本来の記憶はぼやけて、時帰りをした人生のものに置き換わるようです。時帰りしたという事実は、やがてきれいに忘れます。俺たちのことや、この神社のこともね」

ということは、このつらい記憶も忘れてしまえるの？

それまで拒絶するばかりだった沙織の心が、にわかに時帰りへと傾いた。まあ、どうせ時帰りなどできないだろうが。

ただ、万が一本当だったとしたら、そんなすごい出来事をぜんぶ忘れてしまうのは少し残念な気もした。

雅臣が感情の読めない平坦な声でさらにつづける。

「もう一度だけ警告しますが、大きな出来事を変えようとすると、結果が変わらないだけでなく、結果に至るまでのプロセスがより悪くなることもあります。決して変えようとしないことですね」

「どういうことです？」

「たとえば過去、死んでしまった誰かを助けたとして、その相手が亡くなる事実は変わらないうえに、もっとつらい死に方をする可能性があるということです」

雅臣の瞳がほの暗く光った。

時帰りなど信じていないはずの沙織の背筋が、ぞくりと冷える。

「これでわかったでしょう。時帰りなんて決していいことばかりじゃないし、遊び半分でやるものでもない。ああ、最後に付け加えると、時帰りができるのは一生に一度だけ。しくじったからってもう一度やり直すことは絶対にできません」

雅臣の語りが終わると、その場に沈黙が満ちた。

この人、真面目に言ってるの？

雅臣にしてみれば、沙織をこのまま帰らせようと、わざと凄味《すごみ》をきかせたつもりなのだろう。しかし沙織のほうは、ここまで馬鹿馬鹿しい設定を、さも本当のように話され、逆に好奇心が刺激されてしまった。

帰っても、明日の同窓会のことを考えて憂鬱《ゆううつ》になるだけだし。こんな話、絶対に嘘だし。

興味本位とちょっとした悪意がないまぜになって、気がつくと沙織は答えていた。

「私、やってみます」

「は？」

面食らった雅臣に向かって、にっこりと笑みを貼りつける。

「だから、やってみます。その時帰りとかいうの、ぜひお願いします」

もしかして、何か心理学的なセラピーでもしてお茶を濁すだけかもしれないが、それで気持ちが楽になるならもうけものではないか。

「わあ、ありがとうございます」

喜ぶ汀子に向かって、念を押した。

「本当に、過去に帰してもらえるんですよね」

「もちろんです。その代わり、この神社のこと、映え神社としてSNSで投稿していただけませんか。時帰りなんて関係なく、一度来ていただけさえすれば、この竹林とか、澄んだ空気とか、兄の見た目とか、けっこうお客様に気に入っていただけるポイント、色々とあるはずなんですよ。なにとぞお願いいたしますっ」

「は、はあ。まあたしかに、お兄様は口さえ閉じていれば――」

汀子とふたり、思わず同時に雅臣を見てしまう。

「放っておいてください。それに俺はまだ認めません。どんな理由で、いつに帰りたいのか。それを聞いてからじゃないと、時帰りさせるかは決められない」

沙織をにらみつける雅臣の手の甲を、汀子がつねる。

どうも、見た目と行動にギャップのある兄妹ふたりである。

沙織は、あらためてふたりと向き合った。

「できるだけくわしく話してください」

雅臣が圧迫面接の面接官のような態度で尋ねてくる。ただ、沙織も雅臣の威圧に免疫ができつつあるようだ。

「くわしく、ですか？」

さも面倒そうに尋ね返してしまった。

「それが最低条件です。あまりにくだらない理由だったり、無意識にでも悪意のある理由だったらきっぱり断ります」

後悔しているのは、沙織にとってぬぐってもぬぐいきれない黒歴史だ。少し躊躇《ちゅうちょ》したが、仕方なく打ち明けることにした。

「高校二年の春に戻りたいんです。戻って、当時好きだった彼に告白するのをやめます」

「――告白、ですか」

汀子が拍子抜けしたようにつぶやき、隣の雅臣もぽかんと口を開けた。

「わ、私にとっては大事なことなんです。彼に告白したのを同級生に見られて、ばらされたんです。クラス中の男子からからかわれるし、モテる人だったから、女子からは総スカンを食らうし。彼からも、もちろん振られて避けられるようになって」

「あるあるですね」

「いや、あなたたちには、なしなしだと思いますけど」

この世はあらゆる面で格差社会である。

差しだされたコップの水をぐいっと飲みほして、沙織はつづける。

「それからの人生は悲惨のひと言でした。傷心のせいで勉強にも身が入らなくて、第一志望どころか、合格確実だった第二志望群の大学にも全落ちして、ストッパーの第六希望の大学にかろうじて引っかかりました。不本意な大学だったから、あんまりキャンパスライフも楽しめないし、友だちもできないし。就職だって誰も知らない小さな会社にしか内定が出なくて。男っ気なし、貯金なし、将来の希望なしの三重苦です。でも——」

ひと呼吸おいて、神主と巫女を交互に見る。

「あのとき、告白さえ思いとどまっていたら、私、今はもっといい人生を送っていた自信があるんです。そしたら、明日の同窓会だって笑って出席できる」

欠席しようかとも思ったが、大人になった件《くだん》の告白相手の今の姿を、できれば遠くからでも見たい。

「思ったとおり、くっだら」

「お、に、い、ちゃ、ん」

雅臣の声を、汀子がさえぎった。

「わかったよ。でも、その出来事、日づけなんて正確に覚えてるんですか?」

「九年前の三月十三日。春休みになる一週間前です。振られてもあと一週間でクラス替えだしって思い切れたから」

「へえ。でも振られてからの一週間って地獄——」

「お、に、い、ちゃ、ん」

「わかりました」

ため息をついて立ち上がった雅臣が、出口へと向かう。

兄の態度を謝罪したあと、汀子が沙織をうながした。

「さ、私たちも行きましょう。注意事項をお話ししたら、時帰りの儀式を始めさせていただきますので」

「え、今からですか」

「はい。今からすぐに、九年前の三月十三日へお送りします」

「でもそれって退行催眠とか、いやな記憶をカウンセリングで整理するみたいなことなんですよね？」

汀子は頭を左右に振って、沙織を庵の外へとやや強引に押しだす。

「正真正銘、〝あの日〟に戻ってもらいます」

汀子が、立ち上がった沙織の背中をぐいぐいと前へ押した。

「え、いや、まだちょっと心の準備が」

「大丈夫、大丈夫。みなさんそうですから」

汀子が向かったのは、先ほど参拝した本拝殿である。小綺麗な建物からこちらへ戻ってくると落差が激しく、よりいっそう貧相に見えた。

ご神体らしい鏡を背にして、雅臣がすでに正座して控えている。庵で相対していたときには美しいけれど俗物といった様子だったのに、同じ人物とは思えぬほど凛《りん》とした気を発していた。近づくにつれ、沙織の露出している肌の部分がぴりぴりと小さな刺激を感じだす。

なんだかすごい緊張感。まさか、ね。

「靴を脱いでこちらへ。今からいくつか注意がございます」

「はい」

雅臣のおごそかな物言いにごくりと唾を飲みこんで、板敷きへとあがった。雅臣の真正面に座したちょうどそのとき、風がぴたりと止む。境内の木々がこちらの様子を息を潜めてうかがっているようだった。

「今から俺が祝詞《のりと》をあげて、汀子が神楽《かぐら》を舞います。そのうち、竹林の向こうが光りはじめるはずです」

「光る?」

雅臣の視線をたどって振り返ったけれど、今はただ、神社を囲む竹林が風に揺れるばかりだ。

「同時に、どちらかの手首の内側に、自分にしか見えない刻印が刻まれます。刻印は光の棒線です。一本が一日を表していて、この光の棒の数が過去に滞在できる日数を示しています。人によって棒線の数は違っていて、七本浮きあがる人もいれば、一本だけの人もいるようです」

思わず、手首の内側を確かめた。

「手首の棒線を確認したら、いま後ろに見えるあの小径をたどって竹林の向こうまで歩いていけば、希望の日に戻れるはずです。ただし、戻るのは意識だけ。当時の自分の体に、今の自分の意識が宿ると思ってください。時帰りのあいだ、今の肉体がどこにあるのかは、俺たちにもわからない。竹林に残っていないことは確かですが」

「――あの、真面目に言ってます？」

この期《ご》におよんでも、やはり尋ねてしまう。

「信じられないなら今から帰っていただいてもよろしいかと」

「や、やりますよ。やるって決めたので」

半信半疑のまま、居ずまいを正した。

「それじゃ、竹林のほうを向いて」

雅臣は沙織に告げたあとすぐに、ご神体へと向き直った。沙織も、竹林へと向き直る。

たしかに人ひとり分の小径が、正面に広がる竹林の奥へとつづいていた。

青々とした葉を茂らせた背の高い竹が、何十本、何百本と互いに身を寄せ合うように密集しており、奥に向かって空間を薄暗く翳《かげ》らせている。先ほどから風が運んできていたさわやかな香りは、この竹の発するものだったのかもしれない。

信じてなどいないはずなのに、そわそわと落ち着かない。

緊張なんてする必要なくない？　どうせ過去になんて行けるわけないんだから。

太鼓の音につづいて祝詞がはじまり、やがて、しゃん、しゃん、と鈴の音が響きはじめた。

騒がしくなった心臓のあたりをそっと手で押さえながら振り返ると、汀子が、鈴を手にして、たおやかに神楽を舞っていた。金の冠《かんむり》をかぶり、先ほどの袴《はかま》ではなく緋色《ひいろ》の布地に金銀の刺繡《ししゅう》が施された装束《しょうぞく》に身を包んだ汀子は、人ならぬ神の遣いにも見える。一方の雅臣の表情は沙織の位置からだと振り向いてもわからないが、首筋をつっと汗が伝っていくのが見えた。

本当に、過去に戻れるっていうの？

自問するたびにまさかと否定してきたのに、なぜか今はできない。

もう一度、竹林のほうを向いた。今のところ何も起きず、ただ風が吹き渡るばかりだ。

それでも胸が騒いで、竹林から目が離せなかった。

しゃん、しゃん、と鈴が鳴るたびに、あの日の光景が思い浮かんでくる。雅臣の低くまろやかな声が、いつしか耳に心地よく響いていた。

やがて、本当にそれは起きた。

竹林の向こう側から、光源でもあるように柔らかな光が漏れてくる。最初、バスケットボールほどの大きさだったそれは、しだいに竹林いっぱいに広がっていった。じんわりと手首に熱を感じて見下ろせば、雅臣が言ったとおり手首にも変化が起きている。

光る棒が三本。つまり沙織は、三日間、過去に帰れるということらしい。

これ、現実なの？

振り返ると、ちょうど鈴を打ち鳴らした汀子と目が合い、かすかにうなずかれた。うなずき返して立ち上がり、靴をはいて竹林のほうへと踏み出す。

浮き足だってしまい、ふわふわとした心地で竹林へと近づいていった。

こわい。だって、こんなのおかしいよ。

それでも、あの日へ戻れるなら。今を、もっと望む方向へと変えられるなら。

震えながらも、一歩、また一歩と進んでいく。

やがて、先ほど雅臣に指示された小径へと入った。左右を竹に囲まれた無舗装の道である。指示されなければ気づかなそうなほど、細く頼りない。視線を真正面へと向けると、光が、沙織を手招きするように柔らかに揺らいでいた。

どこまで進めばいいのかな。

迷いながらも先へと歩を進めると、つい先ほどまでたしかに竹林がつづいていたはずなのに、途中で竹林の風景がふつりと途絶えた。

次の瞬間、沙織の足が地面を踏みそこねたかのようにずるっと落下する。

え？

一瞬、胃の腑《ふ》が持ち上がるような気持ち悪さを感じたあと、視界が暗転した。

目が慣れてくると、沙織は光で満たされた空間を猛スピードで落下しているのがわかった。不思議と恐怖はない。それどころか、母親の胎内にでもいるような心地よさに包まれている。

やがてふたたび気持ち悪さに襲われて思わずぎゅっと目を閉じた直後、どこかにお尻から着地したのがわかった。

その拍子に、両腿《もも》で何かを上へ押し上げてしまう。

「きゃっ」

小さく叫んだ次の瞬間、おそるおそる目を開くと、押し上げたのは机だったことに気がついた。

この机って——。

左端には、彫刻刀か何かで誰かがつけた傷。制服の袖口から伸びた右手が、条件反射かペンケースが落ちないようにひっしとつかんでいる。左手は、机の端を押さえていた。

制服にも確かに見覚えがある。この、午後の気だるげな空気も、窓から差す日の光も、甘ったるい木材の匂いも。

私、セーラー服を着て教室にいる、よね？

沙織が腰かけているのは真ん中ほどの列の、いちばん後ろの席。確かに、懐かしい高校二年生の教室だった。

「おい板谷、寝ぼけるのは休み時間だけにしとけよお」

「——奈倉《なぐら》先生？」

沙織が呆然《ぼうぜん》とつぶやくと、教室中が笑いではじけた。

古典教師の奈倉は呆《あき》れたように首を振ったあと、黒板にピンクのチョークで波線を引いた。

「この活用、明後日の小テストに出るから、ちゃんと暗記しとけよ」

「期末終わったのにテストかよ」

隣の席で、斉藤《さいとう》が大げさにのけぞっている。ちらりとこちらを見たあと、これ見よがしに顔をしかめてみせた。例の、沙織の告白を目撃し、クラス中にばらしてくれた張本人だ。特に会話もしたことがないのに目が合うといつも不機嫌な顔になるから、もともと沙織のことを気に食わなかったのかもしれない。

しかし、大人になった目線で眺めると、憎かった斉藤は思ったよりも素直そうな少年で、かわいらしく見えなくも……いや、やっぱり憎たらしい。

ぼんやり観察したあと、沙織はようやく我に返った。

斉藤の顔などどうでもいい。これは大事件である。

私、本当に過去に戻っちゃってる——。

こんなことがなぜ起きたのか、そもそもこれは本当に起きている出来事なのか。あるいは、沙織の脳内でのみ起きているのか。

次々と疑問が湧いてくるが、そのどれにも答えを見いだせず、ただ驚きとともに教室を見回すしかない。ただし、とある一角をのぞいてだが。

夢じゃないよね？

漫画のようにほっぺを軽くつねってみると、頬は十代らしくぱんと張っており、つまむと痛い。手の甲など一度も皿洗いをしたことがないようになめらかな肌で覆われていた。教室の椅子に座っているだけでも、自分の内側から尽きないエネルギーがあふれだしてくることに驚かされる。

久しぶりのきめ細かな肌をうっとりと眺めては、幾度も自問した。

本当に、時帰りしちゃったんだよね。

黒板の日付を確かめると、三月十三日。たしかにあの運命の告白の日だ。

まさかあの人たちが、本当のことを言ってたなんて。

興奮とともに、そっと周囲を見渡してみた。

昼休み後のいちばん眠い時間帯に、読経《どきよう》に似た奈倉先生の声が響く古典の授業。窓の外からは、体育でサッカーの試合でもしているのか、ワーキャーと盛り上がっている声が届く。

男子の多くは、袖丈のやや足りなくなった学ランに身を包み、女子はセーラー服にスカーフ姿で、おのおのが工夫を凝らした結び方をしている。

沙織だけでなく、この教室にいる生徒たち全員からむせるほど自意識がのぼりたち、渦を巻いているように思えた。

うつむいて、深呼吸を繰り返す。

懐かしさが胸いっぱいに満ちてきた。思い出として美化されたものとは違う、ややこしくて面倒な日々。

村岡《むらおか》君も、いるよね。

これまでわざと見なかった、いや、勇気を出さなければ見られなかった場所へと視線を移したとたん、胸がぎゅうっと絞られた。

あの背中だ。

学ランの上からでも均整のとれた体つきだとわかる。沙織よりずいぶん前の席なのに、がっくりとうなだれ、明らかに居眠りしていた。村岡は水泳部で、一年中、日に焼けていた記憶がある。今も、詰め襟からわずかにのぞく首は浅黒く、プールの塩素のせいで髪の毛はかなりパサついていた。

ほうっとため息が出る。

十七歳の沙織も、こんなふうに眺めては、胸の中を占めるときめきをため息とともに吐きだしていた。そうでもしないと、胸が風船みたいにふくらみきって、やがて破裂してしまいそうなほど苦しかった。

開け放した窓から、少し強い風が吹きこんでくる。その刺激のせいか、村岡の肩がぴくりと動いて、女子たちがいっせいにクスクスと笑い声をあげた。

そうだった。村岡を見ているのは、沙織だけではなかった。

クラスのヒエラルキーの中で、最下層ではないものの、決して上のほうでもない。沙織の地位は、容姿や成績と同じく、ちょうど真ん中だった。

そんな沙織がなぜこの日、おそれ多くも村岡に告白したのかといえば、もう自分の中に気持ちを抱えこんでいられなかったからだ。親しい子にすら呆れられそうで言えなかったから、想いは溜めこまれる一方だった。決して脈がありそうとか、告白さえすれば落とせる気がする、というような自信も余裕もなかった。むしろその逆で、きっぱり振ってもらって、切なくて苦しい片思いから抜け出したいと願っていたのだと思う。

あの告白はきっと、自分の、自分による、自分のための告白だったのだ。

当時は切羽詰まっていて、自分の心をこんなふうにつかむこともできなかった。

ふたたび風が吹きこみ、村岡の短い髪の毛をほんのわずか揺らす。当時、あの風になりたいと健気《けなげ》に願っていた自分を思い出し、ふっと口元がゆるんだ。

校庭へ目をやると、桜の樹々はいざ花開こうと、遠目にも全体がピンクに色づいているように見える。午後の日差しがグラウンド全体を照らしていて、勉学に身を入れろと言うのが酷な、春うららの一日である。

せっかくの貴重な時間だ。その後も沙織は村岡を眺めて過ごし、ため息をついてはふたたび眺めるという至福の時を過ごした。

「それじゃみんな、今日も帰ったら予習と復習を忘れるなよ。無駄な時間は一分もないからな」

懐かしい担任の渡邊《わたなべ》先生の挨拶が終わり、いっせいに礼をする。

くっきりと覚えている。今日は水泳部が休部の日。用事でもあったのか、村岡はこのあと、ほとんど誰とも口をきかずにさっと教室を出るのだ。

ホームルームの終わりとともに、記憶のとおり、村岡がすたすたと教室の外に向かった。

そうそう、村岡君はこんなふうに長い脚で歩いていたよね。

過去の沙織は村岡を追って江ノ電《えのでん》に乗りこみ、鎌倉高校前駅で下車して彼を呼び止めて告白した。その場面を、なぜか居合わせた隣の席の斉藤に目撃されて、悲惨な日々を送ることになるのだ。

しかし今度は大丈夫だ。なぜなら沙織は、もう追いかけて告白などしないから。いわばこの席に座りつづけるだけでミッションクリアなのだが、気がつくとさっさと教科書をバッグにつめて、教室を飛び出そうとしている。

いったい何をしようとしているのか、自分でもわけがわからなかった。ただ、体が勝手に動いてしまうのである。

「あ、ねえ、沙織。このあとモスに寄ってかない？」

「ごめん、今日はパス」

よくグループで行動している桃香《ももか》や陽葵《ひまり》の誘いを断って、廊下へと出る。

懐かしい顔ぶれだったが、彼女たちとの友情も告白を機に壊れ、翌日から口をきいてくれなくなったことは今でも忘れられない。

告白した翌日の朝、教室に入った瞬間、みながいっせいに沙織を見た。まるで自分が教室という生き物に侵入したウイルスになったような気分だった。向けられている視線に敵意が混じっていることが、すぐにわかったから。意地の悪いクスクス笑いが、今でも耳に張りついている。

救いを求めて親友だと思っていたふたりの姿を探したが、どちらもうつむいたまま顔を上げようとはしなかった。

言いふらした斉藤のことも、桃香や陽葵のことも、はっきり言って根に持っている。

頭を振って苦い想い出を振り払い、村岡を追いかけることに集中する。

廊下の先に、広い背中がまだあった。移動中も、いろいろな人に声をかけられ、ときどきふざけて笑っている。その笑顔がたまらなく好きだった。

当時は大人っぽくて近寄りがたく見えていたのに、今こうして見るとかわいい高校生男子そのものだ——いや、やっぱりかっこいい。村岡は、卒業して大人になっても安易には近づけないくらい輝きが強い男の子だ。

あ、また笑った。

「う」

あまりにも久しぶりの胸キュンに、ふいをつかれて声が出てしまった。そういえば、最近では、よくて二次元の存在にしかときめいておらず、こんな鮮度の高いときめきは、刺激が強すぎた。

いったん立ち止まって動悸がおさまるのを待ち、ふたたびあとを追った。

告白なんてするつもりはないのに、相変わらず、まるで自分の体ではないみたいに両足が勝手に動いてしまう。

ただ、あとを追うだけ。告白なんてめっそうもないし、あわよくば話したいなんて欲もない。

ただ、追うだけ――。

駅までの坂道をくだると、すぐに江ノ電の七里《しちり》ヶ浜《がはま》の駅だ。隣駅の鎌倉高校前に、踏切ごしに相模湾をのぞむ観光スポットがあるせいか、アニメの聖地として有名になった令和よりは少ないものの、このあたりにも観光客の姿がちらほらと見える。懐かしい光景に足を止める間もなく、どんどん進んでいく彼のあとを追う。

駅構内に入ってホームに出たが、過去とは違い、同じ車両ではなく別の車両になるよう離れた列に並んだ。といっても、未練がましくすぐ隣の車両である。

ときどき、背の高い立ち姿を盗み見ては、ほうっと息を漏らした。もう十年近くも経つのに、時帰りをしたら一瞬で恋心まで戻ってきてしまったようだ。

姿勢がすごくいい。大きなあくびをして、ぼんやりと前を見つめている姿がかわいらしくもあった。

疲れてるのかな。練習、いつも頑張ってたもんね。

電車が到着するまであと八分ほど。その間、ずっと胸キュンが連続するとして、果たして自分は正気を保てるのだろうか。

心臓の律動音が、耳の奥で響く。ああ、十代のリズムは、たしかにこんなにもはずんでいた。

ホームには眠気を誘う午後の日差しが落ち、潮の香りが風に運ばれてくる。

クラスの、いや、学年一のモテ男に恋をしたきっかけは、やはり駅での出来事だった。

時帰りした時点からは約一年前、二年生になって間もない、ある春の朝、偶然、村岡と横須賀《よこすか》線で同じ車両に乗り合わせたのである。ただし最初、村岡が同じ車両にいると気がついたときの沙織の心の声は「しまった」だった。

クラスメイトになったばかりだったから、まだクラス全員の顔と名前が一致していない可能性もある。村岡は有名人だからもちろん沙織は知っているが、相手のほうが沙織をクラスメイトとして認識しているかどうかは、はなはだ怪しかった。

お互いの距離は約一メートル。このままだと目が合ってしまいかねない。

どうしよう。万が一目が合ったら、会釈《えしやく》する？　しない？

つり革を握る手がじっとりと汗ばむ。

単語帳でも読んでやりすごそうとしたが、まるで頭に入らずめくるだけになっていた。

数分ののち、迷いに迷ってようやく出した結論が、気づかれないうちにじりじりと遠ざかる、という地味な作戦だった。

車両は混みはじめていたけれど、少しずつなら移動できそうだ。

まずは一歩、村岡のいる場所から反対方向へと位置をずらす。

口数が少なく、どちらかというと無愛想な村岡のことがこのころは苦手だった。ただでさえイケメン枠に属する男子のことを、沙織は敬遠していたのだ。彼らのほとんどは、沙織を空気のように扱うから。

わざわざ男子に教えてもらわなくても、自分がちやほやされる女子たちとは違うことなどわかっている。それでも、あからさまに態度で差をつけられると傷つくから、最初から近づかない。それが、自意識が人生で最高潮に尖《とが》っていたころの沙織が編み出した、自己防衛術だった。

しかし、あの日は神様のどんな気まぐれか、電車の遅延が原因でいつもより多くの人が駅に着くたび乗車してきた。せっかくじりじりと遠ざかっていた位置が、五センチ、十センチと乗客に押し戻され、いつも乗降客の多い大船駅でどっと人が増えたときには、村岡のほぼ真横に押されてしまっていた。

乗客の圧で少しつんのめってしまい、村岡のひじのあたりに勢いよくぶつかって、「いったあ」と自然に声が出た。

「あ、すみません――あれ、板谷？」

「あ、うん」

答えたきり、うつむいて黙ってしまった。

名前、覚えててくれたんだ。

不器用でもそれくらい言えたらよかったのだが、「うん」と答えたきり言葉を交わす余裕などなく、ただひたすら車窓の外を見て電車に揺られていた。

電車の走行音と心臓の音がなぜかシンクロしていたのを、その後十年近くも折りに触れて思い出すことになるなど、想像もしていなかった。

そのあと無事に降車しただけなら、ここまで記憶に刻まれることはなかったかもしれない。

しかし大船から鎌倉に向かう車内で、事件は起きたのだ。

するん。

背中に、誰かの手のひらが当たった。

その後も、二度、三度、と〝当たる〟たびに手のひらの位置が下へと移動していく。とうとう四度目で、あからさまにお尻になった。完全に痴漢だ。恐ろしくて振り返ることもできずにいたその時である。唐突に、隣から声が振ってきた。

「こっち、来れば?」

「へ?」

見上げた沙織は半泣きで、かなり不細工だったはずだ。

返事を待たずに村岡が沙織と場所をやや強引に入れ替える。沙織の真後ろにいた人物をさっと確かめると、若いサラリーマンだった。

「どさくさに紛れて触ってくるやつとかいるから、気をつけたほうがいいぞ。昨日もそれで、サラリーマンのおっさんが捕まってたし」

車両に響き渡るほどの大声ではなかったが、確実に件《くだん》のサラリーマンには聞こえたはずだ。

目の端《はし》で確認すると、男は背を丸めて、そそくさと次の駅で降りていった。

あ、村岡君にお礼を言わなくちゃ。

わかっているのに、舌が硬直してうまく動かなかった。

村岡のほうは何事もなかったかのように、それまで読んでいた水泳の本に視線を落としていた。その隣で沙織は、握りしめたままだった単語帳をひたすらめくりつづけた。

結局、降車する鎌倉駅に到着するまで「ありがとう」のひと言も告げられないまま。ホームに降りると、挨拶もせず、村岡は長い脚ですたすたと遠ざかってしまった。

それ以来、村岡を目で追うようになり、気がつけば恋をしていた。

もうすぐ春休み。そのあとはクラス替えで、同じクラスになれるかわからない。焦がれるような気持ちにどうにか決着をつけたくなったあの日の想いが、どんどん〝過去〟ではなく、〝今〟の話になってくる。

九年前と同じなら、これから村岡は帰宅ルートの鎌倉には向かわず、なぜか逆方面の藤沢行きに乗り、鎌倉高校前駅で下車するはずだ。過去の沙織はあとを追って同じ駅に降り、勇気を出して告白した。その結果、見事に振られ、待ち合わせでもしていたらしい斉藤に目撃されて、この世の地獄を生きる羽目になったのだ。

今日はもちろん、決意どおり告白などしない。でも、過去と同じように同じ駅に降りるだけなら——。

斉藤と村岡は、いったい何のために待ち合わせていたのだろう。

知りたい。

そんな出来心がむくむくと湧いたのは、若い細胞がそそのかしたせいだろうか。

江ノ電がホームに入ってきた。

ちらちらと見過ぎたせいで、一瞬、村岡と目が合いそうになり、慌てて隣の車両に乗りこんだ。

追いかけるといっても鎌倉高校前駅のホームは短く、なにかの拍子に振り向かれでもしたら気づかれる可能性が高い。

ダッシュで反対の改札から駅の外に出て、斉藤と合流するはずの村岡を駅の外で待ちぶせしてから追いかければ——。

雑な作戦を立てているうちに、鎌倉高校前駅に到着してしまった。改札に最も近い先頭車両へと慌てて移動し、ドアが開くのと同時に走って改札をくぐり抜ける。

息があがったが、そのまま彼らが出てくる改札側へと移動し、建物の陰にさりげなく立って見張った。ここからなら、ふたりがどこへ向かうのかも俯瞰《ふかん》できるはずだ。

空は霞《かす》み、水平線に沿って、海と淡く溶けあっている。就職してからは都内に引っ越して一人暮らしを始めたが、美しいところで育ったのだと、しばらく駅を見張るのも忘れて眺めてしまった。

告白したくなるのも、無理ないよね。

ふいに、そんな考えが浮かんでくる。

迂闊《うかつ》にも学年一のモテ男子に告白してしまった自分をずっと責めて生きてきたが、あの日は、こんなにも完璧な春の一日だったのだ。私だってどうしようもなく十七歳だったし、何より、村岡は想い出の姿以上に格好よかった。

苦しくて、大好きで、どうにか答えの出ない日々から解放されたくて、希望などないまま、振られることを前提にして告白に至った少女を誰が責められるだろう。

――好きです。

電車を降りた村岡をホームの真ん中で呼び止め、ひと言告げるのが精一杯だった。村岡の顔を直視することもできず、うつむいてギュッと目を閉じていた。風の運ぶ潮の香りだけがやけに鮮やかで、村岡の返事が降ってくるのをなすすべもなく待っていた。

――ごめん、俺、板谷とはつき合えない。

――うん。

呼び止められた気もしたが、沙織は猛ダッシュで村岡の前から走り去った。改札を出る直前、改札機の手前に斉藤がぽつねんとたたずんでいるのが目に入った。もう涙で顔がぐちゃぐちゃだったから、ぱっと目を逸《そ》らして走り去り、そのあとはどこをどう歩いたのか気がつくと鎌倉駅だった。

歩きながら、断るにしても、もう少し言葉に選択肢があったのではと、村岡に対しても少し恨《うら》みがましい気持ちが湧いてきたのを今でも覚えている。

しかし、相手もまた十七歳だったのだ。今思えば、斉藤がすぐそばに控えていることも村岡は知っていたかもしれないし、そのせいで必要以上にぶっきらぼうになってしまったのかもしれない。

ほうっと息を吐き出して想い出に浸るのをやめ、駅のほうに視線を戻すと、果たして村岡と斉藤と——。

「あれ？」

当時は気づかなかった三人目の男子生徒が、村岡や斉藤と連れ立って道を渡るところだった。あれはおそらく水口《みずぐち》だ。村岡ほどではないが、水泳部のイケメンとしてそこそこ女子に人気がある。

沙織が水口を辛《から》めに評してしまうのは、水口がかわいい子とそうではない子に対して、あからさまに態度を変えるからだ。

村岡君、ほんと、友だちを選びなさいよ。

毒づきながら、慎重に距離を保ち、海岸へと向かっていく三人を追った。

一三四号線を渡り、砂浜へとつづく階段のそばまで来る。浜辺を見渡したが、たしかに浜へと降りたはずの三人の姿がどこにも見当たらなかった。

もしかして、ずっと向こうに歩いていっちゃった？

慌てて遠くのほうへ目をやったそのとき、耳慣れた声が、すぐそばから響いてきた。どうやら、ちょうど沙織からは死角になっている階段の下のほうに三人で腰かけているらしい。

「あした告白するのか？」

「うん。放課後、板谷をどっかに呼び出すつもり」

「そっか。その――がんばれよ」

「おう。隣の席だし、ダメだったらキツいけどな」

沙織は、自分の耳を疑った。

告白すると宣言した声の主は間違いなく斉藤で、それを励ましているのは村岡だった。クラスで板谷という名字はひとりだけ。ましてや、斉藤の隣に腰かけている板谷は、沙織だけである。

つまり、斉藤が私に告白しようとしてる？　明日？

「おまえ、まじで板谷のこと好きだったんだ。俺、なんかあいつ苦手なんだよな。すげぇこっちのこと見てくるっていうか」

水口の勘違い発言が、右から左へと抜けていく。

一歩、二歩とそっと三人の声から遠ざかり、大急ぎで駅へと引き返した。鎌倉行きの江ノ電を待ち、ホームに入ってきた列車に飛び乗る。

嘘だ。こんな、こんなことって。

幸か不幸か、と問われたら不幸だ。悲劇か喜劇かと言われたら、喜劇だ。

過去、私が村岡に告白した日、斉藤は友人たちに、私への告白宣言をするつもりだったのだ。

でも普通、好きな相手の失恋をクラス中に言いふらす？　私がハブられてるの見て、すっきりした？

混乱と怒りで、明日は思い切りひどい振り方をしてやろうかと復讐心が燃え上がる。

おまけに――村岡が斉藤を応援するということは、沙織は告白せずとも、間接的に振られたということだ。

こんなにあっけない失恋、ある？

雅臣が言った主要な過去は変えられないというのは、こういうことだったのか。

車窓の景色からは海が消え、稲村ヶ崎《いなむらがさき》駅、極楽寺《ごくらくじ》駅と山が広がりはじめる。

ポケットに入れっぱなしだったチョコレートを口の中に放りこんだのに、まったく味が感じられなかった。


江ノ電から横須賀線に、さらにもう一回乗り換えて帰りついた実家は、当然ながら時帰りの前の見慣れた姿よりも新しかった。

そういえば、私が高校生のとき一部をリフォームしたんだっけ。

実家は横浜市の緑豊かな地区にある。昔は父が、庭でよくバーベキューをしてくれたものだ。今でもお盆休みに帰省すると、兄の子どもたちのために、海産物を豪快に焼くのが恒例になっている。

「ただいまあ」

「おかえり。早かったわね。今日はメンチカツよ」

母がキッチンから廊下に顔を出して迎えてくれた。

わ、お母さん、若いなあ。

最近、太ったと気にしているお腹まわりもまだスッキリとしている。高校生だった当時、四十代後半の母は世間一般でいうおばさんだと思っていたが、二十代も半ばをすぎてあらためて再会してみると、まだ十分に若く、溌剌《はつらつ》としている。

それに——。

過去に経験した今日は、振られたのと、振られた場面を斉藤に目撃されたダブルのショックで、部屋に直行した記憶がある。

しかし、やり直した今回は久しぶりに、好物のメンチカツを存分に味わえるのだ。

「やったあ。ちょうど食べたかったんだよねえ」

手を洗ってすぐに台所に駆けこみ、母に抱きついた。

「何よ、赤ちゃんみたいに。さっさと着替えてらっしゃい」

「はあい」

告白をしなかったおかげで、一日の終わりをこんな幸せな形でやり直せたのだ。なんて賢明な判断だったのだろう。過去の自分の一日を乗っ取ってしまったかもしれないが、きっと感謝してくれるだろう。

階段を上がって、懐かしい自分の部屋へと戻る。

当時、大切にしていた漫画本や、今では捨ててしまった村岡の隠し撮り写真が引き出しの中に——あった。

うわあ、と自分の青さといじましさに赤面しつつ、写真を取り出して眺める。

斉藤の告白を、頑張れよと励ましていた。そのことを思い出すと胸がチクリと痛むが、彼はこうも言ったのだ。

板谷、いい子だしな。

彼にとって私は、いい子。

わかっている。具体的に褒《ほ》めるところがないとき、優しそう、いい人、などと無難に持ち上げておくことが、沙織自身にもいくらでもある。

それでも、胸がじんとしてしまう。

振られたのに、ね。

着替えを済ませて夕食の支度を手伝いに降りると、母に驚かれた。

「何か欲しいものでもあるの」

「やだなあ、下心なんてないったら」

あの頃の私にしてはいい子すぎるかなと気にしつつ、箸《はし》や皿を並べ、シンクの洗い物をさっと済ませる。一人暮らしを始めてから、母が日々、目に見える形でもどれほど愛情を注いでくれていたかを思い知った身である。以来、帰省した際は積極的に手伝うようになったが、もっと前からこうしてあげたかったと後悔をしたものだ。

時帰りしてよかったな。

皿洗いのために腕まくりをした拍子に、光の棒が目に入った。三本あるうちの一本が、教室にいたときよりも薄くなっている。

「疲れてないの？　手伝わせるの、気が引けるなあ」

「いいのいいの。こっちも気晴らしになるし」

頬に視線を感じて母に向きなおると、珍獣でも見るような顔をしていた。

「なに？　どうしたの」

「いや、だって、ほんと、沙織らしくもない。ほんとは欲しいものがあるんでしょ。漫画本？　それとも——新しいスマートフォンをまだ諦《あきら》めてなかったの」

「いや、違う違う。なんにもいらないって。ただ大変そうだなって思っただけ。たんなる気まぐれだってば。ほら、メンチカツ、もう揚がってるよ」

「あら、ほんとだ」

洗い物をしながら沙織は、一昨年、兄が地方の大学に進学するために家を出ていったあと、母がかなり寂しそうにしていたことをぼんやりと思い出した。母は断じて認めないだろうが、おそらく沙織には家から通えるB大への進学を願っていたことも。

「さ、できた」

沙織が洗い物を終えるまでに、母はさっさと揚げ物の盛りつけも終え、あとは配膳すればいいだけになっていた。

「お父さんは今日、遅いんだっけ」

「そうね。あと一時間はかかるだろうから、沙織は先に食べちゃいなさい」

「うん」

テーブルにつくと、母は沙織の前に腰かけたものの、いつものように父を待つために料理には手をつけない。ただ穏やかに笑って、沙織の話に耳を傾ける。

懐かしい日常に、じんわりと胸が温まった。

「お母さんにごはんをつくってもらって、喜んで話を聞いてもらって。私、こんな贅沢な毎日を過ごしてたんだよね。

「あのさ、お母さんは、私がA大に行くより、B大に受かったほうがうれしいよね」

結局、そのB大にも受からなかったのだが、これから勉強に没頭すれば、B大は十分に合格圏内のはずである。

母は軽く目を見開いたあと、ゆるやかに首を振った。

「私の幸せはね、沙織が心から笑って人生を生きること。そりゃ、家を出ていくのは寂しいけどね。これからいろんなことがあるだろうし、いつまでもそばで守ってあげることができなくなるのは心配だけど、帰ってくるのは自分が疲れたときだけでいいの。私とお父さんは、ふたりで暮らすのをけっこう楽しみにしてるしね」

「無理、してない？」

だって、お兄ちゃんが出ていった夜、居間でアルバムを開いて泣いていたよね。

「してない、してない」

母が、沙織の目をまっすぐに見て告げる。

「沙織の人生は、沙織のものだよ。ほかの誰かのものじゃないの」

——そういえばこういうこと、前にも伝えてもらってたのに、私、聞きながしちゃってたな。

うなずいて、光の棒が輝く手首のあたりをもう片方の手でぎゅっと握った。

母にうながされるまま、夕食後すぐに入浴し、風呂場の天井を見ながら息を吐き出す。

沙織の人生は、沙織のもの。

母の言葉が、その後ずっと胸に引っかかっている。理由はよくわからない。三十近くなっても、わからないことばかりである。

いずれにしても、自分は今日、正しいことをしたのだ。そのはずだ。

ただ、告白しなかったせいで、明日、ややこしいイベントが発生しようとしている。

よりによって、斉藤から告白されるなんて。

ろくに話したこともない。目が合うと顔をしかめられる、事務的な用事で話しかければ素っ気ない返事しかこない。

むしろ、理由もなく嫌われているのだと思っていた。

もうすぐクラス替えとはいえ、振られたら、斉藤だってダメージを負うだろうなあ。いや、情けなど必要ない。相手は過去、沙織を地獄につき落とした相手である。

それでも――復讐なんてしたいとは思わない。

第一、沙織は十七歳の衣《ころも》をまとった大人である。ここは懐《ふところ》の深さを見せるべきではないか。

ベッドに寝転んで悶々《もんもん》としているうちに、そうかと思い当たる。

「斉藤にも、告白させなきゃいいんだ」

もし彼の呼び出しに応じて告白されることになったら、当然、沙織は斉藤を振らなければならない。斉藤は、告白をクラス中に知られた沙織ほどではなくても落ちこむだろうし、勉強や部活にも多少なりとも支障が出るだろう。それは、さすがに気の毒である。

正直、今さら斉藤に好印象を抱くことはできないが、喜んで傷つけたいと思うほど悪意を持っているわけでもないのだし。

天井に向かい、両手を突きあげた。手首で光っていた三本の棒のうち、一本はさらに薄くなっている。

沙織に残されているのはあと二日。無事に告白を避けることができたのに、こんなにも日にちが残されている。

汀子は、時帰りをする人物はあの神社の神が選ぶと告げた。だとすれば、三日間、という長さには何か意味があるはずだ。

「この三日間を使って、自分だけじゃなく、他人の未来もよい方向に変えなさいというお導きなのかも」

ベッドから、むくりと身を起こす。

晴れた日には富士山の見えるお気に入りの窓の向こうに、九年前の夜空が広がっている。

自分は、過去の自分が苦しまないよう正しいことをした。告白しなかったおかげで、高三の一年間は勉強に打ちこめるはずだ。つまり明日、斉藤にも正しいことをしようとしている。

言い聞かせるようにして、大きくうなずく。

胸のうちの小さな引っかかりは、時帰りの疲れからくるものに違いない。

作戦を練るために急いで机に向かい、参考書を広げる代わりに真っ白なノートを開いた。使命感を指先にまでみなぎらせ、〝斉藤に告白させない大作戦〟と大きく綴りはじめる。勉強ではなかなか浮かばない答えがつぎつぎと閃《ひらめ》き、手書きの文字が追いつかない。

「私、天才かもしれない」

つぶやきながら、沙織は一心に鉛筆を滑らせていった。

朝のホームルームがはじまる前、八時半ぎりぎりに教室に滑りこむと、沙織は脇目もふらずに自席についた。

隣からためらいがちな視線を感じたが、決してそちらに顔をむけず、ノートを開いて予習に集中しているふりをする。

作戦その一。徹底的に視線を合わせない。

地味だし単純だが、かなり効果的なはずだ。

一時間目のグラマーの時間は、過去の自分のために真面目にノートを取り、授業に出席していなくても理解できるよう補足をたくさん書きこんだ。ここが来年のA大のテストに出そうな予感、と少しばかりのサービスコメントも入れておく。

集中していたせいか、斉藤からの視線も、途中からはまったく気にならなくなった。

休み時間がはじまったらはじまったで、さっと席を立ち、桃香や陽葵をトイレに誘った。ふたりとも次の選択授業の化学でテストがあるらしく、誘いには乗ってくれなかったけれど。

仕方がない。ひとりで移動しなければならないが、少し気をつければ大丈夫なはずだ。

さっと周囲に視線を走らせ、斉藤が席についたまま誰かと話しているのを確認してから素早く廊下へと出て、早足でトイレへと急いだ。

作戦その二。休み時間はトイレにこもる。

とにかく、徹底的に相手との接触を避けることが重要である。

トイレにたどり着いたら便座の上に座って、ふうとひとごこちつき、時間を潰した。

ここまでは守りの姿勢。ここから先は攻めのターンに入る。

いくら避けつづけても、おそらく鈍感なところのある斉藤はあきらめない。ということは、今の沙織が未来へと去ったあと、過去の無防備な沙織が告白されることになるはずだ。

だから、仕掛けることにした。

作戦その三。好みは全然違うゾーンアピール。

具体的には、当時大好きだったアイドルの画像を待ち受けにしたスマホを、これ見よがしに机の上に出しておくことにしたのだ。

好みの容姿を盾にするのは、自分にも返ってくる刃《やいば》だ。どれだけ胸がえぐられるか想像できるからこそ、あえてこの選択をした。

もうすぐ授業がはじまる。トイレの個室を出て手を洗ったあと、鏡の中の自分の顔を見つめる。懐かしい九年前の顔。恋する乙女の顔だ。

せっかく大好きだった村岡を生で見られる環境にいるのに、なぜこうまでして斉藤を黒歴史から救おうとしているのか。昨日感じた使命感もどこへやら、沙織もさすがに馬鹿らしくなってくる。

残された時間は、可能な限り村岡を愛《め》でよう。

村岡を想いながら甘酸っぱい気分で廊下へ出ると、危うく背の高い男子とぶつかりそうになった。

「あ、悪い」

「あ、ううん、こっちも」

見上げると——村岡が、切れ長の目をかすかに見開いていた。

「板谷」

「あ、うん」

生徒たちのざわめきが遠ざかり、時がふたりの周囲で静止する。

沈黙。中身はアラサーのいい大人なのに、情けないことに心臓がバクバクと音を立てる。

どうして、村岡君がここに？

「あの、さ。斉藤から何か言われた？」

「へ？」

何気なさを装おうとして、かえって声が裏返ってしまった。

「べ、べべべ別に」

「そうか」

「うん」

頰に熱が上がる。いきなり顔を赤くした沙織を、きっと村岡は変に思っているだろう。

廊下の外のカラスが異様なスローモーションで飛び去っていくのが見えた。人間、生命の危機を感じると時間が引き延ばされたように感じるという。沙織のハートは、村岡と話すだけでそれほどの危機を感じているらしい。

恐るべし、村岡君。

「――かないの？　おい、板谷」

「はゃい⁉」

二度目のおかしな返事に、村岡が白い歯を見せて破顔した。そのスローモーションの映像は、あまりにも凶暴だった。

――死ぬ。

甘みと酸味が強すぎるときめきに、ただ瞬きを繰り返すことしかできない。

「そろそろ授業はじまるけど、戻らないわけ？」

「あ、うん。そうだね」

並んで廊下を歩きはじめる。ほかのクラスにも村岡のファンが多いから、ときどき、突き刺さるような視線を感じた。

「板谷さ、あの時間の電車、もう乗るのやめたんだ？」

「あ、うん。混雑さけて、もっと早いのに乗ってる」

「そっか。たしかに、変なやつがまた乗ってくるかもしれないしな」

ろくにお礼も言えなかったあの日のことを、村岡が覚えてくれていた。

「あのときは」

歩きながら、声をかける。

「ん？」

こちらを見下ろしているのは、あの日、沙織をかばってくれた優しい瞳だった。

「ううん、なんでもない」

軽くうなずいて歩きだした村岡のあとを、沙織も追っていく。ありがとう、と伝えるはずだったのに、どうしても〝好きです〟と告げたくなって黙るしかなかった。

日差しの入る廊下を、ふたりして黙々と歩く。

いつの間にか、教室のすぐ前までたどり着いていた。

——好きです。

声があふれそうになり、両手で口元を押さえる。

「大丈夫か？　具合、悪いのか」

「ううん、そんなことない」

ただ、死にかけてるだけ。

そのとき、試合終了を告げるゴングのようにチャイムが鳴り響き、教室へと入った。

席についても、まだ頬が熱いままだ。トクトクと心臓が脈打つのを感じながら、どうにか息を吸って吐く。

「おまえ、具合でも悪いのか」

小さな声が突然隣から響いて、必要以上にびくりとしてしまった。斉藤だった。くしくも村岡と同じような台詞に、ふたたび呼吸が乱れる。

「あ、ううん、平気」

極力視線が合わないように、すぐに顔を黒板へと向けた。あまり感じのいい対応ではないが、沙織には斉藤を告白の悪夢から救うという使命があるのだ。

それなのに——危うく自分が告白しそうになってどうするのっ。

みずからを叱咤《しった》しながら、はじまった地学の授業にどうにか集中しようと黒板を見つめる。

選択授業のため、化学を選んだ桃香や陽葵、それに村岡も隣の教室へ移動し、沙織の教室にはほかのクラスから地学を選択した生徒たちが集まってきている。

ただし、地学を選択した生徒は、ほぼこの科目を捨てており、熱心に聴いている生徒はあまりいなかった。

最初こそ授業に耳を傾けていた沙織も、あっという間に、先ほどの村岡との時間を思い出して口元をゆるませてしまっていた。

一度目の過去では、あんなふうにふたりきりで話した記憶はない。

かっこよかった。

硬派だけど、優しい。少女漫画の主人公みたいな男子が実際にクラスにいたら、それはモテるだろう。

先ほど村岡とふたりで廊下を歩いた場面を何度も反芻《はんすう》していると、ぽとり、と机の上に小さくたたまれた紙片が落ちてきた。

思わず左右を確認した拍子に斉藤と目が合った。相手はあごをくいっと動かしている。どうやら、読めと言っているらしい。

広げた紙片には、果たして斉藤からのメッセージが書かれていた。

『放課後、音楽室に来てほしい。話がある』

意外にも字がきれいだ、などと感心している場合ではない。

完全に、油断していた。

いつも大口を開けて騒いでいる斉藤が、まさかこんなファンシーな手段で誘ってくるとは思っていなかったのである。

隣を盗み見ると、斉藤がやや口を尖らせたまま、落ち着かなげにノートの端をいじっていた。

好きだから、目も合わせられず、いつもぶっきらぼうな返事になってしまう。そのいじらしさに、十代の沙織は気づくことができなかった。心の中はいつも村岡でぱんぱんになっていて、そして、虚《むな》しく散った。

こんな苦しみを、斉藤がわざわざ味わう必要はない。

告白させないためには、断るべきだ。すぐに『用事があるから行けない』と書いて紙をたたもうとした瞬間、なぜか昨日の母の言葉が甦った。

――沙織の人生は、沙織のものだよ。

昨日はよく見えなかった引っかかりの正体が、ほんの少し輪郭を持ちはじめる。

そうだとしたら、もちろん、斉藤の人生も斉藤のものだ。告白するもしないも、斉藤の自由だ。

私はひょっとして、斉藤の人生も、過去の自分の人生も奪ってるの？

紙片の両端をつまんだまま、沙織の手が静止した。

いや、そんな大げさな。私はただ、ちょっとした間違いを正そうとしているだけ。しなくて済むならしないほうがいい経験なんて、人生にいくらでもあるでしょう？

そもそも昨日の盗み聞きがなかったとして、過去の私だったらどう反応しただろう。

気を取り直して、想像してみる。

まさか、斉藤が告白してくるなど欠片《かけら》ほども思わないだろうから、いぶかしみながらも『わかった』と返事をするだろうか。おそらく、そうだろう。

それでも、その後のことを考えると、なお迷ってしまう。

自分を振った相手と、翌日からも隣同士の席で春休みまでの数日間を過ごすことになるのだ。そのリスクを顧《かえり》みもしないで、なんて迂闊な男なのだろう。

自分のことを棚に上げて、そんなふうに思う。

これが若さというものか。

ちらりと斉藤の横顔を盗み見ると、沙織からの返事を待つストレスゆえか、空気椅子でもしているような切迫した表情を浮かべている。

決していい印象を持っていなかった相手なのに、その様子に気づいて、意外にもかわいらしく思えてしまった。

これが年の功というものか。

一瞬、告白の一つや二つ、受け止めたっていいではないかと思ってしまったが、斉藤は春休みが明けたら受験生である。余計な憂いなどないほうがいいに決まってる。

これも情けだよ。

一度書いた返事を消して、書き直そうとシャーペンを握る。

あのままではぬるいと思ったのである。

どうせ断るなら、完膚《かんぷ》なきまでに断ったほうがいい。それこそ、二度と沙織に告白しようなどと思わないように。

しばらく考えを巡らせたのち、よし、とうなずいて新しいメッセージを綴った。

『家訓で、斉藤っていう名字の男とふたりきりになれないんだ。ごめん』

あからさまな断り文句だが、これならば、告白する前に振られたことがわかるはずだし、沙織が未来に帰ったあとも、行動しようなどという気は失《う》せるだろう。

心の中で斉藤に謝罪しながら、紙片を投げ返す。

ほっと肩の力を抜き、ひと仕事終えた気分でいた沙織は、しかし忘れていた。斉藤のあだ名が、単細胞を揶揄《やゆ》したアメーバ斉藤だったことを。

『うわ、まじか。それじゃ、村岡もいっしょだったら来られるか』

つづいて返ってきた紙片を開き、純粋すぎるメッセージに愕然《がくぜん》とした。

この人、どうやってW大受かったんだろう。

『それでも無理。話、私にはないし』

ひどいメッセージだと思いながらも、心を鬼にして紙片を投げ渡す。斉藤は開いた紙をじっと見つめていたが、その後の返事はなかった。

これで、あきらめたよね。

意気消沈した様子の斉藤を盗み見て少なからず胸が痛んだが、今度こそ授業に集中し、黒板を大急ぎで写した。

いや、それでも相手はアメーバ斉藤だ。油断はできない。

四時間目を終えて昼休みのチャイムが鳴るなり、弁当を抱えて教室の外へ飛び出した。桃香や陽葵が「え、いっしょに食べないの」と驚いていたが、「ごめん、今日はちょっと」とごまかして廊下をダッシュする。

さすが十七歳の脚力である。多少の運動には文句を言わない筋肉に感心してしまう。

そのうち、走ること自体が楽しくなってしまい、階段を駆け下り、下駄箱のある玄関まで急いでいるときだった。

背後から近づく軽快な足音とともに、沙織を呼び止める声が聞こえた。

「板谷あああ」

驚いて振り向くと、斉藤が手を振りながら駆けてくる。

「ちょ、来ないでっ」

さらに速度を上げ、急いで玄関スペースに駆けこんだ。外ばきに履き替え、校庭の裏へと逃げこもうとしたが、何だったか運動部で鍛えているだけあって斉藤がすぐ背後まで迫っている。

「待てって」

「でも、急いでるから」

「じゃあ、走りながらでいいからっ」

「はあ？」

斉藤が、これまでより速度を落として沙織と併走している。

「話なんだけどさ」

「いや、だから私には話なんて」

「でも俺にはあるしっ」

その声があまりにも切実で、思わず斉藤を見上げてしまった。

ぱっと目に飛びこんできた斉藤の瞳の中には、見慣れた二十代後半の沙織ではなく、懐かしい十七歳の少女がいる。

「好きなんだ」

走る息をはずませながら、斉藤がためらいもせずに告げてきた。

言われちゃった——。

もういい加減、悲鳴をあげはじめた脚を止めると、一気に動悸が激しくなった。沙織の体全体が燃えるように熱くなり、こめかみを汗が流れていく。

三月とは思えない陽気に、温暖化を意識せずにいられない。周囲の雑草も、心なしか水分を求めてしんなりと揺れていた。

斉藤も走るのを止めて、沙織の真正面に立つ。

気がつけばふたりとも、裏庭の隅までやってきていた。

「――」

ほら、振るしかないじゃない。だから、あんなに避けたのに。

うつむいたまま、小石を蹴った。

「ほかに好きなやつがいるんだろ。村岡、とか」

はっと顔を上げると、斉藤が沙織を見下ろしていた。夕日でも浴びているのかというほど顔が赤い。

「それじゃ、なんで」

「伝えるだけ伝えないと、後悔しそうだし。なんか悶々としたまま受験勉強するのも嫌だったし」

「そう」

あんなに傷つけないよう四苦八苦したのに、なんとも十七歳らしい、自分勝手な告白である。もっとも、沙織だって人のことは言えないけれど。

「それで、返事は？」

「え？」

「けじめっていうか。悪いけど、ちゃんと振ってほしい」

失恋が確定しているのに、さらにはっきりと玉砕せずにはいられない気持ちが、沙織には痛いほどわかった。

まっすぐにこちらを見据えてくる斉藤は――ひどくまぶしい。

告白から救おうなどと身構えていた自分がさもしく思え、一瞬だけうつむいたあと、背筋を伸ばして向き合う。

「ごめん、私、ほかに好きな人がいます。でも、好きになってくれてありがとう」

斉藤は唇を引き結んだあと、「うん」と短く返事をして、走り去っていった。

動揺したのか、遠くのほうでつまずく姿さえも輝いて見える。

近くにある藤棚の下のベンチに腰かけて、空を見上げた。

私のものは、私のもの。

斉藤のものは、斉藤のもの。

二本になっていた手首の光の棒のうち、一本がすでに薄くなりかけている。

自分が取り返しのつかない間違いを犯している気がして、まだ静まりきらない心臓の音にじっと耳を澄ました。

放課後、帰宅して母と顔を合わせるなり「何かあったの」と尋ねられた。

恐るべきは母親の勘である。

夕食のグラタン用にホワイトソースを作っている母の隣で、沙織はマカロニを茹《ゆ》でている最中だ。

「あなた、いつの間にかずいぶん料理の腕が上がってない？」

「え⁉　そんなマカロニ茹でてるぐらいで大げさだよ。それより、昨日お母さんが言ったこと、覚えてる？　私の人生は私のものってやつ」

「ああ、言ったね」

「じゃあ、さ。もしお母さんにすっごく後悔していることがあったとしてさ、過去に戻ってやり直せるとしたら、そのときの行動を止める？」

ゆるゆると木べらでソースをかき混ぜながら、母が沙織の瞳をじっとのぞきこんだ。

「さあねえ。そういう経験、一度もないし」

「そりゃ、そうだろうけどさ」

「でもま、たぶん止めないかな」

そう迷う素振りもなく答えを出した母は、淡々とつづけた。

「そのときに失敗しなくても、またどうせ似たような失敗をするだろうし。失敗あっての今だからね。それに、後悔のない人生って、味気ないんじゃない？　だって、怖がって成功が見えてることにしか挑まなかったってことでしょ」

「まあ、そうかな。うん、そうだね」

過去、村岡に無謀な告白をした自分は、今日の斉藤のようにまぶしかったのかもしれない。十七歳だけの輝きを放っていたのかもしれない。

〝お母さん、私ね、実は未来から来たんだよ。本当はもう二十六歳の社会人なんだよ〟

魔が差して伝えようとしたけれど、雅臣に言われていたとおり、声がまったく出てこなかった。

ガスの火を止めて、母がにっと口角をつり上げた。

「やだ、私、今すっごくいいこと言っちゃった。これ、世界中の思春期が知るべきね」

やたらと盛り上がる母の隣で、沙織はうつむく。

「ほんと、知るべきかも」

苦笑したあと、母は優しく背中に手を添えた。

「あのね、十七歳ってどんなものも似合うと思うんだけど、唯一、後悔だけはあんまりフィットしないと思うよ。だって、いくらでもやり直せるんだから。後悔してる暇なんてないの」

――お母さん、ちょっと格好よすぎだよ。

子どものように胸に飛びこんで泣きたい衝動をこらえ、沙織は「ありがと」とだけ小さくつぶやいた。

その夜、沙織が寝る前に思い出したのは、村岡のことでも斉藤のことでもなく、過去、振られたあと、家に戻る前に駅の公衆トイレの中にこもり、思い切り泣いた自分の姿だった。

告白なんて、やめればよかった。

後悔して、泣いて、泣いて、泣いた。トイレの床に水たまりができるくらい、涙をこぼした。

つらい想い出のはずなのに、なぜ、今あのときのことを思い出しながら微笑してしまうのだろう。

ベッドに寝そべったまま、手首を天井に向かって伸ばしてみる。

光る棒は二本のままだが、そのうちの一本は先ほどよりさらに薄れていた。

もしもこのまま村岡に何も言わずに帰ったら、今度はそのことを後悔してしまうのではないだろうか。

混乱する心は十七歳そのもので、そもそも自分はこの九年近く、心の成長を遂げていないのではないかと不安になる。いや、大人が板につきはじめてしまった今よりも、心のおもむくままに告白できた九年前の自分のほうが、よほど自分に対して真摯《しんし》に向き合えていたのではないか。

布団を勢いよくかぶって目を閉じると、今度は村岡に告白したまさにその場面がフラッシュバックし、「うう」と小さくうめいた。

幸い、時間はあと一日、残されている。
ちがう、何を考えているのだ。初志貫徹。告白なんてしないなんて決められない。って
ちがう。いや、ちがわない？　ああ、もうわからないっ。

いよいよ今日で最後だ。

校門をくぐりながら、沙織は校舎を見上げた。

言う、言わない、言う、言わない。重い足を一歩前へ進めるたびに心が揺れる。

悪いが、もはや斉藤の心配などしている場合ではなかった。一日目を無事にやり過ごせたからと油断せず、もっと本気で、自分が告白しない大作戦に取り組むべきだったのだ。

沙織の葛藤《かっとう》など知らん顔で、目の前にたたずむ校舎は平和そのものだ。この平和を享受できるのは、沙織が二日間、村岡に告白せずに過ごせたからだ。

しかし斉藤はどうだろう。今朝、目が覚めたとたん、昨日とは世界が一変したことを知っただろう。自分が振られた世界がはじまったと。それどころではないと思い定めたそばから、斉藤のことが心配になる。

傷心の彼に対し、どのように接するのがいちばん傷つけずに済むのだろう。

振られた者同士、どうにも気持ちを慮《おもんぱか》ってしまうのは、大人になった故《ゆえ》なのか。

教室までやってきたものの、戸を開けるのも気が重かった。斉藤は朝が早いからもうとっくに席についているはずだ。

後方の入口でためらっていると、背後から急に声をかけられた。

「入らねえの？」

「あ、ううん、入るっ」

また、声が裏返っちゃった。

振り返ると、朝練を終えたらしい村岡がこちらを見下ろしている。

好きです。

沙織の意思とは無関係に、全身が伝えたがる。

「ご、ごめん。今、開けるね」

「いいよ」

かすかに照れたような顔で村岡が背後から腕を伸ばし、沙織の肩越しに戸を開けた。

だから、死んじゃうよ、こんなの。

行き場のないときめきをどうにか鎮めて一歩前に進むと、今度は斉藤と目が合ってしまった。

動きの止まった沙織に対し、斉藤が「うっす」と自席に座ったまま片手をあげてみせた。その態度をひと言で表すと、立派、だった。少なくとも、こんなにうじうじと心を決めかねている沙織よりは、ずっと立派だ。

偉いよ、斉藤ううう。

興奮が極まって、もはや自分でもよくわからない感動がこみ上げてきたが、かろうじて

「おはよう」と返した。おそらく自然な挨拶だったと思う。

村岡は、斉藤の告白の顚末《てんまつ》をもう耳にしたのだろうか。気になったが、特にリアクションもなく自席について隣の友だちとふざけて笑っている。

ホームルームを終えたあと、斉藤がさっと席を立ち教室を出ていった。

あたかも九年前の自分を見ているようで、胸が痛む。

やっぱり沙織は、告白しなくていい。このまま光の棒が薄まるのを見つめ、告白しなかった自分の未来へと行き先を変えて今度こそ平穏な日々を送るのだ。

そう言い聞かせるのに、どんどん胸の痛みが強くなっていく。

席についたまま、ちょうど黒板を消している村岡の背中に目をやった。

授業開始のチャイムが鳴る寸前、斉藤が教室に滑りこんでくる。うっかり目が合ってしまい、お互いにぱっと逸らした。

斉藤の立場を思うと、やはり胸が痛む。

痛む？　本当に？

尋ねる声が頭の片隅で響き、浮かんできた答えにうろたえる。

わからない、私は――。

うつむいたまま、沙織はただ唇を嚙みしめていた。

昼休みが始まるや否《いな》や、斉藤は特大の弁当箱を持ってどこかへ姿を消そうとした。その姿を村岡が気遣わしげに見やって、ドアのあたりで何か声をかけていたが、斉藤は首を横に振って去っていく。

授業中も絶えず漂っていた気まずさから解放されて、ほうっと息をついた。

残された時間はあとどれくらいだろう。

何気なく制服の袖をめくってみた次の瞬間、沙織はひゅっと息を吸いこんだ。

「うっすい」

思わず声に出してしまい、周囲の生徒たちから「どうした？」と失笑されてしまう。

「あはは、ちょっと」

適当にごまかして、席を立つ。

トイレに駆けこんで手首を確認すると、やはり思っていたよりもかなり薄い。

どうして？　一日目も二日目も、お昼ごろはもっと濃かったはずなのに。

――でも、告白しないんでしょ？　だったらもう帰ってもよくない？

心のどこかで冷静に受けとめる自分もいた。

たしかに、告白しないのだから、とっとと未来へ戻っていいはずだ。

「そうなんだけど――」

それでも、困る。自分はもっと村岡を見ていたい。あのかけがえのない姿を目に焼きつけて、未来に戻ったらこの三日間の平穏な想い出を胸に生きていくのだ。

よしっ。最後は気合いで立ち上がると、トイレから飛び出した。勢いよく教室へ帰ろうとしたところで、よりによって斉藤と鉢合わせしてしまう。お互い、彫像のように固まってしまった。

「お、おう」

「うん」

そういえば沙織は、昔からタイミングの悪い人間だった。だから、一世一代の告白を、斉藤に目撃されたりしたのだ。

「あのさ、ちょっと、話せるか」

「え」

「いや、別にもう振られたのわかってるし。しつこく食い下がろうとかじゃないんだ。ただ、昨日はあがっちゃってさ、どうして板谷のこと好きになったとか、そういうの、ちゃんと言えなかったから。ごめん、完全に俺だけの都合なんだけど、歩きながらでいいから話せないか」

「そんなことして、黒歴史になってもいいの」

気がつくと、尋ねてしまっていた。あまりにも失礼な言葉だったにもかかわらず、斉藤は破顔している。

「なるわけないじゃん。自分の気持ち、素直に言うことのどこが黒歴史なんだよ」

「だって、その――」

「振られるから？」

「ん」

「でも俺、振られるのわかってたしな。板谷、村岡のこと、見つめすぎだし」

いつの間にかうつむいていた顔をはっとあげると、斉藤がかすかに口を尖らせて「やっぱ当たりかよ」とつぶやいた。

「ごめん」

「いや、あやまることじゃねえし。うちのクラスの女子、ほとんど全員、あいつのこと好きだしな」

周囲の目が気になるのか、斉藤にうながされて昨日と同じく裏庭の隅へと移動した。昨日とは違い、春の日差しがおだやかに降り注ぎ、草木も心地よさげに揺れている。

「今日は、ふたりとも汗かいてないな」

斉藤の声に、思わず噴き出してしまった。

歩きながら、斉藤はぽつぽつと話した。

沙織が一年生のときから係を真面目にやったり、放課後の一斉清掃を丁寧にやっている姿を見て、ひそかにいいなと思っていたこと。もっと普通に話したかったが、照れがまさってうまく話せず、いつもぶっきらぼうになってしまっていたこと。隣の席になれてかなりうれしかったこと。それでもやっぱりうまく話せず、毎日もどかしかったこと。

けれど、間近で接して、沙織が誰を好きかわかってしまったこと。

そういえば、一年のときから斉藤とはクラスが同じだったことを沙織は思い出した。

そんなに前から、ちゃんと見ててくれたんだ。

「だから、けじめつけて受験勉強に向かいたかったっていうか。なんか俺、自分のことだけ考えてるみたいですまん」

「あ、ううん。私も避けるみたいなことしちゃって、ごめん」

謝罪しあって、うつむきあって、ふたたび顔を合わせた瞬間、斉藤の顔に日が差し、まぶしそうに目を細める。

きれいな季節だな、と、映画でも見ているような感想が浮かんだ。

同時に、うらやましいとも思った。

朝、教室で傷ついている斉藤を見て浮かんだ気持ちは、まさにこの羨望だったことに気がつく。

沙織は今、斉藤が感じているであろう胸の痛みや、挫折や、ときめきを、心底うらやましいと思っていたのだ。

村岡への告白を、ずっと後悔して生きてきたはずだった。癒えない傷を、今まで引きずってきたのだと。

しかし正真正銘、この美しい季節の登場人物として生きている斉藤を目《ま》の当たりにして、沙織はようやく悟った。

この季節は、私にとってもうとっくに過ぎ去ったことだったんだ。この季節の喜びも悲しみも、傷も後悔も、ぜんぶひっくるめて、十七歳だけが経験できる宝ものだったんだ。

ゆっくりと手首を見おろす。最後の光の棒が、ほとんど消えかけている。

「あのさ、ひとつだけ質問していいかな」

「うん。何？」

「もし、もしもだよ。私が誰かに告白している場面を目撃しちゃったとして、そのこと、斉藤だったら言いふらしてバカにする？」

「はあ？　なんのために？　落ちこみはするだろうけど、言いふらすわけねえじゃん」

「だよね」

だとすると――水口ぃいいい！

斉藤が言いふらしていると、親しくもなかったのに心配そうに忠告してくれたのは、そういえば水口だった。

あの男にだけは、いつか復讐してやってもいいかもしれない。

いよいよ、光の棒が消えかけている。

「斉藤、私、もう行くね。あの、本当にありがとう」

「お、おう」

「九年後の同窓会、ぜったい来てよね」

「はあ？」

「約束だよ」

笑って手を振り、急いで斉藤のそばを離れる。

角を曲がったところでまばゆいほどの光に全身が包まれ、三日間で告白をしなかった先につながっていた未来が、飛び飛びではあるけれど、ぽつり、ぽつりと浮かんでくる。過ごさなかった過去のはずなのに、あたかも経験したことを思い出していくような、それは不思議な感覚だった。

代わりに、本来歩んできたはずの過去がぼんやりと霞がかっていく。

沙織が時帰りをしていた三日間の記憶を、過去の沙織も少し首をかしげつつ受け入れたようだ。

ああ、やっぱり。そうだよね。

ある出来事を〝思い出した〟あと、沙織は微笑んだまま元の竹林にたたずんでいた。

「起きてますか」

「え、は、はい」

夢から覚めたような気分とはこのことである。まだ幾分ぼうっとしたまま歩く途中で、雅臣に腕を引かれていることに気がついた。

沙織が「あの」と声をかけると、「すみません。嫌かもしれませんが、戻りきれてない状態だと、よく転ぶ人がいるので」と淡々と返ってきた。

たしかに、足もとがおぼつかない。

「今、何日の何時ですか」

どうせ過去になど戻れるわけがないと思っていたから、たいして深く考えずに時帰りしてしまったが、向こうでは三日も経過している。

「時間なら、あのあと五分くらいしか経ってないですから」

「え、たったの？」

「ええ。時間は俺たちが思うよりも柔軟に伸び縮みするみたいです」

「はあ」

腕を引かれるまま、こよみ庵へとふたたび戻った。

雅臣の声は、最初に会ったときの人を拒むような堅さが心なしか薄れ、切れ長の瞳は沙織の様子をうかがうように揺れている。

うながされて席に腰かけるなり、雅臣が告げた。

「足を出してください」

「へ？」

「靴擦れ、してますよね」

「あ、いえ、自分でやります」

かがもうとして、ふらついた。

「たぶんまだ無理です」

「すみません。ありがとうございます」

迷惑がっていたわりに、意外な優しさも持ち合わせているらしい。ぼんやりとした頭のまま足を出すと、スニーカー用の靴下からはみ出したかかとの上に、手早く絆創膏《ばんそうこう》が貼られた。

「あの、汀子さんは」

「あそこで休んでます」

雅臣が指差した先をたどれば、隅のほうで汀子がぐったりと椅子にもたれていた。

「時帰りの舞を踊ると疲れるみたいで、しばらくああです。放っておいてください」

「そうだったんですね」

あんなになるとわかっていても、疑う沙織に腹もたてず、説得して過去へと送り帰してくれた。時帰りを経験した今では、ふたりに畏怖と感謝の念が湧く。

しばらくして、雅臣が淹《い》れたらしいほうじ茶と桃色の落雁《らくがん》が運ばれてきた。落雁はハートの形をしており、この三日間の出来事が走馬灯のように浮かんでくる。

沙織の目の前に雅臣が腰かけた。

手にはペンとメモ帳らしきものを持っている。

「たぶん、新しい記憶が断片的に頭の中に浮かんでいると思うんですが」

「はい。そうみたいです」

「時帰り後の人生は新しいものに上書きされるはずです。その代わり、これまでの過去の記憶は薄れていきます。完全に忘れることはないかもしれませんが、混乱するのは避けられるかと」

「そうですか」

ほうじ茶には苦みがほとんど感じられず、意外なほどまろやかだった。

「どう変わったか、とか聞かないんですか」

「聞いたほうがいいですか。それより時帰り後の症状について——」

「お、に、い、ちゃ、ん」

兄の素っ気ない返事を、少し回復したらしい汀子が向こうの席からたしなめる。

「ごめんなさい、沙織さん。まだあんまり動けなくて」

「いえ、とんでもない」

「で？　どう変わったんです？」

あからさまに面倒そうな顔で、雅臣が尋ねてきた。絆創膏を貼ってくれたときは少し感動してしまったが、やはりこういう性格らしい。

「私、告白しませんでした」

「そうですか」

会話を終わらせようとする雅臣に、なおも食い下がる。誰かに、新しい記憶を聞いてほしかった。

「なんて、時帰りしている最中は告白せずに済んだんですけど、時帰りをしたあとの私は、私が未来へ戻ってすぐに告白しちゃったようです。もう、気持ちをおさえておけなかったみたいで。同じように振られましたけど、今度は誰にも目撃されず、クラスの誰にも知られることなく、静かな失恋で済んだというか」

「へえ」

今の沙織は、あのとき勇気を出して告白してくれた斉藤に対するひそかな尊敬の念も抱いている。あの真っ赤な顔のまぶしさが、胸の中にじんと残っていた。

「で？　ひどい失恋さえなければうまくいったと豪語してた未来は、どれだけ変わったんです？」

この質問には、沙織も苦く笑うしかなかった。

「実は、ほとんど変わらなかったんです。受験シーズンに体調を崩して前回と同じ第六志望の大学に行くことになったし、就職先も同じところで。

時帰りして別の選択をしたからって、言われてたとおり大きくなにかが変わったりはしないんですね。でも以前の人生では、不本意な気持ちで通ってたから大学で友だちなんてまったくできなかったんですけど、今度の人生では親友ができて今でも仲がいいみたいです。それに、職場もいいところがいっぱい見えてきて。私、ただ甘えてただけだったんだなって」

「わあ、すっごく前向きになれたんですね。なんか私たちもうれしいです。ね、お兄ちゃん」

少しふらつきながらも、汀子がこちらへと席を移動してきた。

「まあ、そうですね」

「ほんっとに素直じゃないんだから。こう見えても心配してたんですよ」

「別に心配なんて。特に問題がないなら俺はこれで」

急に立ち上がって出ていこうとした雅臣がテーブルの脚に脛《すね》をぶつけて「いてっ」と小さく叫んだ。

来たときと同じ細道を逆にたどり、出口まで雅臣と白猫のタマが送りに出てきた。

「まだ本調子じゃないと思うので、これをどうぞ。神社の湧き水です。時帰りしたあとは、いい気つけになりますから」

雅臣が手渡してきたのは小さなペットボトルだった。受け取ると、ずいぶん冷えている。

「ありがとうございます」

「倒れられでもしたら困りますから」

優しいのか冷たいのか、やはりよくわからない相手だ。

タマの青い瞳が傾きかけた日に透け、水の湧く泉のようだった。

「明日の同窓会、楽しみになってきました」

「へえ」

「あからさまに興味なさそうにするの、やめてもらえます？」

「そう言われても、本当にまったく興味がないので」

ほんとに残念なイケメンだな。

ここまでくると、わざと意地悪をしてやりたくなる。

「ぜったいにまた遊びにきます。新しく思い出すこともあるでしょうし。神主さんたちのこと、すぐに忘れちゃうわけじゃないんでしょう？」

「さあ、人それぞれみたいなので」

つれない返事のあと、雅臣がタマに告げた。

「タマ、送って差し上げて」

「にゃあ」

覚えておきたかったな。どちらの記憶も。

タマがとっとっ、と沙織の先へと歩きだし、少し先からこちらを振り返っている。

「ついてこいって言ってるの？」

タマのしっぽを追いかけて歩きだしながら、三日間の大冒険を思ってかすかに口角が上がる。

斉藤は約束を覚えてるかな。どんなふうになってるんだろ。

青い空の下、思いのたけをぶつけてくれた高校生の顔を思い浮かべる。

タマが、すべてを見通しているような澄んだ瞳をじっとこちらに向け、足もとに体をこすりつけてきた。

第二話　想い出の苦いヴェール

⛩

古都・鎌倉ではあじさいが可憐《かれん》な花々を咲かせ、木々の緑はしとどに濡れて、今が盛りの鮮やかさで街を彩《いろど》っております。

しかしここ、一条神社は、風流とはおおよそ無縁。雨漏り対策に大わらわの季節を迎えたようです。あちらをふさげばこちらから滴《しずく》がぽとりと落ち、こちらをふさげばそちらから落ち。終わりのないいたちごっこで、神主と巫女の兄妹はいささか寝不足ぎみの様子。ふたりを哀れと思《おぼ》し召したのか、ご祭神である聖神が、どうやら新しい参拝客をお呼びになったようです。

さあ、そろそろいらっしゃるようですから、お迎えに出るとしましょうか。

先立つものがなければ、修繕もままなりませんから。

嫌ですね、なんだか巫女の汀子みたいなことをつぶやいてしまいました。

おや、聖神様のおはからいでしょうか。だんだん空が明るくなってきたようです。これは、あとで虹が出るかもしれませんよ。

今日のお賽銭は期待できそうです。

はっ、いけませんね、またお金の話を。

こんなに俗っぽくなってしまうなんて、私も人の世で生きすぎたでしょうか。

それでも、まだもうちょっとこの世界を見ていたいと思うのですよ。

今も昔も、日々は、驚くほどの輝きに満ちているのですから。

⛩

若宮汀子は激写している。

「映え、圧倒的な映えっ」

祭壇《さいだん》の陰に身をひそめ、朝の神事をおこなう兄、雅臣をスマートフォンで撮影しているのである。一心に祝詞《のりと》をあげる姿は妹の目から見ても清涼で、梅雨の鬱陶《うっとう》しさを散らしてくれる。

本拝殿のあちこちに置いてあるバケツやたらいにさえも、兄といっしょに写せば、何やら趣《おもむ》きを感じてしまうほどである。

これでは汀子がひどいブラコンのようだが、まったく違う。むしろ男というだけで、好きでもないくせに神職におさまった兄に、妬《ねた》ましささえ感じていたこともあった。今でも、兄よりも自分のほうがずっといい神主になれたはずだと、心ひそかに思っているほどである。

だから、この場合の彼女の関心は兄その人ではなく、兄をどうコンテンツとして展開し、収入に結びつけるかという一点のみにあった。兄の生活を切り売りしてでも費用を稼がなければ、そう遠くない未来にこの破れ神社が倒壊してしまうのは間違いない。背に腹は代えられないのである。

いっそお守りの代わりに兄のブロマイドでも並べて売ったほうがいいのではないか。実際、兄の神主姿をアップすると、SNSには驚くほどハートマークがつくのである。

それなのに肝心の客足は、なぜまったく伸びないのだろう。

恨みがましい目でご神体の鏡を真横から見上げるが、ガタのきた境内を映して沈黙するばかりだった。

「おい、なんの真似だ」

いつの間にか祝詞を終えていた雅臣が、汀子をにらみつけていた。幼いころから見慣れた顔だが、怒るとなかなかに迫力がある。

兄に向けていたスマートフォンをさっと背に隠し、愛想笑いを浮かべて祭壇のうしろから身を乗りだした。

「あのね、実はちょっと伝言があって」

「伝言？　まさか」

雅臣が眉根をぐっと寄せる。

「そのまさか。今日、いらっしゃるみたいなんだよね。少し立派な体格のおじさま。四十代くらいかな。いい人そうだったよ」

実際のところは、男性はどことなく険《けん》のある表情で、お世辞にもいい人には見えなかったが、必要以上に兄を身構えさせたくなかったのだ。

「どうせ、今回もくだらない理由で来るんだろう」

「さあ。理由まではわからないけど。お〜い、タマ。もしお客様が迷っていそうだったら連れてきてあげてね」

賽銭箱をひょいっと飛びこえたタマに声をかけると、心得たように「にゃあ」とひと鳴き、かえってきた。

気がつけば、先ほどまでたしかに降っていた雨が嘘のようにやんでいる。視界の向こうでは、頭上をおおっていた分厚い雲に切れ間が広がり、海辺の街ならではの明るい青空がのぞいていた。

タマが出ていったということは、例の参拝客がすぐそばまで来ているのかもしれない。

ここ、一条神社のご祭神である聖神は時を司る神様である。そのあらたかなご神力で、訪れる人を一生に一度だけ、戻りたい過去へと〝時帰り〟させてくれるというものすごい秘密があった。

ただし、時帰りは誰でも望めばできるわけではなく、人物を選ぶのは聖神だ。神が選んだ相手は、その人が訪れる当日の朝方に汀子の夢の中に出てくる。

だから、ご利益を万人にアピールできるわけではない。

それでもこのありえない現象をウリにすれば、たちまち富を築けるはずなのだが、いまだにここが貧乏神社に甘んじているのには理由がある。少しでも兄妹が（ほとんど汀子だが）よこしまな心を抱いた瞬間、神社に怒りの鉄槌《てっつい》がくだるのである。

これまで、裕福そうな人物が時帰りをしたさいに、ちょっと多めの喜捨《きしゃ》を要求したところ、雷が落ちる、局地的な豪雨や地震に見舞われるなど、さんざんな天変地異を経験する憂き目にあった。

ただし時帰りを終えたあと、やんわりと多めのお賽銭をお願いするくらいなら大目に見てくれるらしい。

それに、兄がようやく現実を見るようになったのか、最近、本腰を入れて働いてくれるようになったのである。

「お兄ちゃん、今日はちゃんと愛想よくしてね。学費の分割払いの期限、もうすぐだし。こう雨漏りだらけじゃ、おちおち夜も眠れないし」

嫌味ったらしく念押しすると、雅臣が素っ気なく告げた。

「そんなこと、心配するな。今日も祈禱《きとう》が入っている」

「え？　でもお兄ちゃん、ご祈禱はもう嫌だって――」

「心配、するな」

汀子を強引に黙らせて立ち上がった雅臣は、流れるような仕草で廊下へと向かった。

雅臣が、出張祈禱を始めたと知ったのはつい最近のことだ。

最初は材木座《ざいもくざ》で居酒屋をしている親戚の紹介だったらしい。

さる事業家の自宅の神棚に祝詞をあげにいったところ、そこの奥様にたいそう気に入られ、以降、彼女が通うフラワーアレンジメントやら料理やらのサークル仲間たちの家々を順ぐり訪れては祝詞をあげているのである。

　このとき包まれる玉串料《たまぐしりょう》が、それはもう素晴らしかった。

　兄にはしおらしく「無理しないで」などと上目遣いをしているが、のし袋を受け取るたびに、口元がほころばないよう苦心して引き締めている。

「にゃあ」

　いつの間にか、タマが戻ってきていた。鳴き声に咎《とが》めるような響きがあったのは気のせいだろうか。そう、たぶん、気のせいだ。

　今日、時帰りに選ばれた人物が賽銭をはずんでくれたら、これまでにたまった玉串料と合わせて、ありがたく雨漏りの修理をおこなえそうだ。

「あのおじさま、福耳だったなあ」

　気づかぬうちに鼻歌まじりになって、汀子は、同じ境内にある抹茶処〈こよみ庵〉へと向かった。


　雨野大輔《あまのだいすけ》は、その名とは真逆で晴れ男だ。いや、だった。

　幼いころから、遠足やキャンプにはじまり、受験、初デート、就職の面接まですべて晴れ。悪天候で大切なイベントがぽしゃったことは一度もない。

　だから、ほぼ一ヶ月ぶりの仕事のない週末が雨だったときは心底驚いた。

「おいおい、嘘だろう」

このところ仕事がずっと忙しく、週末も出勤がつづいていた。

土日にきちんと休めるなど実に久しぶりで、数年ぶりに朝からジョギングでもしようかと張り切っていたのに、アラームではなく雨音で目が覚めたときの失望ときたら。朝めしのあと、ショックのあまり、「ＢＩＧ！」と印刷された特大のポテトチップスの袋を空《から》にしてしまったほどである。

ＴＶでは、鎌倉の散歩番組をやっている。名前も知らないお笑い芸人が、小町通りを食べ歩きし、神社仏閣に詣でていた。

「鎌倉か。久しぶりに行ってみるか」

口のはしにポテチの食べかすをつけたまま、ぼんやりとつぶやく。

新緑の季節も過ぎ、蒸し暑くなってきた六月だ。ただしこの雨のせいか、今日はやや肌寒く感じるほど涼しい。鎌倉なら、雨でも山の緑が鮮やかで見応えがあるだろう。

「一時間もあれば着くしな」

床からのっそりと身を起こせば、メタボ腹がぽよよんと揺れる。

四十歳、独身。以前は引き締まっていたシックスパックが、気づけばこの体《てい》たらく。

俺は、なんのために働いてるんだ？　こうしてストレスでどか食いして、太るためか？

頭を左右に振って面倒な考えを追いやり、ふうふう言いながら身づくろいをして家を出た。

とたんに、雨音が激しさを増す。

肌寒いはずなのに、ゆさゆさと歩く大輔のこめかみからは汗がしたたっていた。

鎌倉駅についても相変わらずの雨だった。ズボンの裾を長靴にしっかりとインしてきてよかったと思いながら、周囲を見まわす。

悪天候にもかかわらず、けっこうな数の観光客が駅周辺にたむろしていた。

トレッキングに出るらしいシニアの集団、外国人の観光客、デートを楽しむふたり。大輔と同年代の男たちでひとり出歩いているのは、Tシャツにハーフパンツをはき、いい具合に日焼けしたいかにもな地元民のみで、観光客としては皆無である。

せっかくの休日なのに、だんだんと気鬱になってきた。

ばしゃん、と長靴の子どもが水たまりで跳ね、大輔のズボンの膝のあたりに泥まじりのしぶきが飛ぶ。

「おい、気をつけろよ」

尖った声を出した瞬間、子どもの顔がひしゃげた。

「申し訳ありませんでした」

慌ててやってきた母親は赤ん坊を抱っこひもで抱えており、こちらも泣きそうな顔で頭を下げてくる。

「いや、別に――」

それでもイライラのおさまらない自分にもイラついてしまい、足早にその場から離れた。のしのしと横断歩道を渡り、出発待ちをしているバスに飛び乗る。行き先も確かめなかったが、ここは鎌倉だ。何かしら見るべきものに、たどり着くだろう。

座席に乗って「ふう」と息を吐いた。

ふたり分の席だが、大輔ひとりでほぼ埋まっている。

前の座席の背にぶつかりそうなメタボ腹を見下ろし、またイラついた。

部下たちがもう少し自分の仕事をやってくれたら、俺だってもう少し早く帰れるのに。そしたらもっと早く夕食を食べ、もっと早く就寝して、もっと早く起きられる。朝からジョギングをしてもっと早く出社し、仕事ももっと効率よく片づけられる。

つまり、今のこの腹も、この憂鬱も、まわりのせいだ。管理職なんて、体《てい》のいいお守《も》りじゃないか。

炭酸のボトルを開けたときのような音が響いてドアが閉まり、どこかへと向かってバスが出発した。

先ほどのTVでも放送されていた若宮大路を鶴岡八幡宮へと向かって進んだあと、バスは左へとそれ、坂道をのぼっていく。どこまで行っても観光地らしく、通りの左右を人がうじゃうじゃと歩いていた。

バスに乗ってよかった。こんな坂道を歩くなんて――思ってしまった自分に、またしてもイラつく。

バスの縦揺れにあわせ、腹の贅肉《ぜいにく》もぽよんと上下した。

ほんの十年前まで、大輔はとてもスリムだった。

ジョギングをこよなく愛し、朝は夜明けとともに起きて走ったあとでなければエンジンがかからなかった。腹筋は見事なシックスパックだったし、ビールよりも朝のスムージーを好んでいた。

転機が訪れたのは、三十歳のときだ。

当時の上司から気に入られていたのもあったのだろうが、真面目で仕事もよくできた大輔は、昇進試験をすすめられ、同期に先駆けて課長職についた。異例のスピード出世だった。

有頂天になったのも束《つか》の間《ま》。いざ管理職として会社側に立ってみると、その負荷は想像以上に大きかった。能力不足のくせに言い訳や文句は一人前の年上の部下たちの声に耳を傾けるだけでなく、なだめたり、励ましたり、スキルアップのサポートをしなければならない。組合員ではなくなった管理職を年俸制という定額でこき使う会社には、報告、連絡、ただし相談はできない。早朝から深夜まで、片づけても片づけても減らない雑事がわいてくる。

朝のジョギングなど一メートル走る暇さえもなくなり、週末も出勤するようになるまで、そう時間はかからなかった。

行き場のないストレスは凍土に積もる雪のように堆積し、大輔を食と飲酒に走らせた。

腹も減っていないのに胃をぎゅうぎゅうに満たし、アルコールで無理に脳の緊張をほどかなければ、ろくに眠れなくなった。半年ほどはどうにか保てていた体形などあっという間に輪郭を崩し、ぽっちゃりから小太りへ、小太りから巨漢へと加速度的に肥えていったのである。

乗客をいっぱいに乗せたバスは、苦しげなエンジン音とともに急勾配をのぼっていく。

それでも最初は俺も、土日の朝は、意地になって走ってたんだ。

しかし体が重くなるにつれ、走ることも苦痛になっていった。ジョギング中、ショーウィンドウに映る腹の出た自分を見るのも耐えられなかった。

食べる、なのにろくに運動もしない。ストレスと体脂肪は増えるばかり。たぶん今この瞬間も、増えつづけている。

――しばらく見ない相手が太っていた場合、原因は加齢や過食ではなくメンタルの不調の場合も多い。だからからかうのではなく、気にかけてやってほしい。

そんな記事を見かけて、腹を立てたこともあった。

違う。俺は、メンタルをやられるようなやわな人間じゃない。断じて俺は、俺は――。

大きく息を吐いたとき、ちょうどバスが停止した。いつの間にか、車内には大輔しか乗っていなかった。

「蒸すな」

この体形になってから愛用しているタオルで額の汗を乱暴にぬぐいながら、あたりを見まわす。我に返って次の停留所で降りたはいいものの、この山間《やまあい》に見るべきものなどなさそうである。

傘を差したまま、降りたことを後悔しながら歩いた。

ときどき思い出したように洒落《しゃれ》た家や喫茶店が現れては消え、また視界が緑に埋めつくされる。

気がつけばけっこう歩いたようで、かなり息が切れていた。膝頭も軽く痛みはじめている。

「じじいか、俺は」

軽やかにジョギングをしていたころの自分は、羽でも生えているようにどこまでも駆けられる気がしていた。

夢でもいい。あのころみたいに思い切り走れたら。

ため息をついたそのとき、足もとにまとわりつくふわりとした感触があった。

「わっ」

驚いて飛びのくと、白猫がこちらをじっと見上げている。

やけに美しい猫だった。薄青色の大きな瞳は木漏れ日を反射し、キラキラと光る。虹彩が時計の目盛りのようにぐるりと瞳孔を囲んでいた。

「いつの間に晴れたんだ？」

傘を下ろしてみれば、たしかに先ほどまでそぼ降っていた雨がぴたりとやみ、木々の緑が目に鮮やかだった。

こんな景色のなかを走り抜けるのはさぞ気持ちがいいだろうな。

「にゃあ」

同意するように猫が鳴く。とっとっ、と進んで、こちらを確認するように振り返った。まるでついてこいと言わんばかりである。

ためしに大輔が一歩踏み出すと、白猫はふたたび歩きだした。

揺れるしっぽに誘われるようにしてしばらく歩いたあと、葉を黄色に色づかせた竹林の細道へと曲がった。そういえば、竹は初夏に紅葉すると聞いたことがある。日差しは柔らかくかげり、あたりには雨後のせいか瑞々《みずみず》しい土の香りが満ちていて、くさくさしていた心が洗われるようだった。

猫は木漏れ日と戯《たわむ》れるようにして前へ前へ、進んでいく。追いかけるうちに竹林が突然とぎれ、開けた場所へとたどり着いた。

「にゃあ」

白猫が、催促するように鳴く。

気がつけば、今にも崩れそうな社殿の前に立っていた。

「なんだ、神社だったのか」

いくら山奥とはいえ、ここは鎌倉である。神社仏閣を目当てに訪れる観光客も多いだろうに、あたりには人っ子ひとり見当たらなかった。

雨に冷やされた風がふたたび首筋をなで、ぞくりと背中が震える。

見まわすと、古びたお社には似つかわしくないモダンな建築物が目に飛びこんできた。入口に看板が出ており〈こよみ庵〉と書かれてある。ちょうど、引き戸が音もなく開いて、女性がひとり、なかから出てきた。

「あっ、気づかず、申し訳ありませんでした」

巫女さんだろうか。少し圧倒されるような美人である。破れ神社のほうに近づいてくる姿は、いつか見た幽霊画から飛び出してきたようにも思えてどことなく気味が悪かった。

「どうも」

「もう少し遅くいらっしゃるかなと思ったんですが、早かったですね」

「あ、いや、特に約束はしてないですが」

はっとしたように巫女が立ち止まった。

「すみません。なんだかお会いしたことがあるような気になってしまって」

「はあ」

別の誰かと勘違いでもしたのだろうか。

ちぐはぐな会話に、落ち着かない気持ちになった。

なんだか、ここはおかしい。賽銭箱に十円でも放りこんでとっとと帰ろう。

足早に社殿へと近づき、小銭を投じて形ばかり柏手《かしわで》を打つ。

背後から小さなため息が聞こえたのは気のせいだろうか。

「それじゃ、失礼します」

踵《きびす》を返して巫女の前を通り過ぎようとしたとき、先ほどの白猫が大輔の足もとにまとわりついてきた。

無視して帰ろうとしたのに、巫女がここぞとばかりに声をかけてくる。

「たぶん、お抹茶を勧めているんだと思います。あの建物でお出ししてるんですけど」

巫女のほっそりとした白い指がさすのは、先ほど見たこよみ庵だ。ちょうど境内を日が照らし、まるでスポットライトに当たっているようだった。抹茶よりもコップ一杯の水を思い浮かべ、大輔はからからに喉が渇いていたことに気がついた。

明るい空のもとでは、ついさっき感じたような妖《あや》しさが、巫女からも、この神社からもまったく感じられない。

馬鹿らしい。ただのちょっときれいな小娘じゃないか。乱高下《らんこうげ》する景気動向のほうがよっぽどおそろしい。

「お冷やも出ますよね」

「ええ、もちろん。さ、どうぞどうぞ。庵からの景色は鎌倉でも人気の映えスポットなんですよ」

「へえ」

乾いた相槌《あいづち》を打ってしまったが、巫女は笑みを崩さないまま若宮汀子と名乗った。

「お客さまのお名前をうかがってもいいですか」

「それ、必要ですかね」

「いえ、そういうわけじゃないんですけど」

汀子は困ったように小首を傾げた。あらためて見ると、思ったより幼い印象を受ける。二十歳《はたち》そこそこといったところか。

とげとげとした自分の態度がやや恥ずかしくなり、ぽつりと告げた。

「雨野大輔です」

こよみ庵の暖簾《のれん》をくぐりながら告げると、汀子がぱっと微笑んだ。

「雨野さんですね。ようこそ一条神社へいらっしゃいました」

「はあ」

ついうながされるまま入店してしまったが、こよみ庵が映えスポットだというのは本当のようだ。

壁一面がガラスになった庵の向こうは見渡す限り色づいた竹林で、雨あがりの日差しに葉の滴《しずく》をきらめかせている。中はクーラーも効いており、かなり居心地がよさそうだった。

案内された席につくなり、ほうとため息が漏れた。汗がこめかみから際限なく噴き出してくる。上半身を支えていた膝頭が、しくしくと痛んでいた。

あれくらいの坂など、昔は息も切らさずにのぼっていたのに。女性にも、そこそこモテていた。バレンタインのチョコだって何個ももらっていたし、合コンに行けばたいていアプローチされていた。向こうからだ。

たった十年前の自分は、まるで別人のような人生を送っていた。

もしも今、あのころに戻れるなら——。

出世なんて断固しない。ずっと平社員で責任もストレスも最小限に抑えて働き、運動は絶対にサボらずつづける。

ぼんやりと眺めたガラス面から、十年で脂肪を蓄えるだけ蓄えた肥満のおっさんが見返してきた。

これが俺か。いや、まさに俺なんだ。これが今の——。

尖った現実が、容赦なく目をつき刺してくる。

「あの、大丈夫ですか？」

やや痩せすぎではないかというほどすらりとした汀子が、点てたばかりらしい抹茶と和菓子を運んできた。小さな盆の脇に、境内の湧き水からくんだという冷水もことりと添えられる。

返事もせずに、抹茶ではなく冷水を手に取って一気に飲み干した。

「すみません、もう一杯もらえますか」

「ええ、もちろんです」

ふたたび供された水を今度はゆっくりと味わいながら飲む。ずいぶんと甘みが強かった。

「お抹茶もぜひ。今日のお茶請けは水無月《みなづき》です。小町通りで人気の老舗から仕入れてるんですよ」

「そうですか」

疲れているせいか、中身をひと口で飲み干したくなるのをこらえ、器を少し回してみた。理由までは知らないが、抹茶はこうしてからいただくはずだ。それくらいの作法はわきまえている。

和菓子は白いういろうの上に小豆をのせて固めたものだといい、さっぱりとした味わいだった。

ふと視線を感じて大輔が顔をあげると、汀子がすぐそばに立ち、心なしかギラつく目でこちらを見下ろしていた。

「あの、何か」

「今日はいったい、どうしてこちらまでいらしたのかなと思って。うちって参拝客もそんなに多くないですし、自慢の竹林だって今は葉も枯れる時期で見映《みば》えもあれですし」

たしかにこの寂《さび》れ具合では、おそらく一日に三、四人でもくればいいほうだろう。

「参拝に来て怪しまれるなんて心外だな。むしろ、こんなおんぼろ神社にこの建物って

――。怪しみたいのはこっちのほうなんだが」

言外に、税金がかからないのをいいことに、うまいことやっているのだろう、と嫌味をこめたつもりである。

汀子の大きな瞳がにわかにつり上がり、テーブルをだんっと手のひらで叩いた。

さすがに言い過ぎたかと身構える。

「たしかに怪しいですよね。神主の兄はもともと建築事務所で働いていて、その伝手《つて》でこの建物も、兄に言わせればかなり予算控えめで建てたんだそうです。とはいえ、それなりの金額ですよ？　余裕がないときにわざわざ自分の建築欲を満たすためだけにこんなことして。おかげで今うちは――」

はっと気がついたように、汀子が咳払いをした。

「すみません。この建物のことになるとつい。そんなことより、ここまでいらした理由があるんじゃないんですか」

気をとり直したらしい汀子が、ふたたび尋ねてきた。大きな瞳には、有無を言わせぬ圧力がある。

突っぱねるつもりが、思わず正直に答えてしまった。

「ここに来る予定はなかったんだが、バスを降りたら白い猫が寄ってきて、まあ、なんとなくついてきただけだ」

「ああ、そうだったんですね。やっぱり」

「やっぱりとは？」

「うちの猫、神様に呼ばれて来る人を見つけるの、得意なんですよ」

条件反射で、大輔は目をすがめた。

「申し訳ないが、俺はそういうのは信じない性質《たち》だ」

「でも、過去に何か後悔していること、おありですよね」

ぐっと背中に力を入れたあと、大輔は鼻で笑ってみせた。

「ずいぶんあからさまなコールドリーディングだなあ。俺くらいの年齢で後悔がない人間なんてまずいない」

「コールドリーディングってなんです？」

「インチキ占い師が、相手の容姿や言動から情報を高い精度で推定して、あたかも占ったかのように告げることだよ。つまり詐欺師の手口だ」

せっかくの休みに、無益な時間を過ごしたくなかった。そう、残念ながら自由な時間はあまりにも短い。

抹茶を飲み終えるまで、汀子からの返事はなかった。少しきつく言い過ぎたかと大輔が汀子を見やると、相手はスマートフォンを熱心にのぞきこんでいた。

「あ、出てきました。へえ、ほんとだ。占い師や詐欺師が使うテクニック。面白いですね。でも、私のはコールドリーディングじゃないですよ。れっきとしたご神託です。雨野さんは神様に呼ばれてこの一条神社にいらっしゃったんです」

「だから、そういうのは信じられないし、信じたくもないし」

大輔が、大げさなため息で汀子を追い払おうとしたときだった。突然、入口のほうから低い声が響いた。

「お告げのとおり、ずいぶんといい方のようですね」

白の羽織に水色の袴姿の神主である。先ほど汀子が話していた、この建物を設計した人物に違いなかった。背がすらりと高く、涼しげな容貌の持ち主で、こちらもかなり異性に人気がありそうだった。ひと言で表すといけ好かない。

俺だって痩せていたころは、こいつに負けないくらいの男前だったんだ。

「兄で神主の若宮雅臣です。お兄ちゃん、ご挨拶を――」

「うちは、ご神力《しんりき》をいたずらに誇張などしておりません。コールドリーディングなどという侮辱は取り消していただけませんか」

汀子の声をさえぎって雅臣が言い切った。気圧《けお》されまいと、大輔も言い張る。

「神様に呼ばれたとかなんとか、そういうのが苦手な人間もいるんだ」

「こちらもあなたのような方が選ばれたのは不本意ですが、ご神託なので」

汀子が雅臣のほうに咎めるような視線を向けたが、雅臣は涼しい顔をしている。

「お兄ちゃんはちょっと黙ってて。兄が無礼ですみません。それより雨野さん、やっぱり後悔していることないですか？　過去に戻ってやりなおしたいこととか」

「それよりとはなんだ、それよりとは」

目をつり上げる雅臣を無視して、巫女に返事をした。

「だから、さっきも言ったとおり、後悔なんていくらでもある。俺だけじゃない。普通の人間ならないほうがおかしいでしょ」

汀子がさらに食いさがった。

「でも、強《し》いて言うなら、この日に戻れたら戻りたいなんていう日、ないですか」

「そりゃ、そう言われたら――」

答えようとした大輔の声を、雅臣が冷たくさえぎる。

「いや、無理に答えなくていいですよ。ここは、考える間もなく、いつの時点に戻りたいか答えられるような人が来るところですから」

「どういうことだ？」

問いかけると、雅臣があからさまにしまったという顔をした。口元に手を当て、悔しそうに目を細めている。

そんな表情でさえ絵になっているのが気に食わなかった。

こいつ、ぜったいに男の友だちは少ないだろう。もし自分が同年代だったら、合コンでは超優秀な客寄せパンダだとわかっていても呼びたくない。

歯がみしていると、雅臣があからさまに会話を終わらせようとした。

「いえ、お気になさらず。汀子、この方は違うんじゃないか」

「お兄ちゃんっ。たしかに雨野さんです。夢ではっきり見たんだから」

きつく雅臣をにらみつけたあと、汀子が取りなすようにもういちど尋ねてくる。

「よく考えてみてください。帰りたい日、きっとありますよね」

汀子の圧力のせいか、雅臣は不本意そうに沈黙していた。

もう帰ろうと思うのに、大輔は、尻が椅子に張りついたように動けない。その間も思考は、記憶をたどって過去へとさかのぼっていく。

そうだ。戻れるなら俺がこんなにストレスを抱える前、平社員で生活も体もまだ軽やかだったころがいい。前しか見えなかったあのころに戻って、朝の川沿いを走って、走って、思い切り汗をかけたら、どんなに爽快だろう。

指に、贅肉ではなく、腹筋が触れていたころだ。会いたいやつなど特にいないが、腹筋には心の底から会いたかった。

気がつけば、独り言のようにつぶやいてしまう。

「戻るなら昇進試験を受ける直前かな。ホノルルマラソンに出ようとしてかなり体をつくりこんでいたし」

一瞬、テーブルに沈黙が降りた。兄妹が、仲良く目を見開いている。

「な、なんだよ。俺だって昔は細マッチョだったんだ。腹筋だってしっかり六つにっ」

「いや、疑ってなんて。ね、お兄ちゃん」

「それにしたって今のすが――」

「お、に、い、ちゃ、ん」

失礼な兄妹である。この態度の悪さが原因で参拝客が少ないのではないか。

「神職のくせに口が悪すぎるぞ。帰る」

本当はそこまで腹を立てたわけではなかったが、今がチャンスである。大輔が席を立つと、汀子がさっと通路をふさいだ。

「そこをどいてくれませんか」

「帰れますよ」

「は？　だから帰ると言ってるじゃないか」

「そうじゃなくて、戻りたい日に、帰れると言ってるんです。うちの御祭神である聖神は、人を過去に戻すのが得意技なんですよ。時帰りって呼ばれてます。でも、誰でも時帰りできるわけじゃなくて、帰す人は神様が選んで私に教えてくれるんです」

「ほ、ほう？」

これは、下手にマルチの販売会などに紛れこんでしまうよりまずい状況かもしれない。逃げるが勝ちの案件である。

「この神社の神様がすごいってことはよくわかった。それじゃこれで」

「待ってください」

「いや、待ってもらわなくていいだろう。帰りたがってるんだから」

「もう、お兄ちゃんっ」

小さく叫んだ汀子が、雅臣の腕を強めにつかんだらしい。雅臣が、痛みに顔をしかめながらもつづける。

「このあいだの女性も時帰りせずに帰っただろう？　あれが普通だ」

「そんなこと、ないよ」

唇を噛む汀子に雅臣が畳みかけた。

「時帰りなんてせずに、後悔を抱えたまま生きていく。人生っていうのは本来そういうものだろう？　やり直しなんてきかないのが当たり前なんだよ」

「そのとおり。あなた方にご心配いただかなくても、俺の人生は俺が責任を――持てるんだ」

最後のほうで大輔が言いよどんだのは、決して自信がないからではない。ただ、雅臣の言葉が胸に引っかかっただけだ。

そう、そのあとも、後悔を抱えたまま人生はつづいていく。

知らずに大輔はこぶしを握った。指の腹が厚くなったせいで、うまく握りきれないが。

「でも、でもですよ。ここなら、やり直せるんですよ？　やり直したくないですか」

まだ言いつのる汀子に向かい、大輔はつい同意してしまった。

「そりゃ、やり直せるんだったら、誰だってやり直したいよ」

「じゃ、時帰りしましょうよ。タダですし、なんにも損はないじゃないですか」

「タダ、なのか」

日々、景気の動向や株価と闘っている身のせいか、釣られるように尋ねてしまう。

「ええ。あとでお賽銭ははずんでいただけたらうれしいですけど任意ですし、基本的には無料でおこなっています。以前、それなりの金額をいただこうとしたら、境内の裏に落雷があって」

「神罰ってやつか」

「はい。神様もこの神社を修繕するためなんだから、ちょっとぐらい協力してくれてもいいと思いません？」

　巫女らしからぬ俗っぽさで、汀子が口を尖らせている。心なしか、窓の外の竹の枯葉が、強めに揺れた気がした。

　過去に、戻る。高額な請求もなし。たしかに大輔にとって損はない。

　だったら、やってみようか――いや、考える価値もない与太話ではないか。

　我に返りかけた大輔に、駄目押しのひと言が飛んできた。

「痩せたくないんですか。過去に行けば、太らない未来だって――」

「汀子、過去を簡単に変えられるような誤解をさせないように。無責任が過ぎる」

「あ――ごめんなさい。私、つい」

「まあ、個人が痩せる、太る、くらいの変更なら可能かもしれませんがね」

　皮肉に口元をゆがめられたときは、さすがにむっとしてしまった。

　歴史の流れにとっては取るに足らないことかもしれないが、大輔にとって、痩せる痩せないは、心の生死に関わる問題なのだ。

　そうか、俺の心はいま死んでいるんだ。だとしたら、これは起死回生のチャンスじゃないか。

　人生がどう変わるか知らないが、今より悪くなることなんてまずないだろうしな。タダだし、特に予定もない。少し変わった観光体験だと割り切ってやってみるか？

あらためて兄妹を見つめる。こうして時帰りについて話すふたりの態度はごく真剣で、本気で誰かを過去に帰せると信じていることがひしひしと伝わってくる。

「本当に本当なんですよ、ね？」

「ええ、本当です」

声のそろった兄妹の瞳が怪しく光り、大輔の背中に震えが走る。

「さ、参りましょう」

ここぞとばかりに、汀子が大輔を神社へとうながした。

時帰りなど完全に信じたわけではないのに、気がつけば汀子のあとについて歩きだしている。

雅臣の声が追いかけてきた。

「時帰りで人生が変わったら、今の人生の記憶は置きかえられてしまう部分もありますよ。それでもいいんですか。今の人生には、二度と戻れないんですよ？」

「はいはい、時帰りできたらね」

顔だけ振り返って淡々と答えたが、やや動悸がする。

信じてなんか、いないのに。

「どうなったって知りませんよ、まったく――」

小さく毒づいた雅臣の声が、すぐ耳もとで響いた気がした。

本拝殿に着くと、雅臣のまとう空気が静けさを帯びた。やけに迫力があり、逆らいがたい。

「それでは祝詞をはじめるので、雨野さんは竹林のほうを向いてください。竹林の向こうが光りだして、手首に光の棒が立ったら、もう準備ができたサインです。あの細い道を奥に向かってゆっくり歩いていってください。ご希望の過去にたどり着くはずです」

「――わかった」

結局、時帰りの儀式を承諾してしまった。

――痩せたくないんですか。

雅臣はあのとき汀子を叱ったが、大輔にとっては自覚していたよりも的を射た勧誘だったらしい。

〝時帰り〟に関しては、よりくわしく雅臣から説明を受けた。

手首には、携帯電話のアンテナのような光る棒が現れ、その本数が過去にとどまれる日数を表していること。過去に戻るのは意識だけで、その時点の自分の体に今の意識が宿ること。人の死や歴史上の重要な出来事を変えることはできないこと。さっきちらっと聞いたように、時帰りによって人生が変わった場合、変わった部分に関する元の人生の記憶はほとんど忘れてしまうこと。時帰りについては、他人には打ち明けられないこと。

「あと、欲を出して未来に上がる株を買う、とかは念のためやめておいたほうがいいかもしれません。うちの神様ってほら、金銭欲に厳しいところがあるので」

おどろおどろしく付け足したのは汀子である。地震や雷は大輔も望まないから、おとなしくうなずいておいた。

まあ、それもこれも、あくまで時を遡《さかのぼ》れたらの話ではある。こんなふうに緊張してしまった自分を、十分後には笑っているかもしれないではないか。

言い聞かせるのに、大輔の胸は、時帰りへの期待からか自然と高鳴ってしまう。

「それでは、はじめます」

雅臣が低く告げたとたん、境内にさあっと風が吹き渡った。ただの偶然だろうが、背すじがぞくりとする。

やがてうしろのほうから、しゃん、しゃんと規則正しい鈴の音が響いてきた。

果たして本当に時帰りなどできるのか、それとも真っ赤な嘘なのか、だとしたらなぜそんな嘘をつくのか、ぐるぐると考えていたはずなのに、心地のいい鈴の音と朗々とつづく祝詞に耳を傾けるうち、不思議と心身が静けさに包まれる。

常に時間に追われる大輔にとって、それは久しぶりのゆったりとした感覚だった。

正確にどの地点に戻りたいかとあらためて問われ、昇進試験の直前である十年前の十月五日、ちょうど試験の一週間前を希望した。

もし万が一、あのころに戻れるのなら、出世欲に燃えていた自分の誤った判断をどうにかして止めなくては。

管理職などなるものではない。業務や責任は激増するが、給料は微増だ。

しゃん、しゃん、とやや強めに鈴が鳴った。ちらりとうしろを振り返ると、汀子が神楽《かぐら》を舞っている。

浮世離れした光景に、もしかして本当に時帰りできるのかもしれない、などと信じそうになってしまった。

まばたきをして竹林に向き直ったそのとき、視界の向こうで、何かが揺らめいたような気がした。揺らめきはしだいに大きくなり、まるで小さな太陽のように光の矢を放ちはじめている。

はっと気がつき、大輔は両手首を確認した。

先ほど雅臣が言っていたとおり、左手首に光る棒が二本と半分、くっきりと浮かびあがっている。

おいおい、嘘だろう。

にわかには信じられず、もしかして催眠にでもかかっているのかもしれないと強く頭を振ってみるが、棒は光ったままだ。今度は頬をつねってみた。棒はいよいよくっきりと輝きを増している。

しゃん、とひときわ強く鳴りひびいた鈴の音が、大輔の背中を押すようだった。

ゆさりと贅肉ごと立ちあがる。日ごろ負担をかけているせいか、ほんのわずか正座をしただけでも膝がみしみしと痛んだ。

痛みに顔をしかめて膝をさすっているあいだも、光はどんどん強さを増していき、竹林の向こうから洪水のようにあふれだしてくる。

「ほんとなのか？」

うしろの兄妹を振り返ると、汀子と目が合った。ふたたび大輔の背中を押すように、しゃん、と鈴を打ち鳴らしてくる。

ごくり、と唾を飲んだあと、靴をはいて土を踏んだ。一歩、また一歩と竹林の小径へと進んでいく。気道にも肉がついているのか、そのたびに、ひゅう、ひゅう、とみずからの呼吸音が耳の奥で響いた。

いやだ、贅肉も、ストレスも、もう抱えていたくない。今から逃げだせるなら、過去にでもどこにでも行ってやる。

竹林に入ると、光が手招きをするように揺らいでいた。不思議と恐怖はなかった。皮膚は熱を感じていないのに、抱擁されているような温もりが脳内に直接伝わってくる。

やがて視界が光で満たされ、すぐそばにあるはずの竹さえも見えなくなった。

それでも一歩、また一歩、言われたとおりに進んでいく。さらに一歩進んだときだった。たしかに土を踏んだはずの足が――ふっと沈んだ。

「うわっ」

奈落の底へ落ちていくように、視界いっぱいの柔らかな光の中を落下していく。

「うわあああ」

風が耳のすぐそばでうなりをあげている。かなりの速度で落下しているはずなのに、体はいっさい重力を感じておらず、ふわふわと綿毛のように漂ってでもいるかのようだ。なんだよ、これ。

どれくらい落下しつづけていたのだろう。

胃の腑が持ちあがるようなくすぐったさを覚えたかと思うと、次の瞬間、足裏にしっかりと地面を感じた。

思わず視線を下げると、お気に入りだった白いジョギングシューズが腹の肉にはばまれずにきちんと見える。

「ああ、ここだ」

立っているのは、大輔が引っ越す前によく走っていた川沿いの遊歩道だった。

動くのが面倒ではない。体が驚くほど軽い。腕やふくらはぎを触ってみると、引き締まった筋肉が指に触れた。

「うお、うおおおおおおおおお」

思わず両拳を、晴れた空に突きあげる。

向こうからやってきた小さな子どもが、きょとんとしたあと、パチパチと手を叩いて笑った。

「ボク、今日は何年の何月何日か知ってる?」

「うんと、十月五日」

「だから何年の?」

ほんの少しキツめに尋ねてしまったら、さっと母親が近づいてきて十年前の西暦を告げ、子どもを抱きかかえるようにして去っていった。

大輔がスマートフォンを確認すると日曜日の朝だった。

十年前の自宅マンションは港区の湾岸地区だ。東京タワーの見える北向きより、南東向きを選んだ。夜景のきらめきはないが、東京湾へとつづく運河が見渡せ、何より早朝から朝日が入る。少し暗いうちから走りに出て、部屋に戻ると窓から朝日があふれており、出勤前に気合いが入るのがよかった。

「好きだったなあ、この部屋」

懐かしさに、あちこちを見て歩く。

まめに掃除ができていたから、塵《ちり》ひとつ落ちていない。家具は生活動線に沿って効率的に配置され、見えない収納が徹底されている。はっきり言って、最高に気持ちがよかった

——と記憶していたのだが、どこか違和感がある。

まあ、十年前のことだし、まだ馴染まないのかもしれない。

特に気に入っていたベランダに出ると、潮の香りが鼻先をかすめていった。

両手を上げて、気持ちよく伸びをした。ストレッチをしても、腰に鈍い痛みが走らない。それだけで、かなりありがたい。

部屋に戻って、もうひとつのお気に入り、キッチンに入る。

冷蔵庫を開けると、有機野菜や果物とミネラルウォーターで冷蔵部分が埋め尽くされている。冷凍庫には、ささみが大量に保存されていた。

このころは家で酒なんてほとんど飲まなかったんだな。

カウンターにはコーヒーメーカーとジューサーのみ。朝は季節の野菜とフルーツスムージーで済ませていた。

それでも、なぜか一本だけ置かれているボトルがあった。

「なんでこんないい酒があるんだ?」

二十年ものワインである。ラベルを見て、だんだんと記憶がよみがえってきた。

「そうか、これ――」

昇進の話をもらったときに、自分へのお祝いに奮発して買ったヴィンテージものだ。

もちろん、昇進試験に受かるという前提でだが、ぜひ試験を受けてくれと上司から打診され、ふたつ返事で承諾したことを思いだした。

いやいやいやいや――。ぜったいにないだろう。

俺はもう、この体形も平社員の地位も手放さない。

「昇進なんて、ぜったいしない」

急いでバスルームへと向かい、シャワーを浴びた。

「久しぶりだなあ、この体」

体が普通に洗える。背中にだって楽に手が届くし、足の指のあいだだってきれいにタオルでこすれる。

当たり前の行為が奇跡に思えて、不覚にも涙がにじんできた。

それでも、部屋を見たときと同じような、なんともいえない違和感が、シャワー中にも頭をかすめた。

いったいなんなのだろう。じれったさにイライラとさせられる。もしかして時帰りの副作用のようなものだろうか。

「あ」

手首の内側を見ると、過去へ戻ってきたばかりのころにはくっきりと輝いていた光の棒の一本が、やや薄くなっている。

「時は金なりってわけか」

明日は出社したら、さっそく昇進を断ろう。

シャワーからあがったあと、すっきりとした気分でみずからに宣言し、大輔は十年ぶりにバナナとキウイのスムージーを飲んだ。

夜明け前、目覚ましの鳴るかなり前に目が覚めた。

起きるのが面倒だと脳が気づく前にベッドから跳ね起きる。そう、この跳ね起きるための腹筋のバネに会いたかったのだ。

目覚まし時計が鳴った。

身づくろいして白湯《さゆ》を一杯飲んだあと、ジョギングシューズをはいて外へと飛び出す。

「子どもかよ」

気分はまるで遠足当日である。

昨日はあれから、軽い体であたりを走ったり、ジムに行ったり、とにかく軽快に体を動かせる喜びに浸って過ごした。

手首にはまだ、くっきりとした光の棒が一本と半分、燦然《さんぜん》と輝いている。

太陽の光に手首をかざし、そうかと気がついた。

この過去の時間そのものが遠足なのだ。

あらためて考えてみると、すごい体験をしている。どんな旅行パンフレットにも載っていない旅先にいるのだ。どれだけ金銭を積んでもいいという金持ちだっているだろう。あのふたりを疑い、感じの悪い対応をしてしまったことが悔やまれる。

時帰りをする前までは、ごく一般的な日本人としての宗教観――困ったときだけ神頼みのたぐいだった大輔も、本気で神の存在を信じずにはいられなかった。

まさか安いＳＦみたいに、昏睡状態に陥った俺が夢を見ているってわけじゃないよな。

いや、それでもいい。これが夢でも催眠でも、なんでもいい。

自分の体を見おろす。腹は出ておらず、Ｔシャツの下に腹筋を感じる。それがすべてだ。

「走る！」

ちくり、と小さな違和感がまたもや頭をよぎったが、吹っ切るように叫んだ。

当時は音楽を聴きながら走っていたが、今朝はあえてイヤホンをつけずに外へ出た。空気が乾き、ひんやりとしている秋の夜明け前、ジョギングコースの遊歩道までやってきて、昔を思い出しながら入念にストレッチをはじめる。

ほどなくして、手足の先まで体が温まってきた。

懐かしい代謝の熱だ。肥えた体を揺すって移動するときの熱じゃない。

視界の向こうの空が、うっすらと明るんでくる。

あまりのありがたさに、また涙で視界がにじんできた。十年前の体に戻っても心はおっさんなのだ。涙もろいのは仕方がない。

一歩、また一歩、ゆっくりと。足の裏にアスファルトの地面の固さを感じながら走りだす。体中の細胞が昇る朝日を感知し、喜びに沸きたっている。朝ランは格別だ。

軽い、軽い、軽い。

足が力強いストライドを刻む。前へ、前へ、前へ。

進んでいく。体が風を切る。

自分に不可能なことなど、何ひとつないような気になる。

そうだ、このころの俺は、まさか過去を振り返ってばかりの未来が待っているなんて思いもしなかった。仮に、今の大輔が置かれている状況を過去の自分に直接訴えることができても、どこかの能なしにやってくる惨状だと鼻で笑われておしまいだろう。

驕《おご》っていたな。でもそれが若さってものだろう？　実際、少しくらい増長しても仕方がないほど仕事ができたし、稼いでいたし、この体だし？

だが、やはりどこか引っかかった。とても大切なことを、忘れている気がする。

運河の水面を揺らして渡ってくる風が、体の熱を冷ましながら通り過ぎていった。先ほどまで白んでいた空が、徐々に、何かに焦がれるようなオレンジに燃えはじめた。

ふっふっと規則正しい息を吐きながら、さらに進む。

まあ、何を忘れているにしても、些細なことに違いない。

なぜって、体はこんなにも軽いのだから。いや、記憶していたほどは軽くないか。もしかして中身がおっさんになったせいで、うまくこの若い体を使いこなせていないのかもしれない。

それでも軽い。羽根のように軽い。

どこまでも走っていける気がする。

こめかみを伝う汗が、こんなにも愛おしいものだったことを、大輔は久しぶりに思い出していた。


出勤後、オフィスのデスクに座りながら、大輔はため息をついた。

ＰＣのスペックが、とにかく今より劣っている。本体は威圧的に大きく、動作が遅い。

十年も前の仕事内容などすっかり忘れているから、まずは思い出すためにメールや資料のチェックに忙殺された。合間でニュースを読みこむ。景気は、今ほど悪くはないが、それでも悪い。今仕込んでおけば十年後には大化けする株もあるにはあったが、汀子の顔を思い出し、泣く泣く手をつけないことにした。

また、ため息がこぼれる。

「よお、今日も早いな」

声をかけてきたのは同期の土岐《とき》だった。のんきに笑う顔を見て、憂鬱に拍車がかかる。

「どうしたんだ、なんで俺をそんな哀れみの目で見る？」

「いや、そういうわけじゃないんだが」

おまえの奥さん、後輩の須崎《すざき》と浮気してるぞ。もうすぐそのことがわかって会社に希望を出し、傷心のまま上海《シャンハイ》支店へと旅だっていくんだ。彼《か》の地では中華料理三昧《ざんまい》で、俺と同じくらい——太る。

さすがに、心の中だけで告げた。

ただ、当時はくわしい事情など知るよしもなく「このまま先の見える人生を歩くよりはちょっと海外へ武者修行にな」などと笑っていた土岐の言葉をそのまま信じていた。より正確には、見下していた。

仕事よりも家庭優先。ワークライフバランスなどと言って、出世コースをみずからはずれていくような生き方をしたうえに、相手に逃げられるなんて、と。

ああはなりたくないと思っていたが、自分もそうたいして変わらない。

上機嫌で去っていく土岐を見送ったあと、ＰＣの画面に視線を戻した。

　このころ、つくづく仕事は楽しかった。やることすべてうまくいったし、同期で昇進試験を打診されたのは大輔だけのはずだ。

　社会人として、のりにのっている時期に戻ってきた。

　なのに、昨日からときどき襲われる違和感に、今もふたたび襲われている。

　三度目のため息をついて、少なくとも今の違和感の原因にようやく思い当たった。

　記憶のなかのデスクよりも、なんだか、勢いがないのである。

　走り書きがあちこちに散乱し、新聞に付箋が貼られ、資料本を読みこんで世界情勢を、いや、未来の世界情勢を俯瞰《ふかん》していた。まるで予言者のように、大輔の予想は的中した。世界を動かしているのは自分なのではないかと思うほどに。

　華々しい社会人生活を謳歌《おうか》しているはずの男のデスクはしかし、こんなにも簡素で、殺伐《さつばつ》としていただろうか。

　積んであったはずの資料本も、新聞もない。ネット検索の履歴は、通勤電車の沿線沿いの居酒屋と――転職サイトばかりだった。

　わけがわからず、とりあえずトイレへと駆けこむ。

　落ち着け、俺。

　個室にたてこもり、頭を抱えて深呼吸を繰り返した。

　転職？　なぜ、こんな絶好調のときに転職サイトなんかをのぞいているんだ。

　十年前のことはいえ、そんなことを考えていたとしたら、忘れはしないだろう。だとしたら席を間違えたのかと思ったが、たしかに自分の席だ。

いや、そういえば魔が差して転職サイトの一つや二つ、のぞいてみたことがあっただろうか。それとも誰か他人のために職探しでもしていたとか?

我ながら無理のある推測に苦笑が漏れる。

手のひらに嫌な汗が浮かんできた。

俺は、十年前の俺はいったい、何をしようとしていたんだ?

見知らぬ他人、しかも、当時の自分よりもかなり劣った男のなかに意識だけ入りこんでしまった気分である。しかしやはり、この体は大輔自身のものだ。

「うう」

軽く呻《うめ》くと、大輔は両手のひらに顔を埋《うず》めた。

「なあ、急にどうしたんだ? 珍しいじゃないか、飲もうなんて」

無理に定時退社をし、大輔は土岐を誘って会社近くのクラフトビアバーにいた。

ビールはあまり好きではなかったが、土岐が飲むならどうしてもここがいいとねばったのである。

ほかにもたまに飲む相手はいるが、いつもマウント合戦に終始していた記憶がある。気のおけない相手を想像し、いちばん最初に思い浮かんだのが土岐の顔だった。

「急に悪いな。どうしても気になることがあってさ」

「なんだよ」

尋ねられても、にわかには声を発することができなかった。

ぐいっとグラスを飲み干す。黒ビールなら、まだ飲めないこともない。

「あのな、俺ってその、さいきん変わった様子なかったか」

土岐がビールを噴き出しそうになった。

「怖《こえ》ぇ顔して何を言いだすかと思ったら。別にいつもどおりだったよ。ていうか、そんなの自分がいちばんよくわかってるだろう」

「いや、いまいち自分を客観視できているか自信がなくてさ」

言い訳めいた答えではあるが、まったくの嘘というわけでもなかった。

十年前の自分について、記憶からすっぽり抜け落ちている事実があった。それも、転職に関してだ。自分は昇進試験を受けようとしていたはずなのに、ほかの会社についても検討しているのはどういうことなのだろう。

何より、こんな大切な心の動きが、なぜ頭の中からすっぽり抜けていたのだろう。

「昇進試験の準備、そんなに大変なのか」

土岐の声に、もう一杯オーダーしようと上げかけていた大輔の右手がぴたりと動きを止めた。

「はは、ほかのやつらにバレてないとでも思ってたか」

「いや、そういうわけじゃないんだけど」

少しほっとして、軽く息を吐く。

記憶と実際の過去とのあいだにあまりにもズレがあったため、実は昇進試験のことさえも記憶違いだったらどうしようなどとひそかに怯《おび》えていたのである。

しかし直後、土岐が嫌な言葉をつけ加えた。

「いや、安心したよ。変わった様子といえば最近のおまえ、少し疲れてるみたいだったからさ」

「そうなのか？」

思わずテーブルから身を乗り出した大輔に、土岐がうなずいてみせる。

「仕事にあんまりやる気なさそうだったろ？　ほかのやつに比べたらぜんぜん働いてるから、気になってるやつなんて俺くらいかもしれないけど。おまえ、前は異常なくらい仕事にのめりこんでたからさ。なんかあったのかな、なんて」

「――そうか」

実はさ、俺、転職を考えてるみたいなんだ。

他人事《ひとごと》のように告げたら土岐は驚くだろうか。

「ま、俺たちも三十だしな。お互い、今くらいでちょうどいいんじゃないの」

「まあ、な」

いや、おまえと俺がいっしょみたいな言い方をするなよ。

そんな考えが反射的に浮かびあがる。思考パターンは過去の自分のままらしい。

そして過去の自分は記憶とはやはりズレていて、他人からやる気について心配されることもあったとわかった。

いや、今のは土岐個人の意見だ。その土岐だって、ほかのやつに比べたらぜんぜん働いてる、と認めていたじゃないか。

それでも──胸の奥からひたひたと不安がしみ出してくる。

俺は、仕事に夢中なはずじゃなかったのか。野心にあふれ、毎日朝から走り、合コンに行けばモテまくっていたんじゃなかったのか。痩せていたころは、あの、怪しい神社の神主だって目じゃないくらいの男前で──。

「おい、大丈夫か」

「え？　あ、ああ。悪い。ちょっとぼうっとしてただけだ」

「はは、ほんとに珍しいな」

酔いの回ったらしい土岐が、ほんの少し黙った。紅潮した頰の上で三日月の形に細められている目からは、人の好さがにじみでている。

「ぼうっとしたまま聞き流してほしいんだけどさ。麻美《まみ》のやつ、家を出ていったんだ」

反応が遅れて、間抜けな面《つら》をさらしてしまった。

「そうなのか。どうしてまた」

「う〜ん、まあ、あれだ。あんまり仕事ばっかりしてたら、ほかのやつに盗《と》られたみたいだ。しばらく一人で考えたいっていうから、半年前から別々に暮らしてたんだけどな」

「そんなに前からか」

離婚は来年のはずだろう？　それまでに、そんなすったもんだがあったのか。

口には出せない言葉を喉の奥にぐっと押しとどめる。

大学卒業を待ってすぐに結婚したことは、大輔ものろけ話として聞いていた。何度か、麻美と顔を合わせたこともある。たしかに、社会に出て悪い虫が寄ってくる前になんとかしたいと思うのもわかるような美人だった。

「麻美さんの相手は知ってるやつなのか」

あえて尋ねる。これでも中身は人生経験を積んだおっさんである。土岐の想いのたけを吐き出したいという空気はひしひしと感じられた。

「まあ、な。かわいがってた後輩だ。何度か家に連れてったことがあってさ」

あんな美人が待っている家に、人のいい土岐は、よりによって須崎を連れていってしまったのだ。大学時代から相当遊んでいたらしいと、入社当初すでにかなり悪評が立っていた。

「もうちょっと待てば戻ってくる、なんてことないのか」

何しろ相手はあの須崎だ。下手をしたら、ほんの火遊びで弄《もてあそ》ばれて終わりかもしれないじゃないか。

言おうとしたが、麻美さんが離婚後一年経たずに再婚したことを思い出して黙る。

土岐は何も答えず、しばらくグラスの中の液体を黙って見つめていた。

「悪い、余計だったな」

「いいや」

残っていたビールをぐいっと飲み干し、土岐がもう一杯注文する。

「麻美のやつさ、コーヒーが好きなんだ。それも、デロンギのコーヒーメーカーで淹れたやつじゃないとダメでさ。一人暮らしするとき、ないとつらいだろうと思って新しいのを持たせてやったんだ」

「おまえ――」

どれだけお人好しなんだよ。

土岐の顔が、くしゃりとひしゃげる。

「さすがにあれは失敗したかも。渡さなかったらさ、あのコーヒーが飲みたくてとっくに帰ってきてたかもしれないだろ」

「これで終わりみたいな言い方するなよ。麻美さんのこと待ってみるつもりなんだろう？」

「いや、じゅうぶん待ったよ。もう帰ってくる見込みがないなら、別れたほうがいいって、おまえに話しながら整理できたよ」

「大丈夫なのか」

「大丈夫、ではないな。でもまあ、現実を受け入れないと。どれだけ状況を固められても、俺、この現実を認めてなかったんだ。でも今夜は、はっきり言ってほしくておまえに打ち明けたのかも」

ほんのわずかだが、土岐はさっきよりさっぱりと笑っている。少し意外だった。記憶の中の土岐は、あと一年辛抱《しんぼう》して、それでもやはり離婚し、失意を笑顔で覆い隠して上海へと旅だっていったはずだ。

もしかして、俺が今夜、土岐を誘ったことで未来が少し変わったのか。

「なあ、おまえこそ大丈夫なのか」

「え？　ああ」

ごくり、と大輔は唾を飲みこんだ。

自分も、吐き出したくてたまらない表情をしていただろうか。

この当時の自分はそんな弱みを見せることを、ましてや見下していた土岐にさらすことなど許せなかっただろう。

だが、四十歳の目でいっしょに飲んでみれば、土岐のほうが当時の自分よりずっと強く、しなやかで、大人だったのではないかと思わされる。

気がつくと、大輔は訊いていた。

「もしも俺がさ、転職を考えていたって言ったら、驚くか」

土岐が動きを止めた。だが、その瞳にはわずかの驚きもにじんでいない。

「ぜんぜん。おまえならもっと条件のいい職場で、もっと稼げるだろうしな」

「あ」

なるほど、その可能性は考えなかったな。

たしかに、より待遇のいい職場を探そうとしていた可能性もある。

昔の自分の思考パターンならば、むしろそう考えるほうが自然だ。それなのに、胸を覆っていた不安が完全に消え去らないのはなぜだろう。

そのあとは同期のことや土岐の趣味だという囲碁について話した。いつか本場の中国で打ってみたいという土岐の横顔は輝いている。

もしかして上海へ旅だった際の土岐のあの笑顔は、やせ我慢でもなんでもなく、本物だったのではないかと思えてきたほどだ。

最後の一杯にと注文したビールがなくなりかけたころ、土岐がしみじみと言った。

「合コンもいいけどさ、ちゃんとした彼女つくれよ。おまえは仕事にのめりこむタイプだし、くつろげる相手がいるって大事じゃないのか。ま、俺が言っても説得力ないけどさ」

別れぎわ、そう言って去っていった土岐の背中を見送りながら、あいつもこのころはそこそこ痩せていたなと感慨深くなる。

――そこそこ？

土岐の姿が改札に吸いこまれていくのと同時に、これまで見て見ぬふりをしていたある事実が、大輔の心臓を弾丸のように貫いた。


その夜、家に帰ってしばらく、大輔はソファに座ったまま動けずにいた。

水をちびちびと飲み、ときどきため息をつく。

十年前の俺は、仕事がのりにのっていて、週末は合コンで相手をとっかえひっかえして楽しんでいた。

それが、時帰りする前の大輔の記憶だった。

しかし、まるでパラレルワールドへと来てしまったように、記憶と異なる事実が次々と発覚した。

その理由が、大輔なりにわかってしまったのである。

にわかに、息をするのが苦しくなった。

落ち着け、俺。土岐の出した勇気は、こんなもんじゃないぞ。

見送った広い背中を思い出し、よしと気合いを入れて立ちあがる。そのまま、ずかずかとバスルームへと向かった。

明かりをつけて洗面台の前に立ち、やおら上着を脱いでいく。情けないことに手が震えた。

俺は、この現実を受け入れられるのだろうか。

見たくなければ、見なければいい。

手首を確認してみれば、光の棒が一本、ごく薄くなっている。まだくっきりとしているのは短い棒のみ。このままやり過ごして帰ることもできるはずだ。

それでも——。

洗面ボウルの一点を見つめて大きく息を吐き出したあと、さっと顔をあげ、みずからの裸体と向き合った。

照明のもと、三十代に入った、ありのままの自分がそこに立っていた。

「――はは、は」

こめかみにピリピリとした不快な刺激が走る。

たしかに、十年後の自分より肉は少ないが、そこに、あれほど会いたいと願っていたシックスパックは存在していなかった。ふん、と力を入れて腹を引っこめれば、かろうじて引き締まる程度の、立派なおっさん予備軍の腹である。

さらに、視線を上へ移動させる。鏡の中の自分と目が合う。その顔は、大輔が記憶していた〝イケていた俺〟ではなく、顔色の悪い疲れたリーマンだった。こんな男が毎週末合コンに参加したところで、よほどの話術か金かマメさがなければとっかえひっかえなど無理だ。

あいにく大輔は、そのどれも持ち合わせていなかったことだけは覚えている。

「記憶の美化か――」

それが、このちぐはぐな現実を説明しうる唯一の答えだった。

考えてみれば、あれほど痩せているころに戻りたがっていたくせに、時帰りをしたあとすぐに腹筋を鏡に映して確認してみようとしなかった。

腹の硬さに触れてみようともしなかった。

鏡で、若かりしイケメンの顔を確かめてみようともしなかった。

当然だ。すべて、美しい記憶のヴェールで覆われた幻であることを、心の深い部分では知っていたのだから。

「なんだよ、それ。なんのための時帰りだよ」

最高潮にイケていた自分と再会するために時帰りをしたのに、代わりにほろ苦い現実と直面する羽目になった。こんなことならば、時帰りなどしなければよかった。

「なっさけね」

泣けたら楽になるだろうかと思ったが、涙のひとつも出ないくらい気持ちは疲弊している。

この疲れが過去の自分のものなのか、現在の自分のそれか、わからなかった。

翌朝、まだ薄暗いうちに目覚めた大輔はジョギングをしなかった。スムージーも飲まず、ただベランダに突っ立って、昇る朝日をぼんやりと眺めていた。

この時代に帰れば、どんな未来も選択できると思っていた。ただし、記憶どおりの自分だった場合に限る、である。

未来は、〝今〟の連続の先にあるのだ。

こんなしょぼくれた今の先には、やはり未来の自分が送っているようなしょぼくれた現実しか待っていないように思えた。

「会社、行きたくねえな」

つぶやいてぎくりとした。このベランダでこんなふうにつぶやくのは、初めてではない。当時の自分が、口癖にしていたことだ。

あれほど好きだったはずの朝日を浴びるのさえけだるくなって部屋に戻ると、スマートフォンにメッセージが届いていた。

『昨日はめんどうな話を聞かせて悪かったな。もし起きてたら走らないか。今、マンションの前だ』

土岐からだった。そういえばあいつも、出勤に時間がかからず緑の多いこのあたりに住んでいる。

すぐに返事を送った。

『ストーカーかよ。今降りる』

打ち返しながら「助かった」と声に出していた。

道に出ると、土岐がのんびりと笑って片手をあげた。

「ひと汗かいて、酒を抜いてから出社しようと思ってさ」

「おまえ、けっこう飲んでたもんな」

おっさんと呼ばれるにはまだほんの少し抵抗のあるふたりいっしょに、ストレッチをはじめた。

土岐が膝を動かすたびに、ポキポキと骨の鳴る音が響く。こんな男が、わざわざ酒を抜くためにジョギングなど思いつくはずがない。

「もしかして、俺のこと、気遣ってきたのか」

朝日をしょった土岐の顔はよく見えなかった。

「昨日はさ、俺の話ばっかになっちゃっただろ。あとからなんだか気になっちゃってさ」

日常の小さな違和感を見過ごした結果が破局だったからな、と土岐は笑った。

「俺、そんな妙な態度だったか」

走りだしながら問いかけた大輔に、土岐は曖昧《あいまい》にうなずく。

「変な言いかたかも知れないけど、なんか一気に、年食ったおっさんになったみたいだった」

意外と鋭い。こういう男を手放して須崎を選ぶなんて、麻美さんは愚かだ。

ひゅっと息を吸ったあと、大輔は「ははは」とあえて大声で笑ってみせた。

「失礼なやつだなあ」

「悪い、でも、まるで別人みたいだったって意味だよ。ほら、雨野ってふだんはもっと偉そ――威勢がいいだろう」

「遠慮しなくていいよ。なあ、土岐から見て、俺って、偉そうのほかに、どんなやつだと思う」

土岐のやや垂れた細い目が見開かれた。

「頼むよ。俺、自分を、いや、未来を変えたいんだ。そのためには、今の俺が変わらなくちゃだろ」

「雨野、おまえ、ほんとに大丈夫か」

早くも息を切らしながら、土岐が気遣わしげな声をかけてきた。

大輔がムッとして言い返すまえに、土岐が畳みかけてくる。

「雨野といえば、多少勘違いしてようがなんだろうが、重機みたいに現実をならしていく俺様って感じが売りじゃないか。現実に自分を合わせるより、現実のほうを自分に合うように変えるってタイプだな」

「そう、だったか？」

「そうだよ。昇進試験だって、永山《ながやま》さんに強引に頼みこんだって陰口たたくやつもいたけど、そういうやつに限って文句ばっかりで行動しないって、雨野はバカにしてるだろう。その考えがにじみでてるから、またさらに反感かってさ。そんなおまえが自分を変えたいなんて」

「……そうか、俺、昇進試験のこと、永山さんに頼みこんでやっと受けさせてもらえることになったんだっけな」

「はは、なんだよそれ。つい最近の話だろ？　でもそれってすごいことだよ。同期で昇進試験受けさせてもらえるやつなんて、他にいないんだからさ」

試験をパスするための指導は直属の上司が担当する。出来の悪い部下を指導して自分のキャリアに味噌をつけたくないから、人選は慎重になるのは当然だろう。しかし――走りながら、大輔の脳裏にゆっくりと本来の過去の記憶がよみがえってきた。

昇進試験を願い出たときの上司である永山の表情は、どう見ても快いものとは言えなかったのだ。

「本気か」

これが、永山の本当の第一声だった。明るい響きで尋ねられたのではもちろんなく、言いだしたらきかない大輔の性格を知っているがゆえの、あきらめに似た確認だっただろう。

土岐に合わせてペースを落としながら、独り言のようにつぶやく。

「でもいまは俺さ、どうしてそんなに昇進したかったのか、わからなくなってるみたいなんだ。畑違いの業種なんかも探しちゃってさ」

「ええ？　転職ってステップアップのためじゃなかったのか」

土岐のこめかみからは、幾筋もの汗がしたたり落ちている。

朝日が、それまで夜の名残《なごり》に沈んでいた風景を容赦なく浮きあがらせていった。

まぶしさに目を細めながら、土岐とふたり、無言で走りつづける。

「もしかしておまえ、仕事が嫌いだったのか？」

「俺もそれをずっと考えてたんだけどさ、今思い出したんだ」

キラキラと光る水面《みなも》に目を細め、ゆっくりと進んでいく。

「俺、そもそも、仕事が好きか嫌いかなんて考えたことなかった。ただ俺のことをバカにしてきたやつを見返したくて、そいつらが入りたかった会社に内定もらって、そいつらに自慢できそうな役職が欲しかっただけだった」

中高一貫の男子校から同じ大学にごっそりと大勢で進学して、そのあいだ、大輔はずっと小太りだった。みんなから小馬鹿にされていた。いじめに遭っていたわけではない。いや、より正確に表現すると、いじめ、とまではいかないが、明らかに対等ではない関係だった。

だから、勉強だけは頑張った。特別に頭がよかったわけではないから、大輔の半分の努力でずっと上の成績を取りそうなやつも複数いたが、並々ならぬ努力をして、そいつらより少しでもいい成績を必死でキープした。

動機はただひとつ――いつか見返してやるため。

その姿をどう勘違いしたのか、ゼミの教授がいたく評価してくれ、今の会社に口をきいてくれたのである。

大輔をひと一倍バカにしていた同じゼミの学生が目の玉をひんむいて悔しがる姿を見たときの快感ときたら。

「ただのデブじゃん」

酔ったはずみでそいつらのひとりが毒づいたのが聞こえて、翌日から大輔はダイエットに励んだ。励みに励んで、一時は本当にシックスパックを手に入れ、とある合コンでは好みの相手と連絡先を交換することだってできた。

だが、それがなんだったというのだろう。

俺は、一度でも本当に満足できたか？

悔しがる同級生たちを目の当たりにして、ほんの一瞬すっとすることがあっても、心の中心にはいつも空腹に似た焦りがあった。

それでも何をすれば満たされるのかわからず、大輔は働いた。働いて働いて、ときどき思い出すこの焦りがどんどん膨らんでいることに、気づかないふりをしていた。

「おい、雨野、おいっ」

「え？　ああ、すまない。なんだって？」

「いや、そろそろUターンしないと間に合わないだろと思ってさ」

「そう、だな」

そろそろ、Uターンしないと間に合わない。

土岐の言葉が、深淵な意味をともなって心に響いてくる。

手首を確認した。短い光の棒がなにごとかを語りかけてくるようだった。

なりたい自分になるチャンスは、もうあと半日しか残っていない。

それじゃあどんな自分になりたいか。そんなことはわからなかった。ただ、どうでもいいやつらを見返すためだけに生きる自分では決してない。

Uターンするんだ。まっさらなスタート地点まで。

「俺、この仕事が好きかどうか、そこからちょっと考えてみるよ」

「はあ？」

朝日に照らしだされた水辺の景色は、ガードレールの錆まで美しく見えた。


その日、出勤してすぐに永山と面談のアポを取り、大輔は単刀直入に告げた。

「僕、今回は昇進試験を辞退してもよろしいでしょうか。自分からお願いしたのに本当に申し訳ありません」

あからさまに解放されたような表情をした相手に、畳みかける。

「会社も、辞めるかもしれません」

ことり、と永山がコーヒーカップを置いた。

その顔には意外にも、安堵だけではなく真摯に気づかうような表情が浮かんでいる。

「なぜそんな顔を？　僕みたいなのが辞めたらうれしいはずですよね」

「いや――それは誤解だよ。正直、ほかの社員にも雨野君みたいに発奮してもらえたらと思っているくらいだし。ただ、君はこの仕事をつづけるには不器用すぎる気がずっとしていてね。そんな君に、さらに負荷のかかる昇進試験を受けさせていいのか悩んでいた」

「不器用？　僕がですか」

「他人が見過ごすようなことを、色々と考えてしまう性質《たち》だろう。私の同期にも似たようなやつがいたんだ。いちばんの出世頭でね」

永山が目を伏せる。

だった」

「へえ、僕の知っている方ですか」

「――いや。君が入社する前に亡くなったよ」

永山が、うつむいていったん言葉を切ったあとで続けた。

「自殺だった。私なんかよりも、ずっと仕事が好きだったし、真面目だったし、いいやつ

そういえばいつか聞いたことがある。このビルから飛び降りた管理職がいたと。

長い息を吐いたあと、永山はつづけた。

「もちろん、君のような戦力が残ってくれたほうが社としてはうれしいが――もしかしてほかにやりたいことが、もうあるのか」

「いえ。まあ、とりあえず、ホノルルマラソンにでも出て、それから考えようかと」

他人より優位に立つためではなく、自分の満足のために生きる。その答えがどんなものになるかは、この時を生きる大輔に委《ゆだ》ねるべきだ。

「そうか。ホノルルか。いいじゃないか」

永山はほんの少し目を細め、「その時は写真を送ってくれよ」と笑った。

面談を終えて自席へと戻ると、土岐がすぐそばを落ちつかなげにうろついていた。

「で、どうだったんだ」

声をひそめて尋ねる土岐に、大輔も小声で答える。

「ああ、ちゃんと話せたよ。俺、思ったよりもずっと、愛されてたわ」

「なんだよ、それ」

土岐はぽかんとしたあと、ふっと口元をゆるめた。

「締まりのない顔だな」

「お互いにな」

ひと呼吸おいたあと、ふたりして笑う。珍しい組み合わせのふたりを、同じフロアの連中がいぶかしげに眺めては通り過ぎていく。

「朝のジョギング、いいな。体、引き締めたいし。かっこいいおっさんになって、せいぜい麻美を後悔させてやるさ。だから――明日からも俺、走るよ」

「そうか」

つづいて、思いがけない言葉が自分の口から飛び出していく。

「それじゃ、いっしょに走らないか。今日、走ってみてわかっただろう？　ああやってくだらないことを話しながら走ると、余計なことを考えなくて済む。一日を健全に過ごせるんだ」

「そりゃ、よくわかったけど、いいのか？　俺、ペース遅いだろ？　気を遣ってくれてるなら――」

「なんて、土岐のためってふうを装って、俺のためだ。俺、たぶんこのままだと走らなくなるからさ。毎日、ハッパかけに来てくれよ。中国に転勤するまででいいからさ」

「はは、中国は旅行でいいよ」

あしらうように笑って去っていく土岐の背中を見送ったあと、大輔は慌てて自席に腰かけた。

おそらく残された時間はあと数分。手首の光の棒は、見ているあいだもどんどん薄くなっている。手近にあったコピー用紙をひっつかみ、大急ぎで伝言を残した。

『どんな時もとりあえず走れ！　本当にこの仕事が好きか、ちゃんと考えろ。他人を見下すためだけに惰性で今の仕事をつづけてたら——虚《むな》しいまま、文句たらたらの面倒くせぇおっさんになる。だから、昇進試験はいったん断ってやった。もっと好きに生きろ。自分を喜ばせろ。』

そうだ、それから大事なことを——。

走り書きをし、ペンを置いて左手首を見ると、まさに光の棒が消え失せんとするところだった。代わりに、体ぜんたいが強い光に包まれていく。

ふわり、と浮かびあがったのがわかった。眼下に、そこそこ痩せている若かりし自分がオフィスのデスクに座っている姿が見える。

光の中をたゆたいながら、過去の世界が見えなくなっていく。まったく覚えのない〝記憶〟がとびとびに、泡のように浮かんでは消えていった。経験したことがないはずなのに、たしかに実感をともなっているのが不思議だ。

そうか、これは、もうひとつの俺の人生、時帰りをしたあとのつづきの人生なんだ。

そう閃《ひらめ》いたのが時帰りで覚えている最後で、気がつくと大輔は、元の竹林に立っていた。

時帰りする前とは別のお茶が、ことりと目の前に置かれた。

「どうぞ召しあがってください。喉が渇いていませんか」

言われてみれば、ここへ来たときと同じくらい喉が渇いている。

あれから竹林の中まで迎えにきた雅臣によってこよみ庵へと導かれ、言われるがままに椅子に腰かけたのである。

「もしかして、まる二日間、何も食べていなかったんですかね。俺の体は」

「いいえ、時帰りしていたのはほんの十分ほどじゃないでしょうか」

「たったの十分」

起きたことを理解しようとする気持ちは、とうに失せている。そんなものかと受け入れるしかなかった。

「おかえりなさい」

汀子がけだるげに身を起こしたあと、隅の席のテーブルにぐったりと突っ伏してしまった。

「時帰りの神楽を舞うと疲れるらしいので、しばらくああです。放っておいてやってください」

「はあ」

「それにしても」

雅臣は、立ったままじろじろとこちらを見下ろして告げた。

「ちょっと痩せましたよね？」

そこに皮肉な響きはなく、純粋に驚いているようだった。

すらりとした若い神主の反応に、それでも苦笑いしてしまう。

「まあ、前よりはね。でも立派なメタボ腹ですよ」

「それくらいの変化でちょうどいいと、個人的には思います」

答えながら雅臣は、何やら熱心にメモを取っている。時帰りをした人のデータを集めているのだそうだ。

「で？」

「はい？」

「モテてたしイケメンだったと豪語してましたが、実際――」

「お、に、い、ちゃ、ん」

しんどそうに上半身を起こした汀子が、雅臣の声をさえぎった。

「はは、そうですね。実は自分の都合がいいように記憶していた部分がかなりあって。時帰りした当初は戸惑いました。腹筋は思ってたほど締まっていなかったし、仕事にも嫌気がさしていて――。合コンも参加はしてたみたいですが、ぜんぜんモテてなかったです」

お茶をひと口飲んで、雅臣を見あげる。

「あなたみたいなイケメンだった記憶があったんですけどね。今よりは痩せてたってだけのただの証券マンでした。でも——葛藤しながら必死で生きてましたよ。そこだけは美化していなかった」

「そうですか」

雅臣の声音は、意外にも温かかった。

そんな態度の兄を、汀子も驚いたように見守っている。

「どうせならあの必死さを、いい方向に向けてやりたいと思ったんです。だから、今回は昇進試験は受けずに自分を見つめなおすよう、書き置きしてきました。ジョギングもつづけるようにメモを残したんですが」

いったん区切って、お茶で喉を潤しながら周囲を見渡す。

あれほど濃厚な時間を過ごしてきたのに、たった十分しか経っていないなど信じられなかった。

「昇進試験を受けないことにしたあと、俺はちょっと休暇を取ってホノルルマラソンに参加して、ハワイでよく考えてみたらしいんです。そしたら、証券マンの仕事が嫌いじゃなかったことに気がついて。分析して予測して、実際の数字がついてくると楽しいし、給料だって悪くないですしね。で、管理職にはならずにあえて平社員として働きつづけたんですよ。ただ、合コンや、マウントだらけの人づき合いはすっぱりやめました。ジョギングは最初のうちはつづけてたんですが——」

雅臣はもの言いたげに大輔の体を眺めたが、結局、片眉を上げただけだった。

「今度は仕事が楽しすぎてのめりこんじゃいまして、結局、上からの圧力で昇進試験を受けるしかなくなって。さいしょはしぶしぶ管理職についたらやっぱり激務になって、ジョギングする時間があんまりとれなくなって今にいたるみたいですね」

仕事をもう少しセーブして健康を意識した生活を送ってほしかったが、これも自分の選択である。仕方がないと、大輔は腹をさすった。ただ、先ほど雅臣が指摘したとおり、たしかに時帰りする前の自分に比べれば、いくぶんすっきりしている。

「それでよかったんですか？」

「実は、不思議と管理職もそこまで嫌じゃないんです。自分のことを嫌いじゃなくなったら、人のこともそこまで否定しなくなったというか。それに、部下も順調に育ってくれて、だんだんこっちも仕事が楽に回せるようになってきたんですよね」

思わずこぼれた笑みとともに、大輔はつづけた。

「十年後の俺に残したメモがまだ残ってるんです。こんなふうに——」

くしゃくしゃのメモを、雅臣へと手渡す。

大輔が、今朝、出がけにポケットに突っこんだ紙片だった。これも、時帰りによって起きた小さな変化である。

前半はちぎれてなくなっていたが、後半は大切にとってあった。

『十年後、一条神社へ行け』

メモ用紙の皺を丁寧に伸ばしながら、雅臣は苦笑した。

「時帰りには基本的に反対です。でもまあ、今回はいい方向へ転がったようですね」

「ええ、すごく。嫌な人間関係は絶ちましたけど、代わりにけっこういろんな人にかわいがってもらってます。仲間も多くて、副業を起《た》ち上げるかもしれません」

「へえ、いったいなにを？」

「ジョギングステーションですよ。自分でつくっちゃえば、走るモチベーションになるかなって」

語る自分の声に張りがあるのに気がつき、大輔は興奮気味に立ちあがっていた。

「それじゃ俺は、そろそろ戻ります」

「あ、お賽銭をお忘れなく」

すかさず汀子がちゃっかりと声をかけてくる。

「少しはずんでおきますよ」

大きくうなずいた大輔に、雅臣がペットボトルを差しだした。

「お気をつけて。これは神社の湧き水です。帰りにふらつく方もいらっしゃるので、そのときは、このお水を飲むと楽になるはずです」

「ありがとうございます。本当はやさしい方なんですよね。忘れちゃうの、なんだか寂しいなあ」

雅臣がぱっと動きを止めたあと、みるみる赤くなっていった。

「別に、これはやさしさではなく、神主としての責任を果たさねばと思っただけです。それでは、俺はこのあとご祈禱に出かけるので。それから、時帰りのことなんて、一刻も早く忘れたほうがいい」

慌ててこよみ庵から出ていこうとする雅臣の背中を見送りながら、汀子と大輔は朗《ほが》らかに笑った。

大輔のスマートフォンに、メッセージが届く。

『今夜、晴れるらしいぞ。たまには夜に走らないか』

ジョギングステーションをやろうと持ちかけてきた土岐からだった。土岐はみずから願い出て上海支店ではなく経理部へと異動し、一からキャリアを積み直した。今では経理のプロフェッショナルとして部に君臨しており、たいがいの社員は頭が上がらないのではないだろうか。

『いいな。今から戻る』

返事をして、賽銭箱へと向かった。

来たときに案内してくれた白猫がいつの間にか足もとにいて「にゃあ」とひと鳴きし、じっと空を見あげている。

つられて顔を上げると、すっかり明るくなった空に大きな虹がかかっていた。

第三話　高くついた買い言葉

海水浴客と観光客でごった返していたここ鎌倉が、ほんの少し静けさを取り戻した秋のはじめ。私、猫のタマは、うつらうつらと布団の中でまどろんでおります。

「うう、かあ――さん」

布団の主である若宮雅臣は、いつもの悪夢にうなされているようです。

長い睫毛《まつげ》の端に光るのは涙のしずく。こらえきれなくなったように、つうとこめかみに向かってひとすじ、またひとすじ、新たなしずくが流れていきます。

「お兄ちゃん？」

こっそり兄の寝顔を盗撮しようと部屋をのぞきにやってきた妹の汀子が、はっと息を呑んで、布団へと近づいてきます。

「ごめん、ごめんなさい」

つぶやく雅臣の声は、まるで幼子のよう。

スマートフォンをスカートのポケットにしまい、汀子が悲しげに兄を見下ろしました。

「大丈夫、大丈夫だよ」

汀子の細い指先が汗で張りついた前髪を脇へ寄せてやると、雅臣がふたたびおだやかな寝息をたてはじめます。

誤解をされやすいけれどもこの雅臣、根は心の優しい繊細な子です。そんな彼の傷を今もえぐりつづける深い後悔を、いつしか溶かしてくれる人は現れるのでしょうか。あなたのせいではないと、私の代わりに、伝えてくれる人は現れるのでしょうか。

汀子がそっと立ち去ってしばらくすると、強い風が窓を叩き、雅臣が目を覚ましたようです。

「にゃあ」

さあ、今日はお客様がいらっしゃるようですよ。早く身支度をととのえなくては。うながすように肩口に顔をこすりつけると、雅臣もまた、大きななりでぎゅうっとしがみついてきます。

あやすように頬をざりざりと舐めれば、ひどく塩からい味がいたしました。

⛩

このごろ、朝は少し冷えるようになった。季節の変わり目で雨が降ることも多いが、幸い、雨漏りしていた箇所は無事に修理が終わっているため、梅雨のころのように徹夜で境内を見張る必要はもうない。柱や床が泥水にまみれていることもなくなった。

それなのに神主は、今朝も早くから本拝殿の中を執拗に拭き清めている。

いつもなら、兄の潔癖症を哀れみの目で見守る汀子だが、あれほど苦しそうな寝顔を目撃してしまったせいか、今朝は複雑な表情で本拝殿の入口にたたずんでいた。

「お兄ちゃん？」

かける声もどこか遠慮がちである。

「どうせ今日も、誰かが来るんだろ。自分の過去の行動がひどい過ちだったと勘違いしたやつらが」

「そんな言い方しなくても」

「どれもこれも、取るに足りない後悔ばかりだ。悪いけど、今日は体調が悪いから、誰か来ても帰ってもらえないか」

雑巾《ぞうきん》をきつすぎるくらい絞りきったような雅臣の言葉に、汀子は言い返せなかった。これまではどんなに嫌がってはいても、最後には祝詞《のりと》をあげていたのに。

よほど今朝の夢がこたえたのだろうか。

まだ汀子も幼かったからずいぶんとおぼろげな記憶だが、兄は一度、時帰りをしたことがあるらしい。あれはまだ父が亡くなる前のこと。熱にうかされる雅臣を看病していた父から「時帰りのことを思い出しているんだ」と聞かされたことがある。

しかし、そのときの兄はまだ十一歳。たった十一年の人生で、いったいどんな後悔を抱え、いつへ帰ったというのか。

汀子なりにうっすらと思い当たることはあるが、確かめたことはない。

「悪いな」

「ううん、大丈夫――なんて、言うと思った？」

「は？」

「お兄ちゃん、そりゃ雨漏りはしなくなったけど、このみすぼらしい本拝殿を見てよ。あれも要修繕、これも要修繕、ここもたぶん要修繕、きっと要修繕っ。さあ、ここで問題です。修繕には何が必要でしょう」

「――金だ」

「大正解。わかったら、とっとと祝詞の準備でもしてて。ご祈禱、最近受けてないんでしょう？」

夏のあいだ、鎌倉の有閑《ゆうかん》マダムたちのお宅を渡り歩いて出張祈禱をしていた兄は、そのたびにありがたいご祈禱料をゲットし――いただいてきたものだが、最近とんと、依頼がない。この朴念仁《ぼくねんじん》のことだから、粗相をやらかしたのではないかと汀子はひそかに疑っている。

兄はなにかを言いかけてしばらく口を開閉していたが、結局、無言のまま頭を掻《か》いて立ち上がり、掃除用具とともに出ていった。これから身を清めてくるのだろう。

「にゃあ」

ちょっとスパルタすぎじゃありませんか？

タマが咎めているような気がしたが、あいにく汀子は猫語を解さない。にっこりと微笑んでタマの首筋をつまみ軽く揺すってやると、ゴロゴロと喉を鳴らしている。

「タマ、今日もお客様が迷っていたらちゃんと連れてきてあげてね」

「にゃあん」

「ん?」

タマが顔をパっと上げ、賽銭箱のほうへと青く透き通った瞳を向けた。つられて見れば、いつ来たのか背の高い女性がこちらを見つめている。三十半ばくらいだろうか。ほっそりとして色の白いはかなげな人だ。

今朝、汀子の夢に現れた人物に違いなかった。

「いらっしゃいませ」

「こんにちは。ふふ、かわいい猫ですね」

「ありがとうございます。ようこそ、一条神社へ」

「あ、ここ、一条神社っていうんですか。散策をしていて、たまたま入りこんじゃって」

「観光ですか」

「ええ、都内から。このあたりは何度も来ているのに、こんな——歴史のありそうな神社、ぜんぜん気がつかなかったなあ」

やはり、もっと目立つ案内看板を掲げなければと汀子は心の中だけでつぶやく。

「気を遣わなくていいですよ。歴史ある、というか見ておわかりのとおり、おんぼろ神社です」

「あはは。風情《ふぜい》がなくもないですよ? さっそくお参りさせていただきます」

「あ、はい、もちろんです」

邪魔にならないように、タマを連れて本拝殿から出た。

汀子が巫女さんらしからぬ世俗的な目を向けている賽銭箱に、大きな銀色の硬貨が弧を描いて吸いこまれていく。

るんっとスキップしそうになり、こうしている場合ではないと思い直した。

どうしよう。お兄ちゃんを説得する前に、お客様が来ちゃった。

女性は、真剣に手を合わせて何事かをじっくりと祈ったあと、ようやくこちらを振り返る。

「にゃあ」

心得ているように、タマが女性の足もとにまとわりついた。ひき止めてくれるつもりなのだろう。

ナイス、タマ！

「あの、もしよかったらひと休みなさいませんか？　うち、抹茶処もあるんです」

誰が見てもこの場所には似つかわしくないモダンな建築物を指さすと、女性がかすかに目を見開いた。

「これはまた、ずいぶんと――」

「いいんです、無理にコメントしなくて。でもお店の中から眺める竹林はここの自慢で、すごく風情があるんですよ」

「それじゃあ、立ち寄らせていただこうかな」

快く微笑んで歩きだした女性の背後で、汀子は軽くガッツポーズをした。

「私はこの神社で巫女をしている若宮汀子です。よかったら、お名前を教えていただいても?」

「あ、私の名前は田村美弥子《たむらみやこ》です」

振り返った女性の顔には、光の加減か、先ほどは気がつかなかった目の下のくまが色濃く広がっていた。


神社に参拝に来て、名前を問われたのは初めてだ。

少し面食らったが、特に他意を感じなかったから素直に答えた。

「美弥子さんっておっしゃるんですね。さ、こちらへどうぞ」

汀子は、人形のように整った顔に笑みを浮かべ、〈こよみ庵〉と看板の出ている建物の戸を開けてくれた。

「わあ」

中へと入って思わず歓声を上げてしまう。

入った正面の壁一面がガラス張りになっており、向こうは見渡す限りの竹林が広がっている。無数の竹の葉たちが風に揺れ、なにごとかを囁《ささや》きあっているようにも見えた。

すっかり魅入られていると、汀子が抹茶を運んできた。

「今日のお茶請けは小栗饅頭《こぐりまんじゅう》です。小町通りの老舗の和菓子屋さんから仕入れてるんですよ」

「ありがとうございます」

お抹茶のさわやかな香りが、景色とよく合っている。すぐにでも飲みたかったが、はたと気がついて、授乳中でも大丈夫かをネットで検索した。

「あ、よかった」

カフェインが含まれてはいるが、一、二杯くらいは平気らしい。

ひと口いただくと、とても疲れていたことに気がついた。

けっこう歩いたものね。

つづけてお饅頭を口に運べば、ほんのりと甘い栗の風味に癒やされる。

「私もこの景色をよく眺めてるんです。毎日見てもぜんぜん見飽きなくて」

汀子の声に、美弥子も強くうなずいた。

「わかります。日本人の原風景って感じがしますよね。昔話に出てきそう。たとえば竜宮城の中にある東西南北の扉の向こうの景色とか、こういう竹林がどの季節の風景にもありそうですもん」

「ああ、たしかに、浦島太郎がその四つの扉を開けて季節の風景を楽しむってエピソードがありますよね。でも、ラストで浦島太郎がおじいさんになっちゃうことを考えると、あの四方の扉を開けるくだりって、少し不気味じゃないですか」

冗談めかしてではあるがおどろおどろしく尋ねてきた汀子に、うれしくなって美弥子も答えた。

「わかります。あれ、時間の流れについての暗喩《あんゆ》に感じられますものね」

「そうそう！　もしかして美弥子さん、SF好きですか」

汀子は大きな瞳を輝かせている。

「ええ、学生時代、SF同好会に入っていたくらいには。だから竜宮城が別の惑星だったという説も検証したことがありますよ」

久しぶりに同好の士に会えたのかと、お抹茶も放って美弥子は語った。しかし、はたと気がつくと汀子はこちらを無言で見つめており、その瞳は不気味に光っている。

「つまり、SF的な現象には肯定的だという理解でオッケーですか」

「そりゃ、まあ、オッケーですけど」

「それが、タイムリープとか、タイムスリップでも？」

「むしろ大好物ですが」

答えれば汀子がひざまずき、驚く美弥子の両手をみずからのそれでぎゅっと包みこんだ。

「待ってたんです。美弥子さんのようなお客様を」

「はあ」

さりげなく手を抜き取って、曖昧に微笑んだ。

この人、美人だけどなんだか様子がおかしくない？

「何か、過去の出来事で後悔していることないですか？　もしも過去に戻れたらこうしたいのになあっていつも考えちゃうこととか」

熱心に尋ねられ、返答に詰まった。

それでも脳裏には、あの日、ひどく傷ついた顔をしていた夫の姿がすぐに浮かんでくる。

「う〜ん、ありますよ？　言ってはいけないひと言を、夫に対して言っちゃったことですね。未熟者で恥ずかしいんですけど」

「夫婦ゲンカですか」

「ええ。産後すぐでイライラしているときにケンカになって、売り言葉に買い言葉で。あれから半年も経つのに、まだギクシャクしてて」

拍子抜けしたように、汀子が答える。

「半年前ですか。ずいぶん最近ですね」

「そうですか？　夫婦ゲンカで半年もギクシャクしているって、長くないですか」

「たしかにそうなんですけど、十年とか二十年とか、なかには六十年前に戻る方もいらっしゃるので。半年前ってすごく最近に思えて」

「戻る？」

美弥子が尋ねかえすと、汀子が「いけない」と小さくつぶやいた。

「すみません、説明がまだでしたね。実は、戻れるんです。この神社から、過去の戻りたい日に」

「――はい？」

願望が強すぎて、幻聴が聞こえてしまったのだろうか。目の前の汀子が今、過去に戻れると言い切った気がする。

汀子は、様子を探るようにこちらをじっとのぞきこんでいる。黒目がちの大きな瞳は澄んでおり、美しい容姿と相まって、人ならぬ存在のようにも見えた。

突風がガラス戸を叩き、ガタガタッと乱暴な音が響く。

「過去に戻れるって――」

なにそれ。

背中に震えが走る。今度は美弥子のほうが汀子へと手を伸ばし、両手をがっしりと握りしめる番だった。

「きゃあ、やっぱり過去最高にいい反応です」

感に堪えないといった様子でうっとりと目を閉じたあと、汀子は、長い睫毛にふちどられた目をカッと見開いた。

「うちのご祭神、聖神といって、時間の神様なんです。ご利益はさまざまに伝わっていますが、いちばんは時帰りといって、時間を遡らせてくれることなんです」

「ずいぶんと、ＳＦファンの心をくすぐる神様ですね。それ、どうやるんです？　何か特殊な装置が伝わってるんですか。それとも一子相伝の魔法陣みたいなものを使って転送されるとか？　あるいは――」

「いえ、あの、そういうたぐいの派手さはないんですけど。敷地内にある竹林の向こうが、過去につながっているみたいです。神主をしている兄が祝詞をあげて、私が神楽《かぐら》を舞うと、竹林の向こうが光りはじめて、そしたらお客様にそちらへ向かってもらって――」

「やだ、何それ、すごくないですか？　やってください。今すぐやってください。あ、でもおいくらですか？　お兄様はどちらにいらっしゃるんですか」

前のめりな美弥子の問いかけに、先ほどまで熱心だった汀子が逆にひるんでいることに気がつき、ぱっと手を離した。

「ごめんなさい。私、興奮しちゃって」

「いえ、こちらこそ。たいてい、うさんくさそうにされるので、美弥子さんみたいな積極的な反応に慣れてなくてすみません」

「謝らないでください。私、興奮で手が震えちゃってますから。今、私はすべてのＳＦファンが夢に見るシチュエーションのまっただ中にいるわけですし。ところで、具体的には私本人がこのまま過去に戻るタイムスリップですか。それとも、過去の私の中に今の私の精神だけが戻るタイムリープですか」

汀子が少し間をおいたあと答えた。

「うちの神様がご提供するのは今のお話でいうとタイムリープのほうです。率直に言って、かなりすごい御神力《ごしんりき》だと思います」

「おぉ」

感動のあまり二の句を継げずにいると、汀子が戸惑い気味に尋ねてきた。

「あの――美弥子さんはなぜ疑わないんですか。過去に戻れるなんて、普通に考えたらありえないですよね」

それはそうだろうが、ＳＦの世界では、ありえないことなどなにもない。

先ほどの汀子のようにぐっと目を見開き、美弥子も答える。

「こう見えても学生時代は、かなり本格的なＳＦ同好会に所属してたんです。残念ながら自分で小説を書くような才能はなかったですが、読書量はそこそこありますし、ひと晩中でもＳＦについて語っていられます。だから、タイムリープできますなんて言われて据え膳食わぬはＳＦファンの恥というか」

宣言すると、見るまに汀子の瞳が濡れていった。

「これまでたくさんの方の時帰りをお手伝いしてきましたが、こんなにのりのいい方は初めてです。さっそく兄を呼んできます、と言いたいところなんですが、こんな日に限って兄のほうが少しこじらせてしまっていて」

「と、言いますと？」

汀子は何やらもごもごと言いにくそうにしていたが、要約するとこういうことだそうだ。

どうやら汀子の兄である雅臣は、自身も時帰りをし、嫌な目に遭ったことがあるらしい。そのせいで日ごろから時帰りに否定的な態度を取りがちなのだが、今朝は夢見が悪かったのか、祝詞をあげるのは絶対に嫌だと引きこもってしまった、と。

ずいぶんとタイミングが悪いこともあったものである。

「時帰りをする人は聖神様が選んで事前に私の夢に登場させるので――」

「ちょっと待ってください。予知夢ってことですか。くう、どれだけ萌《も》えさせるつもりですか。もう息も絶え絶えです」

つい汀子の声をさえぎってしまったが、汀子はそう気にした様子もなくうなずいた。

「そうなんです。必ず、当日の朝に見るんです。だから、兄個人の気分で時帰りさせる、させないを決められることではないと思うのですが――」

「お兄様、そうとう嫌な想いをされたんでしょうか。でもそれならもういちど、時帰りをしてやり直せばいいのでは？」

美弥子が素朴な疑問を口にすると、低い声がこよみ庵に響いた。

「やり直しはきかない。時帰りできるのは一生に一度だけです」

声のしたほうへ目をやると、入口の戸にもたれかかった背の高い人物がいる。汀子と同じく涼やかな顔立ちをした彼が、おそらく神主の雅臣なのだろう。

おおよそ現実感のない美しい容姿のせいか、彼ならば、祝詞のひとつも唱えれば、不思議な現象を起こせるかもしれないと思わせる。

「兄の雅臣です。お兄ちゃん、こちら、田村美弥子さん。時帰りをご希望なので、今すぐ祝詞をあげてほしいんですけど」

ひときわ大きくため息を吐きだし、雅臣が美弥子をにらみつけた。

「なぜ、時帰りをしたいんです」

整った顔立ちが、不機嫌がにじんでいるせいで台なしである。そもそも、初対面の相手に、こんなふうに問い詰められるいわれはない。

「なぜそれをあなたに言わなくちゃいけないんです」

「時帰りはあなたが考えるほどいいものじゃない。失敗したらより悲惨な状況に陥ることもある。だから必ず、なんのために過去へ戻りたいのかお尋ねしてから祝詞をあげているんです」

「言いたくないといったら？」

「祝詞はあげられません。つまり、あなたは時帰りできない」

「お、に、い、ちゃ、ん」

目の端をつり上げた汀子が、兄の腕をつかんでそのままこよみ庵の隅まで引っ張っていった。

「聖神――ご神命――よ？　個人的な――。借金も学費も――」

おだやかならぬ単語が漏れ聞こえてしまったが、面倒に巻きこまれないよう知らないふりをした。

それにしても、彼らは本当に時帰りなどという奇跡を起こせるのだろうか。ふたりの態度は真摯で、人を騙《だま》そうとするような悪意はちっとも感じられないが、本当にすぐれた詐欺師はまったく悪人には見えないという話も聞く。

いや、お金も何も持っていなそうなこんな参拝客を騙したって何になるのよ。

どうにか気分転換がしたくて、大好きな鎌倉まで来てしまった。生後九ヶ月を過ぎた娘の彩花《あやか》は今日、実家に預けて母が面倒を見ているが、あまり長く離れるのはまだ心配だ。本当に時帰りをするのであれば、なるべく早くはじめて、夕方には帰りたかった。

ＳＦファンとしての好奇心ももちろんあるが、娘の両親として夫との関係をきちんと修復しておきたい気持ちのほうが切実だ。

もしも本当に戻れるならば、あの日、口から飛びだしてしまったあの言葉をなんとしてでもなかったことにしたかった。

美弥子がお抹茶を飲み終え、和菓子もぺろりとたいらげたころ、兄妹が目の前に戻ってきた。雅臣はさっきよりもさらに仏頂面になっていたが、汀子は上機嫌である。

「兄もぜひ祝詞をあげたいと申しておりますので、一応、慣例として、時帰りしたい過去について教えてくださいますか」

「わかりました」

大きくうなずくと、美弥子はふたりにあの夜の夫婦ゲンカについて話した。

娘が生まれたばかりでいつも余裕がなくて、ぴりついていた。彩花のことがかわいいはずなのに、泣きつづけられると放りだしたくなった。

そんなとき――。

「買い物に行かなくていいようにって、夫が牛すじとジャガイモ、にんじん、タマネギを買ってきたんですよ」

「もしかして、牛すじカレーの材料ですか？」

「ええ、夫婦の好物で」

雅臣に向かってうなずくと、汀子が首をかしげて問いかけてきた。

「いったいそれのどこがそんなに気にさわったんです？」

「これで、あとは煮こむだけでしょってニコニコ笑ってたんですよ。いったい、いつ材料を切って炒めて煮こむ時間があるのよって叫んじゃって」

「ああ、まあたしかに、下処理はそれなりに面倒ですからね」

にわかにとげとげしさを引っこめ、雅臣がうなずいた。

「え？　カレーつくるのって大変だったの」

「カレーを舐めるな。これだから台所に立たないやつは――失礼。妹のことは無視して先をつづけてください」

どうやら料理は兄が担当しているらしい。

「ほかにも、洗い物大変なら明日でいいんじゃないとか、休みの日も仕事に行っちゃったりとか、平日も特に帰りが遅い日とかが定期的にあって。とにかく、育児を甘く見ててぜんぜん手伝ってくれなくて」

あの牛すじカレーの夜、夫の和宏《かずひろ》と激しいケンカになった。それまでたまっていた鬱憤を一気にぶつけて、それでも気が済まなくて、夫はあんなに反省してくれていたのに、最後に泥の塊《かたまり》をぶつけるように声を荒らげた。

「あなたとなんて、結婚するんじゃなかった」

和宏がきつく拳を握ったのが見えたが、かまわずに寝室へとこもった。

彩花が母乳を求めて、泣いていたから。

あの夜のことを思い出すと、今でもため息が出る。

表面上は仲直りをしたし、和宏は以前よりもずっと育児に積極的に関わってくれるようにもなったが、常に気を遣われている気がする。平日の夜も、いまだ特に遅い日があって、そんなときは、食事も外で済ませてくる。

「ずっと変な空気でギクシャクしていて。前よりいい夫になってくれたのに、かえってストレスがたまるっていうか――」

「そんなことでわざわざ時帰――」

「お、に、い、ちゃ、ん」

「失礼。それじゃ、夫婦ゲンカで失言をしないようにしたいということですね。まあ、それくらいなら」

「やっていただけるんですか、タイムリープを」

勢いこんで尋ねた美弥子の問いには答えず、雅臣はこよみ庵の出口に向かって歩きだす。ほんのわずかためらったあと、美弥子も小走りであとを追った。

先ほど詣でたのと同じ神社かと思うほど、社殿の空気が引き締まっている。

時帰りについて、雅臣がよりくわしく説明をしているのだが、そのあいだじゅう、肌にぴりぴりとした刺激を感じた。

「なんですか、これ」

「ああ、感じるほうですか？　それじゃ、お水をどうぞ。刺激が和らぎますので」

雅臣がなんでもないことのように、ペットボトルの水を差しだしてきた。この神社の湧き水を汲んだものだそうだ。

「つづけますね。俺が祝詞を上げると、あの竹林の向こうが光りはじめます。美弥子さんの手首にも光の棒線が出ますので、そうしたら時帰りの準備ができたサインです。右と左、どちらの手首に出るかは人によって違うようなので、両手首を確認してください。たしかに光の棒が見えたらここを出て、竹林のほうに向かってください」

棒線は、一本が一日、半分だと半日。過去にいられる時間を表しているのだと、雅臣はごく真面目に伝えている。

ほかにも、時帰りのことは他人に言えない、時帰りして変化した事柄に関しては元の人生の記憶はだんだん消えていくなど、細かく説明された。

嘘だろうという気持ちと、ここまで言うのだから本当かもしれないという気持ち半分で美弥子はうなずいた。答えは数分後に出るはずだ。

「準備が整いました」

声のほうへ目をやると、神楽用の袴姿に着替えた汀子が立っていた。頭には金の冠、左手に鈴を持ち、女神と見まごう美しさである。

「それでは、お清めをしたらはじめます」

いつのまにか榊《さかき》を手にした雅臣が、美弥子の両肩を榊で祓《はら》ったあと、御祭神のほうへと向き直る。一方、美弥子は竹林のほうを見て座るように指示された。

ついに、背後で祝詞がはじまった。風などないのに、肩につくかつかないかの美弥子の髪がふわりと揺れ、ふたたび肌にぴりぴりとした刺激を感じる。

雅臣の祝詞は、先ほどまでの皮肉たっぷりの声とは別人のように、朗々と澄んで耳に心地よい。しゃん、しゃん、とおごそかに鳴る鈴の音と響き合って、浮世の憂いを祓い去ってくれるような気がした。

さらさらと、竹の葉が風に揺れる。竹林も、祝詞に合わせて神楽を舞ってでもいるようだ。ただ――あれほど葉が動くような、強い風が吹いているだろうか。疑問に思ったそばから、美弥子の髪の毛が強く揺れてぞくりと背筋が冷えた。

やがて、竹林の向こうの一点が淡く光りはじめた。光は徐々に強さを増し、無数の光の矢を放っている。思わずうしろを振り返ると、神楽を舞う汀子と目が合った。背中を押すようにうなずかれ、はっと手首を見下ろす。

——ほんとに、光の棒が出てる。

光の粉を吹くように輝いている棒は、長いものが二本。つまり二日間、希望した過去に戻れるということなのだろう。

和宏とケンカになったちょうど半年前、三ヶ月健診のあった夜だからはっきりと日付を覚えていた。四月、マンションの窓から見える桜がちょうど満開だったころだ。可憐な花々が日差しを受けて輝いていたはずなのに、そんな景色を愛でる余裕がなかったのか、ほとんど記憶にない。

もういちど、あの日に帰って、こんどはうまく夫に伝えられるだろうか。

ゆっくりと立ち上がって靴を履き、外へと一歩踏みだす。また一歩、次の一歩。光が手招きするように輝きを強め、弱め、また強める。

先ほど雅臣から指示された竹林の小径に、おそるおそる入った。足がかすかに震える。それでも、過去に戻って、あの台詞を取り消したい。

進むにつれ、光がどんどん強くなった。まぶしいはずなのに目は痛くならず、きちんと開けていられる。熱も感じられず、むしろ空気はひんやりとして心地よかった。

ほっと力を抜いて次の一歩を踏みだした瞬間、足がずぶりと下に沈み、そのまま全身が光の中へと落ちていった。

——きゃあああ。

大声を上げたのに、防音のきいた部屋の中にでもいるようにくぐもった声しか響かない。風の強さからして猛スピードで落ちていることはわかったが、重力が働いている感じもしない。綿毛になって風にさらわれ、移動しているような感覚だった。

どれくらい下降したのだろう。落ちて、落ちて、落ちて、ひたすら落ちて――。

「長くない？」

小さくつぶやいたすぐあとに、すとん、と椅子に腰かけていた。

「あれ」

薄暗い部屋で目が覚める。どうやらテーブルに突っ伏して眠っていたらしい。

隣接する寝室のベビーベッドでは、娘の彩花が大きく泣きだす前のしくしく泣きを繰り返していた。

がばりと起きあがって寝室まで移動し、彩花を抱きあげてお乳をあげはじめる。

か、軽い。

今ではずしりと手首にくる重さなのだが、このころはまだ空気のように軽く、はかない。泣き方もずいぶんとか弱くて、愛《いと》しさで胸がいっぱいになった。ただ、寝不足がピークのころだからか、若干足がふらついてしまう。

授乳クッションを手に取ってソファに腰かけ、放ってあったスマートフォンで日時を確認した。四月三日、午後一時。

日の光がちょうど雲に遮られたせいで部屋が薄暗かったが、まだ午後ははじまったばかりだった。窓の外では桜が風に揺れている。

いやいや、のんきに外を眺めている場合じゃないよ。

我に返って部屋の中を見渡し、カレンダーでもまだ四月なのを確認して動悸がした。明日の四日の日付けが大きく赤丸で囲んであり、メモ欄に『三ヶ月健診』と書いてある。

「うっわあ、うっわあ、ほんとに私、タイムトラベラーなの？　やだ、ちょっとどうしよう。誰かに言いたいのに……」

SF同好会のメンバーの顔が数人、脳裏に浮かぶ。同時に、子ども時代から部屋や教室の片隅でSFを読みあさっていた日々が思い出されて、じんわりと視界が濡れた。

いつか王子様が迎えに来る、というのが少女の一般的な夢かもしれないが、美弥子の場合、それはいつかタイムトラベルする、だったのである。

半年後の世界から戻ってきた、なんて言ったらみんな笑うかな。それとも信じてくれるかな。誰にも話せないのがつくづく悔しい。

まだ夢中でお乳を吸っている彩花の頭を軽くなでたあと、片手でスマートフォンを手に取ってネットニュースでも観ようとした。母親の関心がよそへ移ったのを敏感に察したのか、彩花が乳房から口を離して抗議するように泣きはじめる。

「ごめん、ごめん」

スマホはあとにして、もういちど、お乳を与えた。

一心に吸いつづける娘は、たった半年前なのに驚くほど赤ん坊で、まさに生まれたてである。愛しくて、大切で、しかし産後の頭は霞がかかったようにぼうっとしている。

そうそう、こんな感じ。この子のこと以外はまともに考えられなくて、周囲の人にちょっとでも気にさわることをされると、敵だ、なんて攻撃的になって――。

明日の夜は、ぜったいに夫にやさしくしよう。怒る代わりに、してほしいことをわかりやすく伝えるのだ。

決意すると安心したのか眠気が襲ってきて、彩花を抱いたまましばしうとうとしてしまった。


授乳後、三時間も経たずに彩花がふたたび泣きはじめた。昼も夜もなく、細切《こまぎ》れで睡眠をとるものの、やはり洗濯や掃除は、彩花が寝ている隙にやることが多い。

いつのまにか窓の外が夕日の色に染まっていた。

家事にしても、疲れているから効率よくは進められず、部屋はワイパーで半分だけ拭き、洗い物は手つかず。とりあえず洗濯物が湿る前に取りこもうとしたところで、ふたたび彩花がすすり泣きをはじめる。

ああ、この感じだ。

手をつけたものすべてを、やり終える前に中断しなければならない。部屋は荒れ、気持ちがすさみ、出勤する人々を見ては社会から取り残される不安に焦っていた。

ぜんぶひとりでやらなくちゃいけないって、思いこんでいたものね。

区役所に相談すれば、家事代行のシルバー人材を派遣してもらえる。そうでなくても、手ごろな価格でごはんを作り置きしてくれたり部屋の掃除を請け負ってくれる人材派遣サービスもある。

優先度の高い順からリストに書きだせば、和宏もメモを確認しながら何をしなければいけないのかわかる。

特に、さまざまな家事や育児において、一部を手伝って終わりではないことを丁寧に伝えよう。たとえば、入浴の手伝いは、彩花を洗って終わりではないこと。服を脱がせて、洗い、拭いて、着替えさせる。ここまでやってようやく完了。濡れたままの彩花を「終わったぞ～」と手渡し、自分はそのあと、ゆっくり入浴を楽しむのが育児ではないのだ。

洗い物も、拭いて戸棚にしまうまでがワンセット。洗濯も、洗って干して取りこみ、畳んで、しまうまでがワンセット。

仕事のときは驚くほど段取りよくタスクを完了させているらしいのに、家事になったとたん、その能力が消え失せるのが不思議だった。手を抜いているのだと、いつも和宏に対して腹を立てていた。

しかし、あとから聞いたところによれば、和宏はただ理解していなかったのだ。自分がやっていたあれこれは、それぞれの家事のつまみ食いに過ぎないことを。

ようやく満足して眠った彩花をもういちどベッドに寝かせ、洗濯物を取りこんだ。手早く畳んでクローゼットにしまい、ついでに奥にしまいこんでいたノートを引っ張りだしてくる。以前、日記を書こうと思い立ち、けっきょく白紙のまま保管していたものだ。

ページをめくり、眠気と闘いながら、どうにか家事のひとつひとつについて、美弥子なりのやり方を絵つきで解説していった。ときどき、ミミズがのたくったような字になってしまったが、これで少しは美弥子の焦りや大変さをわかってくれるはずだ。

二度目なら、きっとスムーズに行く。そうすれば気まずい未来も変えられるはず。和宏も、定期的に帰りが遅くなることなんて――。

胸の奥がずきりと痛む。まさかとは思いつつも〝浮気〟の二文字が頭をよぎることもある。件《くだん》のSF同好会で出会った和宏は、誠実な人柄だし、SFオタクだ。浮気とは最も遠い人物だと思っていたが、ひとつ弱点がある。SF好きの女性に弱いのだ。

美弥子のことも、ひと晩中SF文学について熱く語っていた姿に惚《ほ》れたと臆面もなく共通の友人たちにのろけられて、ずいぶんと恥ずかしかった。

もしも職場やつき合いの席で、美弥子と同じようなSF好きの女性と出会ったら？　彼女はきっと、美弥子のように産後すぐで神経質でもなければ、家事や育児の要求もしないだろうし、和宏の話にだって喜んで耳を傾ける余裕があるだろう。

夫は、オタク気質だから何かにのめりこんだら一途なひとだ。浮気のつもりがやがて本気になり――ということも、ないとは言い切れない。

関係がギクシャクしているせいか、つい悪いほうに考えてしまう。

それでも、和宏は彩花の父親で、美弥子の家族だ。もちろん愛情だってある。ふたりのときは、正直にいうとあまり独身時代と意識は変わらなかった。そのぶん、和宏への愛情を示せてもいた。けれど、子どもが生まれてからは育児のことで頭がいっぱいになってしまい、和宏をおろそかにしすぎたのかもしれない。自分がいっぱいいっぱいだったように、和宏にも余裕がないのかもしれないとは考えられなかった。

今なら、少しは思いやれる。妊娠期間もなくとつぜん赤ん坊が目の前に現れた和宏が、とうぜん母親である自分よりも父親としての自覚を持つのに時間がかかるということを。

だから――ぜったいにあの言葉はもう言わない。おだやかに、やさしく、話し合うのだ。

彩花を授かり、家族になれた。この奇跡を、そう簡単に諦めたくない。

やってほしい家事のメモをもう少しで書き終えるというときに、ふたたび彩花がしくしく泣きはじめた。

美弥子は静かにペンを置き、小さく息を吐いて席を立った。

今夜、時計を見上げるのはこれで何度目だろう。

夜の十一時。さきほどスマートフォンで送ったメッセージには既読もつかず、もちろん和宏からのメッセージはゼロ。着信もない。

「いったい、何時に帰ってくるつもりなのよ」

昼間の決意などどこかへ吹き飛び、つい悪態をついてしまう。

自分の食事は大きめに刻んだだけの野菜とコンビニで買った焼き魚、そして白米のみ。和宏のぶんは、自分で買ってきてもらうことにしているが、もしかして誰かほかの女性と会っている、などという可能性も――いや、こういうことを考えるのも止めなくちゃ。

なんだか、記憶よりもネガティブになってる？

心は半年後の自分でも、体の状態は産後すぐのまま。ホルモンバランスも精神の状態も、すべてが不安定な時期だ。そういえば物忘れもひどく、娘に関すること以外は注意力がかなり散漫になっていた。

「――いけないいっ！」

ソファからキッチンへ走る。

かなり前、紅茶を飲むためにお湯を沸かし、そのあと紅茶を飲んでいない。

急いでガスレンジを確かめてみると、沸かしていたはずのお湯は空になり、自動消火したのかコンロの火も消えていた。

「ああ、なんか、やだやだやだやだ」

こんな失敗を繰り返すために時帰りをしたわけではないのに。これではイライラの追体験をしに来ただけだ。気持ちをコントロールできない。家事もできない。彩花が寝ているあいだに、散らかり放題の部屋を片づければいいのに、眠い。とにかく眠い。

こんなに疲れてるのに、どうして和宏は帰ってこないの？　バカなの？　わざとなの？

そうと決まったわけではないのに、またしても、見知らぬＳＦ好きの女性と楽しそうに連れ立って歩く夫の姿を妄想してしまった。

それなら私だって。

腹立ちまぎれにコンビニに行って、カフェスペースでおいしいアイスでも食べてやる。今なら彩花もぐっすり寝てるし、きっと三十分くらいなら——。

衝動的に玄関に向かったが、まだ臍《へそ》の緒がつながってでもいるかのように外出の気配を敏感に察知した彩花が、大泣きをはじめてしまった。

今日だけでいったい何度目かわからないため息をつき、スマホを床に投げつけようとして思いとどまる。

「私、やっぱりおかしい」

ひとりつぶやき、ソファにうずくまった。


その夜、十二時を過ぎてからようやく和宏が帰ってきた。仕事上のアクシデントで残業になったらしく、退社する際にメッセージも送られてきたが、美弥子は読んだまま返信しなかった。正確には、文字を打とうとするたびに難癖にちかい恨み言ばかりが出てきて、返せなかったのである。

「ただいま。帰り遅くなってごめん」

申し訳なさそうに寝室をのぞきにきた夫の声に、「大丈夫だから寝かせて」と険《けん》のある声で答えてしまった。

「ごめん」

もういちどつぶやいて寝室のドアを閉めた和宏は、今、シャワーを浴びているらしい。ゆっくり浴びられて、いいご身分だよ。私は、いつ彩花が泣きだすかわからなくて、カラスの行水だったのに。

またしてもイライラしている自分に気がつき、深呼吸を繰り返す。

このままでは半年前と同じになってしまう。

焦るのに、思考には相変わらず霞がかかったようで、具体的にどうすればいいのかまったくわからない。壁の向こうからかすかに響く水音が、ひたすらわずらわしかった。


朝四時に、彩花の泣き声で目を覚ました。寝入っていてしくしく泣きを聞き逃したのか、すでに大声で抗議の声を上げている。

隣の部屋からは、和宏のいびきが聞こえていた。

こんなに娘が泣いているのに、よく寝ていられるよね。

心の中で毒づき、ベビーベッドから彩花を抱き上げる。本人は渾身《こんしん》の力で泣いているらしく、石のように体を硬くしていた。

「はいはい、ちょっと待って」

授乳をしながらリビングに移動して、ソファに腰かける。いつもはにぎやかに響いている雀《すずめ》の声もまだしない。カーテンの隙間からはほんの少し明るくなった空がのぞいているが、まだ夜の色のほうが濃かった。

ほわほわと毛の生えた彩花の頭頂はあたたかく、ミルクのいい匂いがする。

授乳をしながら、ソファに頭をもたれてついうとうとしてしまった。はっと気がついて手首を確認すると、昨日は二本だった光の棒が一本に減っている。

せっかくの時帰りなのに、前と同じように授乳して、イライラして、それで終わり？

自己嫌悪で、心が重く沈んだ。

もう少し和宏が早く帰ってきてくれたら。仕事よりも家族を優先してくれたら、きっとこんな気持ちにならずに済むのに。

目を閉じて彩花の頭をなでていると、ドアの開く音がした。

「おはよう。もう起きたの？」

和宏が、寝ぼけた顔のままリビングに顔を出す。

「毎日だけどね」

とんがった返事をした美弥子に「そうか」とつぶやいただけで、和宏は寝室へと戻ってしまった。

普通、何か手伝わない？　出社しなくちゃいけないからって、ほかがぜんぶ免除になるわけじゃないよね？

あれほど冷静に、おだやかに伝えようと誓ったはずなのに、まるで巣にひな鳥のいる親鳥のように、昨日の夜から心の中でキーキーと叫んでばかりいる。

　ソファに座ったままイライラしていたはずがいつの間にか目を閉じていて、ふたたび気がつくと、七時になっていた。

「おはよ。朝食、自分でするからつくらなくていいよ」

　当たり前でしょ。こっちは全然きちんと休めないんだから。

　声にならない抗議を上げたあと、朝から攻撃的になっている自分に嫌気が差した。

　落ち着こう。このままじゃ、ほんとになんのために時帰りしたんだかわからなくなっちゃう。

　ちょうどトースターに食パンをセットしている和宏の背中に声をかけた。

「私のぶんもおねがいしていい？」

「え？」

　和宏が意外そうにこちらを振り返った。

「だから、パン。私のぶんも焼いてほしいんだけど」

「あ、ああ、もちろん。一枚でいい？」

「ううん、二枚ほしい」

「オッケー」

　もう一枚パンをセットし、和宏があらためてこちらを振り返った。

「今日って三ヶ月健診の日だよな」

「うん」

「俺、何か手伝うことある？」

「――別に」

短く答えたあと、思い直して告げる。

「大丈夫。でも、今日じゃなくていいから、和宏も次からは積極的に行ってもらえるとうれしい」

和宏の目が、パンを頼んだときよりもさらに大きく見開かれた。

「わかった。次の健診までにいろいろ教えて」

「ごめん、教えてる時間はない。自分で調べて」

本当はそのくらいの時間はあるくせに、棘《とげ》のある声。和宏はうろたえたように何度もうなずいている。

違う。そんな顔をさせるために来たわけではないのに、感情を抑えきれない。これではただの八つ当たりだ。

産後の自分がこんなにも神経をとがらせていたことに、美弥子はあらためて驚かされた。

「今夜は、早く帰ってこられるよね。育児のことで、ちょっと話があるから」

「うん、なるべく頑張る」

「――」

なるべくとは、なんなのだろう。会社の都合には一も二もなく合わせるのに、なぜ、家族の都合には合わせられないのだろう。

際限なくふくらんでいく不満で胸をいっぱいにしながら、美弥子は焼き上がったパンを受けとるなり彩花を連れて寝室へとこもった。これ以上、夫の姿を目にしていたら、言わなくてもいい言葉をぶつけてしまいそうだ。

しばらく経って、和宏がそっと玄関を出ていく音が響いた。

やさしくしたいのに、できない。

監獄に閉じこめられているかのように、和宏への愛情は心の奥深くから出てこられなくなっていた。

三ヶ月健診は九時から、地下鉄で一駅の保健センターで行なわれる。あまり遅く出るとかなり待つことが予想され、睡眠時間を削っていつもより早い時間に洗濯や掃除を終えた。

ぐずる彩花のおむつを取り替えたあと、バッグの中におもちゃ類や母乳パッド、母子手帳類など細かな荷物を確認しながら詰めていく。

そして絶対に忘れてはいけないもの、レインコートとベビーカー用のレインカバー、さらに交換用の紙おむつも用意した。

時帰りする前の三ヶ月健診では、紙おむつを忘れるわ、天気予報にはなかった局地的な雨に襲われ、ふたりでずぶ濡れになって彩花が泣きじゃくるわ、地下鉄では周囲に眉をひそめられるわで、大変な目に遭った。

あと少しで支度をととのえ終わるというときに泣きだした彩花に授乳し、ついうとうとしてしまった。まぶたを閉じてしまえば最低でも一時間のロスになるから、頰をつねってどうにか目を開けたまま耐えた。

彩花をベビーカーに乗せ、桜並木の下を歩く。春らしい陽気で、道路には、木漏れ日とともに淡いピンクの花びらがはらはらと舞い落ちてくる。心地よい風に、街ぜんたいがまどろんでいるようだった。

この風景を美しいと思えないのは、みずからの今の状態と、この茫洋《ぼうよう》とした外の様子がよく似ているからだ。こんなふうにつねにぼんやりしてしまい、意識がしゃっきりと目覚めてくれないのである。

見渡せば歩いている人はいくらでもいるのに、知り合いは誰ひとり見当たらない。同僚らしき男性と並び、ハイヒールで颯爽《さつそう》と歩く女性は美弥子と同い年くらいだった。

胸のうちがどんよりと濁っていく。地下鉄の駅へと向かうあいだ、果たして今日、時帰りした目的を果たせるのかと考え、どんどん自信を失っていった。手首を確認してみると、光る棒が一本、まだくっきりと残っている。

家族三人の平和を守るために、なんとしてでもやりとげなくては。

地下鉄の階段入口とはかなり離れた場所にあるエレベーターまで大回りして改札まで降

り、さらにまたエレベーターでホームへ降り立った。ちょうどひと心地ついたとき、スマートフォンにメッセージが届いた。

『美弥子さん、今日、三ヶ月健診に行くよね？　私もこれからなんだけど、よかったらいっしょに行かない？』

近所の児童館でママ友になった咲良《さくら》だった。美弥子よりふたつ年上の二児のママで、上のお兄ちゃんは保育園に預けているそうだ。いつも身ぎれいにしており、ふたり目だからか育児にも余裕が感じられた。

過去では億劫《おっくう》に感じて誘いを断ったことを思い出し、あえて今回は受けることにした。

『うん、ぜひぜひ。私は今、地下鉄に乗ったところ』

絵文字つきで返事を送信しながら、すでに後悔してしまう。

咲良といっしょにいると、たったひとりの育児にさえ取り乱して日々必死になっている自分が惨めになるのだ。ただのひがみだと自覚できる理性は残っているだけに、つらい。

「がんばろ」

未来を変えるために来たのだから。こんな些細な変化が、実は望む未来へとつながっている、などという展開は、タイムトラベルものの定石だったはずだ。

「ママ、がんばるからね」

外の世界を澄んだ瞳できょろきょろと見つめていた彩花が、美弥子の声に反応したのかにっこりと笑う。

そっと額をなでてやったあと、電車を降りて地上へと出る。駅から三分ほどの保健センターにたどり着くと、すでに咲良が入口付近で待っていた。

「お疲れ～。この時期だと準備だけでひと苦労だよねえ」

苦笑する咲良は、今日も身ぎれいで隙がない。きっちりナチュラルメイクをしており、ヘアスタイルもきれいにポニーテールでまとめられている。ジェルネイルにまつエク。どちらも今の美弥子にはサロンに通う余裕がない。そもそも美容院だって、出産前に行ったきりである。美弥子も、どうにか微笑んでみせた。

「ごめんね、待たせちゃった？」

「ううん、私たちもちょうど今着いたところ。って、このやりとり、つき合いたてのカップルみたいだよね」

笑う咲良は、やはりゆったりとしていて眩《まぶ》しかった。

彩花と同じ時期に生まれた爽鞠《さまり》は、髪が生えたての頭に大きなリボンをして、落ち着いた様子で眠っていた。爽鞠がむずかっているところを、そういえばほとんど見たことがない。おそらく、むずかる前に咲良が対処できているのだろう。

「いこっか」

情けない自分を振り切るようにして咲良に声をかけ、ベビーカーを押して進む。

「あ――うん」

咲良も、少し遅れてついてきた。

今回は、身長や体重、首すわりや股関節の状態など身体的な発育の様子や、声がけへの反応や目の動き、笑い声までみるらしい。

希望者は、今後はじまる離乳食の指導も受けられるということだった。

ベビーカーを置き場に預け、ふたりとも抱っこひもを装着して赤ん坊を前に抱える。

「ねえねえ、離乳食講習を受けると、ピション社の離乳食パウチセットが無料でもらえるんだって。よかったら並ばない？」

先ほど受付で配られた健診ガイドを読んで、咲良が瞳を輝かせた。

そういえば、前回は彩花がぐずる前に帰りたくて参加しなかったことを思い出す。

今回は、出席してみよう。

スマホを握る手にぐっと力をこめ、美弥子は笑顔で答えた。

「うん、もちろん。ピション社のってちょっと高いみたいだからうれしいよね。爽鞠ちゃん、離乳食っていつからはじめる？」

「うちはもう四ヶ月だから、来月くらいからはじめようかなって思ってる。お兄ちゃんのときに教科書どおりに行かなくて苦労したから、今回は無理しないでのんびりやるよ。彩花ちゃんは？」

「うちはまだぜんぜん考えてなくて。ちゃんとできるか不安だよ」

答えながら、苦い笑みがこぼれた。これから美弥子も離乳食に挑戦するのだが、最初に成功するまでが闘いなのだ。赤ちゃんが好むというサツマイモで挫折したあとはにんじん、バナナなどいろいろ試したのだがすべて吐きだされ、悪戦苦闘の末、ペーストした米や野菜に昆布だしを混ぜてみたところ、ようやく食べてもらうことができた。あのときはさすがに泣いた。

家に帰ったら、私のために、最初から昆布だしを加えてみるようにメモを残しておいてあげよう。

手首を確認すると、金色の棒はまだくっきりと残っている。

今夜だ。今夜、和宏と話そう。

決心したものの自信がなくなり、気がつけばぼんやりしていたらしい。

「美弥子さんっ」

少し強めに名前を呼ばれてぱっと顔を上げると、咲良が列の前のほうへと移動していた。

「進もう」

「あ、うん、ごめん」

抱っこひもの中で「うう」と軽くうめいた彩花のお尻をぽんぽんと叩き、前へと足を進める。

「大丈夫？　もしかして、あんまり眠れてない？」

「授乳がね、三時間も持たなくて。咲良さんは？」

「うち、実は夜だけ粉ミルクをあげてるの。母乳よりまとまった時間寝てくれるから、ママも睡眠をとりやすいよ」

暗に、母乳がちゃんと足りてないんじゃないの、と責められた気になる。もちろん、咲良は純粋に親切心で教えてくれたであろうことも、頭ではわかっている。わかったうえで、イライラしてしまうのだ。しかし、そんな自分がおかしいことにもきちんと気づけている。だから、自分はまだ平気なはずだ。

平気だ。

言い聞かせるようにして、「ありがとう。試してみるね」と相槌を打った。

産後をようやく抜けだしたはずのクリアな精神が、産後の体の中に幽閉され、どんどん正常な判断力を失っていく。なんだかきちんと考えられない。正解がぼんやりとはわかっているのに、バランスを崩したホルモンに思考の自由を奪われ、どうにもできない。

ようやく健診の順番がまわってきた直後、彩花がむずかりはじめ、かすかにうんちの匂いが漂ってきた。

「あらあら、うんちね。次は並ばなくていいですから、先におむつを替えてきて大丈夫ですよ」

看護師にうながされ、トイレへと急いだ。

おむつ替えの台が備えつけられた広いトイレに入り、台に彩花を載せたあと、ママバッグを開ける。しかし、そこにあるはずの紙おむつが——なかった。

「うそ、だってあれほど注意して――」

お尻拭きシートでお尻をきれいにしたあと、台に載った彩花の前で呆然と立ち尽くす。

そういえば出がけに荷物を詰め終える直前、彩花が泣きだして授乳をした。あのとき、バッグに詰めようと思っていた紙おむつを、ソファかどこかに放り投げて、彩花に授乳したのだ。

「はは」

いっこうにおむつ替えされないことに不満をおぼえたのか、彩花がぐずりはじめる。

どうしよう。

焦るばかりで何も思いつかず、視界が潤んでいく。美弥子の不安につられるように、彩花も本格的に泣きだしてしまった。

気がつくと美弥子も、声を上げて泣いていた。

広い多目的トイレの壁に、ふたり分の盛大な泣き声が響く。思考を霞ませる何かを押し流すように、あとからあとから、涙がこぼれ落ちていく。

どれくらいそうしていただろう。五分か、十分か、もしかしてたった一分ほどだったかもしれない。

ふたりの泣き声に、スマートフォンの着信音が混じりはじめた。

はっと我に返って画面を確認すると、相手は咲良だ。

電話をとって咲良に助けを求めれば、すぐに解決する問題だった。

「ごめん、おむつを忘れちゃったみたい。一枚、もらえないかな」

そう告げれば、咲良はなんの躊躇《ちゅうちょ》もなく紙おむつを差しだしてくれるだろう。

それでも――おそらく美弥子たちの帰りが遅いのを心配して連絡をくれた咲良に、母親としてこんなにも至っていない姿を見せるのが嫌だった。これが、過去の自分の体に刻まれた感情なのか、それとも半年後の自分が変わらず抱えている感情なのか、判断がつかない。

バカ、そんなプライドにこだわってる場合じゃない。母親なんだから、彩花のことをなんとかしてあげなくちゃ。

自分で自分を叱咤《しった》し、通話ボタンを押す。

「もしもし」

『もしもし？　美弥子さん、大丈夫？　実は今、多目的トイレの前にいるんだけど、中にいる？』

その声があまりに切羽詰まっていて、逆に驚かされた。電話に出た声で、泣いていたのが丸わかりだったろうか。いや、そもそも自分たちの泣き声が外まで響いていたのかもしれない。

「ごめん、ちょっとおむつを忘れちゃって。あの、できれば一枚もらえないかな」

答えた声も、いい加減、鼻声だ。

『もちろんだよ。入口を開けてくれたらすぐパスするね』

「ありがとう」

自分のふがいなさに打ちのめされながら、緑の開くボタンを押した。どうして開くボタンはいつも緑で、閉じるは赤なのだろう。洟《はな》をすすりあげながら、そんなどうでもいいことが気になった。

「これ、どうぞ」

準備して、待っていてくれたのだろう。細い隙間が開くなり、ビニール袋をぶらさげた咲良の手がにゅっと伸びてくる。

「私、あっちで適当に待ってるから。ゆっくりおむつ替えてきてね」

「うん、ありがと」

ドアが開ききる前に、咲良は姿を消していた。

受け取ったビニール袋には、紙おむつが三枚。それに、使用済みオムツを入れるビニール袋も三枚用意されている。それからなぜか――よく冷えた保冷剤も。

情けなさとありがたさでふたたび泣いたあと、彩花のおむつ替えを済ませて多目的トイレを出た。廊下の向かいに設置された長椅子に腰掛け、やや腫れたまぶたに保冷剤を当てる。熱を持ったまぶたに、冷気が心地よい。

なぜこんなものを咲良が持っていたのかは不明だが、いずれにしても準備のよさが比べものにならない。母親として、いや、人間としての出来が違うのだと思い知らされた。

『お待たせしちゃってごめんね。もう少しかかっちゃうかもしれないから、先に講習を受けて帰ってて。保冷剤とか、紙おむつとか、今度会ったときに返却でもいいかな』

咲良にメッセージを送ると、すぐに返信があった。

『もしよかったら、健診のあと少しお茶しない？　この近くに、赤ちゃん連れでも気を遣わないお店があるの。私は先に行ってるから、気が向いたら合流して』

健診を終えしだい帰りたい気持ちもあったが、世話になった手前、断りづらい。

『お誘いありがとう。ぜひぜひ』

絵文字をつけ、返信をした。そろそろ目の赤みも落ち着いただろうか。

泣きやんであたりをきょろきょろと見回している彩花を抱っこしたまま、蒸れる胸元に手うちわで風を送った。立ち上がって、健診の列へと戻る。ちょうど先ほど声をかけてくれた看護師がおり、美弥子たちを次に呼んでくれた。

健診の結果はどれも問題がなく、彩花は健《すこ》やかに成長しているらしい。健やかでないのは、結局、美弥子だけ。

「ごめんね」

小さな声で囁き、和毛《にこげ》に覆われたやわらかな頭をなでる。

咲良が送ってくれたカフェのリンクを開いてみると、場所は今いる保健センターのすぐ目の前だった。億劫な気持ちを奮い立たせ、ベビーカーを押して道を渡った。

カフェに到着してすぐに、雲行きのあやしかった空から大きな雨粒が落ちはじめた。

咲良は爽鞠にビニール製の絵本を見せている。あやし方がうまいのだろう。爽鞠は、まやまやと手を動かして笑っていた。

四ヶ月であんなにも表現が豊かなのは、やはり育児力の差に違いなかった。

じっと見つめすぎたのか、咲良が美弥子に気がついて手を振ってくる。

「ごめんね、お待たせしちゃって。色々ありがとう」

ベビーカーを押して、咲良の席へと到着した。着席してメニューを見ると〝たんぽぽコーヒー〟〝デカフェコーヒー〟の文字が目に飛びこんでくる。

美弥子は大のコーヒー党だが、授乳のためにカフェイン入りのコーヒーを控えている。かといって、デカフェのコーヒーはあっさりとしすぎていて物足りない。

がっかりするくらいなら、ほかの飲み物にしようか。

「たしか美弥子さん、コーヒー飲みたがってたよね。ここのデカフェのコーヒー、けっこうおいしいの。よかったら試してみて」

「そうなんだ。それじゃ、頼んでみようかな」

ふたりでデカフェのホットコーヒーを頼み、五分後、運ばれてきたコーヒーを飲もうとしたところで爽鞠がぐずった。咲良はすぐ、なんでもないことのようにスマートフォンでキッズ向けの動画を流し、爽鞠に持たせた。

ぐずりがぴたりとやみ、「ふう」と息を吐いて咲良がおいしそうにコーヒーを飲む。

彩花はベビーカーでの移動が心地よかったのか、眠ってしまったようだ。

「もうね、うちの育児なんて手抜きに次ぐ手抜きなの」

いたずらを見つかった子どものように、咲良が美弥子に向かってくしゃりと笑った。

「お兄ちゃんのときに張り切りすぎて失敗しちゃってね。産後鬱の診断を受けちゃって。だから今回はいい加減にしてるの。動画を見せるのなんて当たり前だし、ミルクにも頼りっぱなし、家事はプロにお任せしちゃうこともあるし、周囲の手を借りまくってるんだ」

「うそ」

「ほんとほんと。だから——間違ってたらごめんね。もしかして美弥子さんも、少し気持ちが不安定になったりしているのかなって」

こちらを見つめる咲良の声があまりにも真摯で、まだ水っぽい視界がふたたび濡れていく。ぐっとこらえて、声を絞りだした。

「さっきはパニックになっちゃって。もしかして私、はたから見てもおかしかったかな」

「おかしいなんて、そんなことないよ。むしろ私から見たらとってもしっかりしてるし。でも、ちょっと疲れてそうだったから、寝不足なのかもなって気になってたの。ほら、今ってぜんぜん眠れない時期でしょう」

「そうなの。細切れ睡眠だとなかなか寝た気になれなくて。しかも夫は遅くまで帰ってこないし、父親の役目はお手伝い程度にしか思ってないのが丸わかりで」

「くう、わかる。うちも最初はそんな感じだった。赤ちゃんと夫、両方育てるのってけっこう骨だよね」

「え、咲良さん、どうやって旦那様を育てたの」

思わず身を乗りだした美弥子に、咲良はうんうんとうなずいたあと告げた。

「こまごまやることはあるだろうけど、まずは美弥子さん自身のケアをしたほうがいいと思う。出産した産婦人科で相談してみたらどうかな。私はホルモンバランスの乱れがけっこう激しかったみたいで、ホルモン療法をしたり。あと授乳もつづけられる抗鬱薬も処方されたり。鍼灸《しんきゅう》にも通って、これがけっこうよかったよ。でもいちばんよかったのはカウンセリングかな。心療内科に併設されててね。心の中にたまってた鬱憤をあらいざらい打ち明けて聞いてもらって」

「うわあ、そうだったんだ。でも、何がきっかけで産後鬱かもって思ったの」

「う〜ん、あんなに待ち望んでいた長男なのに、ヒステリックに怒鳴って愛情を感じられなかったときかな。あ、私おかしいかもって」

信じられなかった。咲良は、いつも育児に余裕を持っているように見えた。子どもに怒鳴るなんてもってのほか。何度でもやさしく諭《さと》している姿しか見たことがなかった。

「だから、よかったら私も愚痴くらい聞くし。周囲に話すことに抵抗があったら、私の行ってたカウンセリングルームを紹介してもいいし。とにかく、ひとりでなんでもやろうとしないでね」

カフェのコーヒーは、苦みもコクもしっかりとあり、しばらくのあいだ、世界をくっきりと見せてくれた。

咲良と別れたあと、まだどこか呆然としたまま家路をたどった。カフェで話しているあいだに通り雨はやみ、前回のようにずぶ濡れになることはなかった。

私は、見たいものを見たいようにしか見ていなかったの？

悲劇のヒロインになるために、咲良の余裕がある部分しか見ていなかったのかもしれない。和宏に対しても、同じだ。もしかして、夫も自分と同じように余裕がないのだという可能性は考えてもみなかった。聞きたいことしか、聞いていなかった。

——マッサージにでも行ってきなよ。

——俺、洗濯とか皿洗いやっておくからさ、残しておきなよ。

和宏はそんなふうに声をかけてくれていたのに、自分のやり方でやってくれないのが嫌で、断ってひとりで抱えていたのはほかならぬ美弥子だ。

カウンセリング、行ってこようかな。

地下鉄を降りて外に出ると、黒々としていた雲の切れ目から、やわらかな光の帯が降りている。美しい景色を見ているうちに、ある考えが、美弥子の心にも差してきた。

その夜、和宏が珍しく早めに帰宅した。

出がけにプレッシャーをかけたせいか、過去にケンカの発端になった牛すじカレーの材料は買ってこなかったようだ。

しかし、美弥子の手首に現れている光の棒が、ごく薄くなってしまっている。

「おかえり。ね、ちょっと急いで話したいことがあるんだけど」

着替えも待たずにそんな声をかけた妻に、和宏は「どうした？」と不満も示さずに尋ね返してくれた。

このやさしい瞳も、見ようとしていなかったな。

うまく話せるかはわからなかった。それでも、話そう。伝えよう。

日々のルーチンタスクに優先順位をつけてまとめたノートは、いったんすぐ脇に置いた。そんなものは、彩花の成長に伴って刻々と変わっていくし、こんなにも混乱した状態でまとめたノートが有効かどうかもよくわからない。

だから、帰り道でひらめいた考えを、テーブルについた和宏に切りだす。

「あのね、私、けっこう限界みたいなの。それで——和宏も育休を取ってくれない？」

和宏の瞳が、ケンカの夜と同じくらい見開かれる。

しかし、そこに怒りの色はなかった。ただ、見たことのない生物を目の前にしたような戸惑いだけがある。

「すぐに実現できるとは思ってない。でも、すぐに実現して」

和宏はしばらく口を開いては閉じ、開いては閉じたあと、ようやく少し笑って答えた。

「いや、どこのワンマン社長だよ」

「無理かな」

「——その無理を、今は美弥子ひとりに押しつけてるってことだろう？　ごめん」

和宏が頭を下げる。

今度は、美弥子のほうが驚かされる番だった。前回なぜあれほどこじれたのか首を傾げたくなるほど、今回の夫は素直だ。

ううん、この人は私の鏡だ。私も前とは変わっているのだ。

「俺、父親としてまだまだ未熟っていうのは自覚してる。でも、具体的に何をどうしていいのかわからなくてさ。会社で子どもが生まれた父親たちの勉強会を起《た》ち上げたんだ。パパ会って自称して、メンバーで沐浴《もくよく》のこととかミルクの作り方とか習って。それで、帰りも遅くなって本末転倒なことになってて」

「じゃ、ときどきかなり帰宅が遅かったのは、そのパパ会のせいってこと⁉」

「ほんと、恥ずかしながら。もしかして、何かやってるつもりになって、本当の育児からは逃げてたのかもしれない」

和宏がしょんぼりとうなだれる。

「平気なフリしてたけど、実は内心、赤ん坊の存在にけっこう戸惑っちゃってさ。母親は待ったなしだっていうのに、申し訳なかった。すみませんでした」

ふたたびがばっと頭を下げる和宏を見て、ずっとかたくなになっていた心の奥底がゆるんでいくのを感じる。

手首を確かめれば、光の棒が目をこらさなければわからないほど薄まっていた。

「──美弥子？」

「ごめん、和宏。今日はもう寝るね。育休のこと、検討してみて。あとこれ、タスクノート。家の中のこととか、子連れで出かけるときの準備とか、メモしておいたから」

「お、おお。ありがとう。これ、忙しいのにまとめてくれたのか」

「ずうっと頭がぼんやりしてるから、ちゃんとはできてないと思う。もし育休が取れるようなら、そういうまとめも一緒にやってくれるとうれしい。それと、私があまりにもおかしかったら、産婦人科かメンタルクリニックに行くように勧めて。産後鬱っていう症状もあるみたいだから」

鬱、という言葉に和宏がびくりと反応したことがわかった。唇を引き結んで、しっかりと美弥子と向かいあう。

「わかった。俺、さっそく明日、会社に相談してみる」

「ありがとう」

産後はじめて、こんなふうに夫の目を見て感謝を伝えた気がした。

狙い澄ましたように、彩花がぐずりはじめる。

「ごめん、俺、授乳だけはしてやれないから行ってもらっていいか。あ、でもパパ会では、夜だけミルクにしている人も多いって――」

「私も今日、同じことをアドバイスされた。それじゃ、ミルクをつくってもらってもいい？　つくり方は――」

「あ、それはパパ会で勉強してきた」

思わず動きを止めた美弥子に、和宏が照れくさそうに親指をあげてみせる。

手首を確認すると、光の棒がほとんど消えかけていた。

ベビーベッドへと向かう途中で、何かにやさしく襟首をつままれたようにふわりと浮き上がり、半年前の自分から意識が引き離されたことがわかった。

そっか、もう終わりなんだ。バイバイ、半年前の、彩花、和宏、私。

上へ、上へ、光の中を移動しながら、頭の中で小さな記憶の欠片《かけら》が甦りはじめる。不思議なことに、それらの記憶を、美弥子自身は経験した覚えがない。それでもたしかに、自分の過去だとわかった。

これって、私が時帰りしたあとにできた記憶？

朝から彩花相手に悪戦苦闘する和宏の姿が浮かんで、思わずくすりと笑ってしまう。同時に、あたたかなもので胸がいっぱいに満たされた。

彩花も和宏も毎日、こんな気分でいてくれるだろうか。いてくれるといい。

願うのと同時に足がすとんと地面を踏み、元の竹林に立っていた。

竹林で美弥子を待っていたのは、雅臣だった。

まっすぐに立っていられずふらついてしまった美弥子に、ペットボトルの水を差しだしてひと口飲ませてくれる。

「時帰りの副作用です。行く前の肌への刺激と同じで、この神社の湧き水を飲むとじきに改善されますので」

ふたりでこよみ庵へと向かい、先ほどと同じ席に腰かけた。部屋のすみにはテーブルにうつ伏せになって、汀子らしき人物が休んでいる。

「気にしないでください。時帰りの神楽を舞うとかなり疲れるようで、しばらくああです」

「え、大丈夫なんですか」

「明日にはけろっとしてますから」

ずいぶんと回復するのに時間がかかるようだ。

そんなに力を使って帰してくれたんだ。

汀子のかわりに雅臣が茶を点ててくれた。ふらつきが大きい人間には、この抹茶も効くらしい。

テーブルに抹茶を置きかけて、雅臣がはたと手を止めた。

「今さらですが、抹茶のカフェインを摂取しても大丈夫なんですか」

意外にこまやかな気遣いをすることに驚きながら、うなずいてみせる。

「一、二杯なら平気らしいです。ありがとう」

雅臣は、今度こそ抹茶をテーブルに置いたあと、美弥子の向かいに腰かけた。手帳とペンを持ち、やや緊張の面持ちで尋ねてくる。

「さっそくですが、時帰りはどうでしたか」

かんたんには言い表せずに言葉に詰まっていると、雅臣が言い訳めいた口調になる。

「神社に記録を残しておきたいので。できる範囲でご協力いただければと」

ひと呼吸おいて、美弥子はようやく答えた。

「なんというか、すごい体験でした。子どものころの夢が叶《かな》ったんですから」

そういえば、時帰りをしていたときのように、思考に霞がかかるような嫌な感じはもうない。今集中したいことにしっかりとフォーカスでき、応答するさいに舌がもつれることもなかった。

「なるほど。肝心の目的は達成できたんですか」

「ええ。ケンカする前日に戻って、今度はきちんと話せました。余計なひと言をぶつけちゃったこと、ずうっと後悔してましたから。夫と話す前に、ママ友に話を聞いてもらえましたし、何より、産後九ヶ月経った自分が見るからこそ、あのころの自分が少しおかしいことに気がつけて」

雅臣が、美弥子の言葉を書きつけているらしいメモ帳からはっと顔を上げた。

「失礼、つづけてください」

「夫に、私はおかしいと思うって率直に伝えることができたんです。あと、限界だから夫にも育休を取ってほしいとお願いしちゃいました」

そのおかげで、要求どおりの三ヶ月は難しかったが、和宏も二ヶ月は育休を取得できることになった。

二ヶ月のあいだ、和宏も美弥子のように一から新米の父親として彩花を世話し、夜はミルクをやり、お風呂に入れて着替えをさせるところまでをセットでできるようになったし、食洗機に放りこんだ食器を元の位置に戻すことを覚えた。

「この半年、私も夫も、彩花にじっくり育ててもらえたと思います」

例のパパ会は今でもつづいているが、対《つい》になるママ会も発足し、もはやたんなる家族ぐるみの会合として楽しく定例会が開かれている。

雅臣が、いつのまにか走らせていたペンを止めてうつむいていた。

「——と思いますか」

「はい？」

「時帰りした自分が過去の体に宿るからこそ、そのときの状況をよい方向に変えられたと本当に思いますか」

雅臣の声は低く、どこか問い詰めるようだった。

「え、ええ。それはもちろん。だって当時の私はあまりにも疲れていて、眠くて、とてもまともに判断できる頭じゃなかったですし、ずっとずっと後悔していましたから。やり直せて心からよかったと思っています」

「俺は、そんなのはただの偶然だと——」

「お、に、い、ちゃ、ん」

よろよろと身を起こして、汀子が兄を咎めた。

「にゃあん」

気がつけば美弥子の足もとにいた先ほどの猫も、抗議するように鳴き声を上げる。

小さく息をついたあと、雅臣がつづけた。

「ご主人とうまくいくようになったのは、とても喜ばしいことだとは思います。特に、お子さんにとって両親は——世界のすべてですから」

「ええ、これからもあの子を未熟なりに育てていこうと思います」

それまでのとげとげしさが一瞬消えて、雅臣がやわらかく微笑む。

「それじゃ、私、そろそろ帰りますね」

パパ会で料理を覚えてきた和宏が、仕事を早退してばあばの家から彩花を引き取ってくれ、今日はおいしいビーフシチューを煮こんでくれているはずだ。これも、時帰りで変わった出来事のひとつ。彩花をケアしながらだから、てんやわんやになっているだろうけれど。

雅臣は「送ります」と短く告げて神社の出入口まで来てくれた。

「あの、あなたは大丈夫ですか」

いくぶん元気のない様子が気になって、美弥子は思わず尋ねてしまった。

「ええ、もちろんです」

少し迷うように瞳を揺らしたあと、雅臣が告げる。

「俺は時帰りに失敗したので、あなたが成功してくれてとてもほっとしています」

「え？」

それ以上なにかを尋ねる前に、雅臣はこちらに背を向けて歩きはじめている。背中に竹林の影がかかり、さわさわと葉のこすれる音が寂しげに響いていた。

第四話　永遠の縁日

秋には誇るように色づいていた紅葉もすっかり葉を落とし、細枝ばかりを空へと伸ばしております。

⛩

冬晴れの日差しを受けて輝くのは、ここ一条神社の本拝殿――ではなくその板床。神主である雅臣の手により、一点の曇りもなく磨きぬかれているのはいつものこと。しかしここ最近は、掃除の神でもご祭神に迎えたのかと思うほどの念の入れようで、祝詞《のりと》よりも熱心ではないかと、妹で巫女の汀子がため息をついております。

「掃除もいいけど、掃除じゃお腹はふくれないんだよね。それに見て、この戸板を閉めたときの明らかな隙間。今はコートを羽織ってればまだ我慢できるけど、年を越したら本当に凍死するからね」

「わかってるよ」

煩《わずら》わしそうに眉間に皺を寄せる雅臣にいつもなら追及の手をゆるめぬ汀子ですが、ここ最近は様子が異なるようです。

それもそのはず、雅臣の憂い顔の原因を知るのはただ汀子と、猫の身であるこの私、タマのみ。毎夜のように夢にうなされるあの姿を思えば、無理強いもできないのでしょう。

物質主義の権化のようでいて、汀子も心根のやさしい子なのですから。

「まったく、お兄ちゃんが倒れたら誰が稼いでくるのよっ」

やさしい子、ですよね？

雅臣とは対照的に、汀子のほうは夢見が冴えわたっている様子。今朝もどうやら、ご祭神である聖神様からのお告げがあったようです。

「タマ、今日のお客様はたぶん道に迷うだろうから、ゆっくり歩いて連れてきてあげてね」

「にゃあん」

ゆっくり、ということはご老人でしょうか。それとも、子ども？

吹きすさぶ乾いた風を受けて、立てつけの怪しい板戸がガタガタと震えるように鳴っております。

道中、あまり寒い思いをなさらないとよいのですが。

⛩

両腕をさすりながら、汀子は境内にたたずむお抹茶処〈こよみ庵〉へと身をすべらせるようにして入った。戸の開閉を最小限にすることで、外気が入りこむのを防ぐためだ。

暖房はなるべく使わないようにしているが、暮れも押し迫ってくるとさすがに寒さが骨身にしみる。少し負けた気分でリモコンの暖房ボタンを押し、迷った末に設定温度を二十三度から二十四度に上げた。

比較的新しい建築物であるこよみ庵は、雅臣の言《げん》によればモダニズム建築を追求した有機的構造の傑作で、今にも崩れ落ちそうな古びた本拝殿とはかなり見た目に差がある。有機的、とは何を指すのかわからないが、それならば気密性や断熱性にもすぐれ、冬はあったか、夏は涼しくてもよいはずなのに――。

「お兄ちゃんの建築バカ」

神社を継ぐまでは建築事務所で一級建築士として勤務していた男は、竹林に向けて壁一面ガラス張りの建物を設計してしまった。もちろん、ガラスの質を落とさなければそれでも問題はなかっただろうが――。予算の都合でかなり資材のグレードを落とした結果、こよみ庵もまた本拝殿に負けず劣らず、隙間風が吹きこんでいるのかと勘違いするほど外気の影響を受けやすく、寒い日は寒い、暑い日は暑いのである。

「女のおしゃれは寒いものだろう？　建築物も同じだ。おしゃれなものは寒い」

とても一級建築士の言葉とは思えない。

「うう、マッチでも擦ってあたたまろうかな」

憎たらしい兄の言葉を思い出したものの、同時に、こっそり寝顔を撮りにいくときに最近またよく見かける、夢にうなされて苦しむ姿も浮かんでしまった。

昔から兄はよく悪夢を見るらしい。父親からは「時帰りのことを思い出しているんだよ」とだけ聞かされていた。

「ごめん。ごめんなさい」

兄の目尻に小さく浮かんだひと粒の涙が、ひどく重く見えたものだ。

「にゃあん」

いつの間に店内に潜りこんでいたのか、厨房《ちゅうぼう》にたたずむ汀子の足もとにタマが頭をすり寄せてきた。

「タマも心配だよね」

おそらくこちらの言葉をかなり正確に解している美猫は、うなずく代わりにひと鳴きし、汀子のそばから動こうとしない。

「タマ、お兄ちゃんが時帰りしたのって、なんのためだったか知ってる？」

こんなことなら、何があったのかを父親に聞いておくのだった。

いつへ、何をするために戻ったのだろう。

いくら考えても、本当のことは本人にしかわからない。汀子にわかるのは、雅臣は失敗し、時帰りを否定するようになったということだけ。

「私も時帰りができたらいいのにね」

「にゃあん」

床に座りこんでいるタマの頭を、しゃがんでなでてやる。ぴんと立つ耳もとをすんすんとかいでみれば、冬の澄んだ日だまりが香った。

おりしも店の扉が開き、雅臣がモップとバケツを抱えて立っている。

「昨日の夕方にも掃除したじゃない。それに今日は、もうすぐかわいいお客様が来る予定だし」

「また来るのか」

以前ほど嫌がるそぶりはないのだが、ただ、覇気がない。

「お兄ちゃん、ちゃんと眠れてる？　少し疲れてるんじゃない」

「だいじょうぶだ。それより、抹茶を点ててくれないか」

「うん、もちろん」

雅臣が気に入っている碗で点てた抹茶を運んでやる。

「お兄ちゃん？」

じっと竹林に見入っている雅臣に声をかけると、はっとしたように汀子へと向き直った。

「汀子は母さんのこと、どれくらい覚えてる？」

「う〜ん、感触とか、笑ってる顔とか？　ちいさかったし、断片的な記憶だけ。でも、すごく私のことを愛してくれてたことはしっかり覚えてるよ」

時を経ても色あせることなく存在する、母から贈られた愛情の記憶。その記憶こそが、汀子にとっての母親だ。

怒っている顔も、泣いている顔も知らない。ただ、記憶のなかの母親は、幼子を慈《いつく》しむ微笑を浮かべている。

「そうか」

雅臣はそれ以上なにも言わず、だまって茶碗を口に運んだ。

まだ筋肉がつくまえの細い二本の足を前後させながら、空斗《そらと》はバスから降りた。

この停留所で降りたのは空斗ひとりきり。目的地はあの神社だ。

SNSにはたくさんハートマークがついていたから、もっといっしょに降りる人がいるかと思っていたのに、もしかしてそんなに有名な神社ではないのかもしれない。

空斗が立つ道の前も後ろも背の高い木々に囲まれていて、人っこひとり歩いていない。ときどき思い出したように民家やカフェが現れなければ、観光地ではなく山奥の林道と勘違いしてしまいそうだった。
#一条神社　#時の神様　#聖神　#鎌倉　#歴史と趣　#イケメン神主　#お参りすれば後悔が消えるかも!?
SNSに投稿されていたのは、神主が祝詞をあげている写真だった。その顔立ちは、少年である空斗の目から見ても整っており、てっきり、アイドルのようにファンの人々が押しかけているのかとも思っていたのに。

それでも、空斗の目を最もひいたのは神主の顔立ちなどではなく、いちばん最後に書かれていたタグだった。
#お参りすれば後悔が消えるかも!?

神社の公式アカウントにしてはあまりにいいかげんな気もしたけれど、胸の底に冷えた後悔をかかえる空斗には、お告げのように感じられたのだ。

ここに行けば、ちょっとは気分もすっきりするのかな。

すぐに一条神社の場所をパソコンで調べたのが十一月の終わり。今年のクリスマスプレゼントはいらないからと両親に頼みこんで交通費を出してもらい、十二月の最初の週末に自宅から鎌倉まで、ひとりでやってきた。

ふだんから小三にしては大人びていると言われることの多い空斗だけれど、それでも自分だけの遠出は初めてで、けっこう緊張した。

もう冬、か。

夏のあのことを思い出さない日はないのに、季節だけが、空斗の心を置いてけぼりにして移り変わっていく。

母親に借りてきたスマートフォンにマップを表示し、方向を確かめてから歩きはじめた。ときどき車が通りすぎる以外は、やっぱり通りは静まりかえっている。

ちょっと気味が悪いかも。

コートの袖の中に冷えた指先を引っこめたそのとき、向こうからとっとっ、と歩いてくる小さな生き物がいた。

「猫？」

「にゃあん」

すらりとした白猫だった。人に慣れているのか空斗のすぐ足もとまでやってきて、怖がりもせずにすりすりと額を押しつけてくる。

「おまえ、どこかの飼い猫？」

かがんで頭をなでてやると、気持ちよさそうに目を細めた。青い瞳はあの日の夏空に似ていて、何かを訴えかけてくるようだ。

「にゃあん」

ふたたびひと鳴きし、猫は空斗の足もとを離れた。来たほうへと後もどりして、くるりとこちらを振り返っている。先までまっ白なしっぽが、誘うように小さく揺れていた。

「ついてこいって言ってるの？」

「にゃ」

気がつけば空斗は、さっさと進んでいく猫のあとを追っていた。ちょうど一条神社も同じ方向のようだ。

五分ほど歩いたころ、白猫が立ち止まって控えめな木の看板を見上げた。近づいてみると〈一条神社〉と書かれている。その下には矢印があり、竹林に囲まれた細道がつづいていた。

「わあ、こんなところにあるんだ」

ひとりで探していたら、見過ごしてずっと先まで行ってしまったかもしれない。なぜかスマホの案内にも、ここで曲がらずにもう少し先へ行くよう指示が出ている。

画面から顔を上げると、白猫はとっとっ、と竹林の先へと進んでいた。

「待ってよ」

空斗の高い声に応えるように、ざわざわと竹の葉ずれの音が響く。冬の低い太陽は背の高い竹たちに遮られ、進むにつれどんどん薄暗くなっていくようだ。

ひとりだったら、これ以上進むのはやめていたかもしれない。

「おまえがいてよかったよ」

先を行くしっぽに向かってつぶやいた。

それにしても、ものすごい竹の量だった。百年に一度だけ咲くという花も、この竹林だったらきっとすごい迫力だろうと想像してみる。

——知ってるか。竹の花ってさ、百年に一回しか咲かないんだって。

耳の奥で懐かしい声がした。図鑑を読むのが大好きで、いろいろなことをよく知っていた少年。空斗よりほんの少し小柄で、いつもテストは百点。そのくせガリ勉というわけでもなく、野球の守備ではリスみたいにすばしこく動いて、打球の真正面まで移動していたっけ。

「あ、ここ——」

いつの間にかうつむいていたことに気がつき、顔を上げた瞬間だった。

明るい場所に出て、まぶしさに目を細めた。視界の先にあるのは、ええと、たしかに神社だ。想像していたよりもだいぶおんぼろだけれど。

「タマ、帰ってたのか」

突然の声に驚いて目を向けると、ほうきを手にした神主が立っていた。

冷たい冬の空気がよく似合うすっきりとした切れ長の目、整った薄い唇。

うわあ、写真で見るよりもかっこいい人ってはじめて見た。

こんな山奥のボロ神社で神主をしているよりも、テレビに出て仮面ライダーを演じているほうがずっと似合いそうだ。

じいっと見つめている空斗の存在に、ようやく神主が気がついた。

「こんにちは。おひとりでいらしたんですか」

「は、はい」

「そうですか。では、ゆっくりお参りください」

笑顔も見せずに告げて、神主はそそくさと去っていく。

「にゃあ」

咎めるように鳴いた猫も、あとを追って本拝殿の中へと消えてしまった。

ぽかんと突っ立っていると、また別の声がする。

「わあ、待ってたよ」

「え？」

声の主は、先ほどの神主に負けず劣らずきれいな顔立ちの女性だった。白い着物に赤い袴をはいているということは、巫女だろうか。

女性は、戸惑う空斗のところまでずずっと迫ってきて、ぱっと腕をつかんだ。

「さ、どうぞどうぞ、寒かったでしょう。こちらであたたまってね。といっても、暖房のききが悪いんだけどね。誰かさんの設計のせいで」

なぜか本拝殿に向かって大声で告げたあと、巫女は、今出てきた建物の中に空斗を強引に招き入れた。

「あ、あの？」

入口にあった看板によると、〈こよみ庵〉というらしい。おんぼろなお社《やしろ》と比べて、かなり見栄えのいい建築物だ。

店内に足を踏み入れたとたん、木の香りがふわりと空斗を包む。それに、窓一面に竹林が広がる景色は大迫力だった。

ＳＮＳにもここの写真がたくさん載っていた。だからこそ、お社も同じくらい新しくてきれいなんだろうと思っていたのに。

戸惑ったまま入口の向こうを振り返る。さっきと同じように、お社は息も絶え絶えといった様子で建っていた。

「何を考えているかはわかるつもりだよ。でも今はとりあえず座って。こんな山奥まで来て疲れたでしょう。さ、さ」

「ありがとうございます」

竹林に向かって腰かけ、足をぶらぶらさせながら店内を見回した。

「すごい竹の数だよね。春になったら、タケノコがたくさん生えてくるよ」

「――知ってる」

それもあいつが、教えてくれたから。

「そ、そっか。ねえ、名前、教えてくれる？」

いつの間に用意したのか湯気ののぼるコップを置いて、巫女さんが尋ねてきた。

「えっと、空斗。風岡《かざおか》空斗」

「わあ、なんだかかっこいい名前だね。私は若宮汀子だよ。この神社で巫女をしてるんだけど、本業は大学生なの。空斗君は小学――」

「三年生」

「そうなんだ。今日は遠くから来てくれたの？」

「別にそんな遠くからじゃないよ。電車、好きだし」

まるで幼稚園児にたいするような話しかたに少し反発したくなった。春になれば空斗だって四年生で、夏には十代に突入する。

少しきつい口調にも、汀子はまったく気にする様子もなく機嫌よく話をつづけた。

「ねえ、お抹茶って飲んだことある？　もしよければごちそうさせて。苦いのが嫌いなら、メニューにないけどココアとか、あとは昆布茶とかもできるよ？」

「抹茶処なのに、どうしてココアなんてあるの」

「まあまあ、そんな細かいこと気にしないで。苦いのは思い出だけで十分、なんちゃって。どう？」

「ううん、抹茶、飲んでみる。あと、お金もちゃんと払います」

ほんの一瞬、ぎらりと瞳を輝かせたあと、汀子はうなずいて店の奥へと引っこんでいった。

なんかあの人、アニメに出てくる妖怪みたい。

去っていく背中を見送ったあと、竹林へと視線を戻す。

こういうとこ、あいつと来てみたかったな。今ごろどうしてるんだろ。

ガラスの向こうで竹林が揺れている。窓際から冷気が伝わってきて、空斗はぶるりと背をふるわせた。

「ね、ここに来てくれたってことは、もしかして後悔していることでもあるの？」

抹茶と和菓子をお盆に載せて、汀子が戻ってきた。

「なんで？」

「う〜ん、ここの神様ってほら、時間の神様でしょ。何か後悔していることのある人がよくお参りにくるから。ＳＮＳでもそういうアピールをしてるし」

「あ、ぼく、その投稿を見たかも」

「もしかして、ＳＮＳをチェックして来てくれたの？」

「うん、そう」

「うれしい。がんばって投稿してるかいがあるなあ」

汀子の笑顔はどこまでもやさしげだ。それでも空斗はなぜか、身の危険を感じた。オオワシみたいな猛禽類《もうきん》に見つかった野ネズミも、こんな気持ちになるのかもしれない。

視線をさまよわせていると、汀子がさらにたたみかけてくる。

「後悔してることがあるなら、もしかして、過去に戻りたいなんて思ってない？」

ドクンと心臓がはねた。

どうしてそんなこと、聞くんだろう。

言い当てられてどぎまぎしたまま、言葉が勝手に口から飛び出していく。

「毎日思ってるよ。ぼく、すっごく後悔してることがあるから」

言いながら、視界がじわりと濡れた。

差しだされた紙ナプキンで顔全体をぬぐうと、汀子が真剣なまなざしをこちらに向けている。大きな瞳に体ごと吸いこまれてしまいそうだった。

この人はすごく親切にしてくれるけど、やっぱりちょっと怖い。なにか企んでる気がするのは、ぼくがビビってるせいなのかな。

「私が、ううん、私と神主のふたりが、空斗君を戻りたい日に戻してあげられるって言ったら、信じる？」

唐突に、汀子が言った。表情は真剣だけれど——ぜったいに空斗をからかっている。それとも、下手な冗談でなぐさめているつもりだろうか。もう、そんなファンタジーを信じられるほど子どもじゃないのに。

た。


「そんなの無理に決まってるじゃん」

「だよねえ。でも、信じてほしいんだ。もし事情を打ち明けてくれたら、きっと空斗君を過去に戻してあげられる。ね、お兄ちゃん」

汀子が振り返った先には、いつの間にかさっき出会った神主が、不機嫌な顔で立っていた。

「いきなりそんなことを言われても。かんじんの空斗君だって、戸惑っているようだぞ」

神主の言うことはまともだ。

「そうだよ。アニメだったらできるけど、現実でそんなこと無理に決まってるよ」

だから、ぼくはこんなに苦しんでるっていうのに。

空斗の疑いのまなざしを軽く受けながしつつ、汀子がつづける。

「まだ習っていないだろうけどね、事実は小説より奇なりっていう格言があるの。現実の世界では、人が想像もしなかったような変わったことが起きるってこと。ね、とりあえず話すだけ話してみない？　きっと力になれると思う。お兄ちゃんも話を聞くことぐらいできるでしょう」

神主がため息をついたあと、空斗の腰かける窓際の席までやってきた。

「ここの神主をしている若宮雅臣です。さきほど、境内でお会いしましたよね」

雅臣の瞳は、汀子のそれに輪をかけて引力が強かった。暗い熱をおびて、ブラックホールのように空斗を引き寄せる。

なんだろう、この人たち。やっぱり怖い。

「お、に、い、ちゃ、ん。顔が恐すぎ」

「顔なんてどうだっていいだろう。それより、俺はもともと時帰りなんて反対なんです。特に、君のような小さな子が時帰りなどしても、ろくなことにならないと思っています」

「だから、声も恐いってば。ごめんね、空斗君。こんなこと言ってるけど、ちゃんと話を聞くから。ね、私たちに打ち明けてみない？」

「いいかげんにしたほうがいい。空斗君だってぜんぜん乗り気じゃないのに、なぜ無理に時帰りを勧めるんだ」

雅臣の声は淡々としていたが、怒りはしっかりと伝わってきた。担任の岡崎《おかざき》先生も静かに怒るタイプだからよくわかる。

空斗のほうだって、いいかげんムカついてきた。

ふたりは、いつまでこんなふざけたお芝居をつづけるつもりなんだろう？

「まさか、本当に過去に戻れるなんて言わないよね」

「信じて。ほんとに、ほんとに戻れるから」

ものすごく返事が軽い。父親の、週末は遊びに連れていくからというあれとおなじくらい軽い。

「汀子、子どもの時帰りは本当に危険なんだ。これ以上言ったら――」

抗議しようとした雅臣の声を、汀子がぴしゃりと止めた。

「お兄ちゃんは黙ってて。このあいだもお告げを無視しようとして、賽銭箱の底に穴が空いちゃったこと忘れたの？　無理に勧めようとしているのは私じゃなくて、聖神さまなんだってば」

「う」

声に詰まった雅臣が、大きなため息を漏らして空斗を見つめた。その瞳は相変わらず強い引力があって、とても嘘をついているようには見えない。

まさかだけど、本当のこと、なのかな。

ふたりを交互に見てみる。どちらも、これまで出会った人たちとはどこか違っていて、この世の存在ではないみたいだった。

やっぱり怖い。けれど、この人たちならもしかして本当に——？

ふたりに感じる違和感の正体が、アニメの世界でしか起きないような奇跡につながっている気がして、空斗はひゅっと息を吸った。それに、頭の中で今も暴れつづけている記憶が、どうにかして外に出たがっている。

「ぼく、話す。話したい。お兄さんもお姉さんも聞いてくれる？」

「もちろんだよ。ね、お、に、い、ちゃ、ん」

汀子の横で雅臣は無言だったが、ダメとも言わなかった。

空斗の抱えている後悔は、まさに今飲んだばかりの抹茶に似てほろ苦い。言葉といっしょに苦みを吐きだすようにして、ゆっくり話しはじめた。

「仲よしの友だちがいたんだ。保育園からずうっといっしょで、小学校のクラスもいっしょ。家も近所で野球チームも同じで、監督から夫婦ってからかわれてた」

「わあ、もしかしてピッチャーとキャッチャーとか？」

「ううん。でも将来、そうなれたらいいなって思ってたよ。あいつ――大地《だいち》は肩がいいし、頭もよくて。だからキャッチャー候補だったんだ」

「その子、大地君って言うんだね」

やさしくうなずく汀子の隣で、雅臣は無言のまま、自分を守るように腕組みをしている。

「毎年、大地の家族とうちの家族で行ってるお祭りがあったんだ。八月の夏休みのときにやるやつで、夜は花火もあってすごく盛り上がる。今年もぜったいいっしょに行こうって約束してたんだけど、前の日になってお兄ちゃんの陸《りく》が、もう中二だから友だちと行くって言いだして――」

「ああ」

途切れた声を継いだのは、それまで黙っていた雅臣だった。

「もしかして、お兄さんのほうについていくことにしたんですか」

「うん。だって、子どもだけで行きたかったんだもん。大地もきっとそうだと思ったし」

「大地君は、子どもだけは嫌だったのかな」

「うん」

つづきを話そうとしたけれど、こみ上げてくるものがあり、慌ててトレーナーの袖で目元をぬぐう。

「やだ」

なぜか向かいの汀子まで、ハンカチで目元を押さえている。

「大地は、いつもどおりがいいって言い張って。ぜったい家族みんなで行こうって言うから、じゃあ、今年は別々に行こうって、つい言っちゃって。そしたら大地、ちょっと泣きそうな顔してて、ぼくも焦って、でもなにを言えばいいのかわかんないし」

「そのまま別れたんですか」

「うん。でも別れるとき――〝もう友だちじゃない〟って言われた」

汀子がおそるおそる尋ねてくる。

「もしかして、まだ仲直りしてないの」

空斗が答える前に、雅臣が先生のようにお説教をはじめた。

「まさか、過去に戻ってやっぱり大地君といっしょに行くことにしたいなんて言わないですよね。そんなことをしなくても、学校に行って勇気を出して話してみるべきです」

「それができないからっ」

ガタンと大きな音を立てて、空斗は椅子から立ち上がった。

「大地は、もう学校にいない。あいつ、転校しちゃったんだ。おじさんの転勤が決まって、夏祭りがみんなで集まる最後のチャンスだったたって。そんなのぼく、ぜんぜん知らなくて。手紙とか電話で連絡しようと思ったけど、勇気でなくて」

うつむいて歯をくいしばる。

風がガラス窓を叩くかすかな音以外は何も聞こえない。

「お兄ちゃん、ほら」

視界のすみで、汀子が雅臣の脇腹を肘でつつくのが見えた。

雅臣が、あきらめたように軽くうなる。

「仕方がありませんね。今からでも連絡をとるべきだとは思いますが、ケンカの仲直りくらいなら、今回はお手伝いしてもかまいません。でも、現実がよくなるとは限りませんからね」

「もう、どうしてそんな言い方するの。現実をよくするためにするものでしょう、時帰りは」

「絶対じゃないと、いつも言ってるだろう」

少し声を荒くしたあと、雅臣がはっと口をつぐんだ。

「それって、ぼくが過去に戻ることで、今より悪い結果になるかもってこと?」

「そのとおりです。しかも、時帰りできるのは一生に一度だけ。失敗してもやり直せません。それでも、やりますか」

突き刺すような声だったけれど、空斗は迷わず首をたてに振った。

「うん。ぼく、もう最悪な結果を見てるから、あれ以上悪くなることってないと思うし。

過去に戻れるなら戻りたい。ええと、その〝時帰り〟ってやつで」

まだくどくどと何か言いそうな雅臣の声を、汀子が慌ててさえぎる。

「戻れるよ。それに、時帰りをしてほんとによかったって笑顔になって帰っていく人もいっぱいいるの。だからあんまり心配しないで行っておいで」

「うん。わかった。でもお母さんが心配するかもしれないから、友だちのうちに泊まるって電話してみる」

「ああ、それなら大丈夫。どれだけ過去に戻っても、こちらに戻ってくるときは五分とか十分しか経っていないから」

「へええ」

いったい、どういう仕組みなのか知りたかった。たとえ教えてもらっても、まったくわからないだろうけど。

それにしても、気になることが空斗にはあった。

「あとさ――」

「どうしたの？　心配なことはなんでも聞いて」

汀子がすぐそばまでやってきて腰をかがめ、空斗に目線を合わせてくれた。

どうしよう、こんなこと聞いたら失礼かな？　でもやっぱり気になる。

「そんなにすごいことができるのに、どうしてこの神社は人がぜんぜんいないの？」

空斗の声に、汀子ががっくりとうなだれた。

目の前に正座しているのは、真剣な顔をしている雅臣だ。空斗もがんばって膝を折っているけれど、はやくも足の裏がぴりぴりとしびれてきた。

時帰りの儀式のために、こよみ庵からおんぼろのお社の中へと場所を移している。

「それではこれから時帰りの儀式をおこないます。帰りたい日は、今年の八月二十日で間違いないですね」

「うん、大丈夫」

答えながら、ごくりと唾を飲みこんだ。

さっきまでの雅臣は、どちらかというと不親切でぶっきらぼうだった。今はむしろ、丁寧に時帰りについて説明してくれ、空斗が質問するたびに言葉をつくして答えてくれる親切な人だ。それでも、ふたりのあいだに横たわる空気が、空斗を切りつけてくるように鋭かった。

「それじゃ、忘れないでくださいね。手首に光の棒が見えたら靴をはいて、あの竹林の奥へ歩いていくんですよ」

「わかった。竹が光るって、なんだかかぐや姫みたいだよね」

「ええ。でも空斗君が帰るのは月ではなく過去です」

かすかに鈴の音が響く。

音のしたほうへ視線を移すと、地元の神社のお祭りのときに見たような派手な衣装に着替えた汀子が、床を足裏でこするようにして歩いてきた。

「わあ、なんかすごい」

かぐや姫が本当にいたら、こういう雰囲気の女の人だったのかもしれない。

雅臣が濃い緑色の葉を手にし、「お清めをします」と空斗の左右の肩に軽く触れて、その葉でなでた。緊張でこわばっていた背中がふわりとゆるむ。

雅臣からうながされ、反対側を向いて座り直した。向こうでは竹の葉たちがさわさわと揺れている。

すうっと息を吸いこむ音につづいて、雅臣がおまじないのような言葉を唱えはじめた。聞いていてわかるところもあれば、昔っぽい言葉で意味がわからない部分もたくさんある。低い声が澄んだ空気を渡り、あたりへ広がっていった。

布がこすれる音で、汀子が何かしているのだとわかる。しゃん、しゃん、と鈴の音がときおり混じった。

空斗の胸の中で、心臓が速く、大きく、脈打った。

ほんとかな。ほんとにぼくは、過去へ帰れるのかな。

「あ」

思わず声が漏れる。

竹林の向こうから、さっきの雅臣の説明どおり、かすかに光が漏れはじめたのだ。さっと両手首を見てみると、右手首の内側に淡い金色の棒が二本、同じ長さで光っていた。

――一本で一日、半分の長さで半日間、過去に滞在することができます。

そんなふうに雅臣が教えてくれた。過去へ帰るのは意識だけであり、空斗は過去の自分の体を借りて過ごすのだとも。

二日あれば十分だ。今度こそ、大地と夏祭りに行ってみせる。

立ち上がってスニーカーをはき、石段を降りる。竹林に向かって歩きだすと、そう風もないのに竹の葉が空斗を招くように大きく揺れた。

光は最初に現れたころよりもかなり強くなっており、先ほどたしかに奥までつづいていた竹林は、途中から光の海に飲みこまれて見えなくなっている。

不思議と、恐ろしさは感じなかった。未知の光に胸が苦しくなるような懐かしささえ覚え、泣きたくなったほどだ。

一歩、また一歩、用心深く踏みだされていた足はだんだんと勢いを増し、いつしか駆け足に変わっていた。

うしろでは変わらず雅臣の声が聞こえている。

つぎの一歩を勢いよく踏みだした瞬間、靴底が空を泳ぎ、空斗は体のバランスをくずして光の海へと放りだされた。

「わあああああ」

お腹の中がなんともいえずくすぐったい。すぐ耳もとでごうごうと風が鳴るのに、鳥の羽根のようにふわふわと舞い降りているような感覚しかなかった。

あたりに目をこらしても、光の濃いところや薄いところがほんのかすかにあるだけで、どこまでも似たような空間がつづいている。ゆりかごに揺られているようで緊張がだんだんとほぐれ、ついには眠気までおそってきた。

うとうとして目を閉じそうになったその時だった。

ぽすんと、おしりからどこかへ着地した。

「あれ、ここ――」

驚いて見上げた空は、だいだい色の絵の具をたっぷり溶いたように濃く染まっている。たてにもくもくと積み重なった金色の雲たちが悠々と泳いでいた。

「空斗、大丈夫か？　そろそろ打順だぞ」

「えっ」

肩をびくりとさせたあと、声のほうへゆっくりと向きなおる。

「大地。ほんとに大地なのか」

「なに言ってんだよ、当たり前だろ。さっきスライディングしたとき、頭でも打ったんじゃねえの？」

ケタケタとお腹を抱えている懐かしい姿に、視界がにじんでいく。

今は、所属している野球チームの練習中らしい。もう夕方、ということは練習も終わりに近いのだろう。

過去だ。ほんとに戻りたかった過去に戻ってる。

夏休み中は、ほぼ毎日特訓があるせいでチーム全員が日に焼け、子どもたちでぎゅうぎゅうのベンチは、どろ団子が並んでいるようだった。

記憶にあるのとそっくり同じ光景が、目の前にある。

「こら、空斗《せ》、急いで準備して」

コーチに急かされ、慌ててベンチから立ち上がる。

「塁に出ろよ。俺がぜったい帰すっ」

大地が親指を立てたあと「なんちゃって」とおどけてみせた。

「うん、まかせて」

そうだ、この日の練習のあと、「陸たちと子どもだけで行かない?」って言ったんだ。

もう二度と会えなくなるなどとは思わずに——。

もうあんなバカなことは言わない。ぜったいに大地と、二つの家族全員で、いつもの年と同じように明日の祭りに参加するんだ。

すんなり受け入れるとは思えない兄の顔が思い浮かんで、心臓がきゅっと縮んだ気がしたけれど、きっと説得してみせる。

いつになく引き締まった表情でネクストバッターズボックスに立った空斗を見て、コーチが「おお」と目を見開いた。

空のだいだい色が、ほとんど金色に見えるほど淡くなった。

家に向かう空斗と大地の影は仲よく並んで細長くのびているけれど、それでもだいぶ薄くなっていた。

「明日のお祭り、楽しみだな」

「うん。ぜったい家族みんなで行こう」

陸は友だちと行くかも、と伝えようとしたが、結局言わなかった。余計な心配をさせたくなかったのだ。

大地に向かって笑いかける。なるべく普通の態度でいようと思うのに、ぎこちなくなってしまっただろうか。

横目で懐かしい姿をちらりと盗み見た。

どこか心細そうに見えてしまうのは、これから何が起きるのかを知っている未来の自分だからだろう。勉強もスポーツもできて、でもぜんぜん偉そうにしなくて、いっつもおもしろいことばっかり言って笑わせようとする。

そういうやつだから友だちから信頼されるし、いつもまわりに人がいる。新しい学校でもすぐに人気者になるだろう。

だから向こうが楽しすぎてぼくのことなんて忘れて、連絡をくれなかったのかもしれない。

それにしても、このときの大地は、もう引っ越しのことを知っていたはずだ。それでも何も言わなかったのはなぜなんだろう。

ぼくは大地の親友だ。ほんとうは、誰よりも先に伝えてほしかった。

大地の気持ちを聞きたいのに、口がうまく動かない。そもそも、友だちになにを考えているのか真険に聞くなんて、今までしたことがない。秘密を知っている理由を、どう説明すればいいのかもわからない。

ほんの少し黙ったあと、大地がいつになくはしゃいだ声を出した。

「いろんな出店、攻略しようぜ。まずは射的だな。去年はふたりともなんにも倒せなかったけど、今年はいけそうな気がする。あとは、金魚すくいと型ぬきやって」

はしゃがなくちゃ、大地といっしょに。ぼくはなんにも知らないんだから。もう引っ越しちゃうなんて知らないんだから。

重い気分を吹き飛ばすように大きく息を吸って、空斗は大地の腰にタックルを決めた。

「わ、なんだよ、とつぜん」

「大事なこと、忘れてない？」

「ええ？　なんだっけ。あ、たこ焼き？」

「たこ焼きもたしかに大事だけど、それより、お面だよ、お面」

「ああ、去年、射的におこづかい使いすぎて買えなかったからか。空斗、すっげえ泣いてたよな」

「大地だって」

お互い、顔を見合わせて沈黙したあと、笑いころげる。

このまま、夏休みが終わらなければいい。時帰りしたこの日を永遠に繰り返せたらいい。

ふたりとも同時に目のはしをごしごしとこすったのは、きっと笑いすぎたせいだ。

いつも以上に、ゆっくり、ゆっくり歩く。

せっかちでいつも空斗を急がせるくせに、大地は今日ずっと、空斗と並んでゆっくり歩いていた。

大地と別れてからは、とにかく走った。練習をしていたグラウンドは街はずれにあり、家までは少し遠い。

明日は夏祭り当日。少しでも時間を無駄にするわけにはいかなかった。

家に飛びこんだあとは何も言わずに階段を駆けあがり、兄の部屋へと急ぐ。

「空斗なの？　きちんとただいまを言いなさい。手洗いうがいと着替えは？」

仕事帰りで気が立っている母親が階段下から叫んだ。それでも、そんなことにはかまっていられない。

どうしても明日は家族で出かけなくちゃ。それが、大地の望みだから。

大地が転校してから、気がついた。あいつにとって、いつもどおりふたつの家族で行く夏祭りは、きっと全部が変わってしまうなかで、変わらない大切なことだったんだ。

陸には、お年玉貯金を差しだせと言われるかもしれない。それとも、一生奴隷になるなら考えてやってもいい、とか？

息を切らしながら部屋のドアをノックする。

「陸、いる？」

「いるけど、ドア開けんな」

「じゃあ、ここで話していい？」

「うっざ。なんだよ」

少し前までの兄なら、ここまで空斗への態度はきつくなかった。それが最近、母親が言うには反抗期のせいで口が悪くなったり、あまり話さなくなったり、家族と出かけるのを嫌がっている。

「あのさ。明日の夏祭りなんだけど、やっぱり家族で行かない？」

「ぜってー無理に決まってんだろ」

ドアの向こうからバカにしたような声が返ってきた。思ったとおり厳しい試合展開になりそうだ。

「で、でもさ。夏祭りはいつも大地の家族と行ってたし、陸だって楽しいでしょ？　真穂《まほ》ちゃんもいるし」

真穂は大地の姉で、陸と同学年だ。姉弟が引っ越したあと、強がってはいたけれど、陸だってかなり寂しそうにしていた。

「ねえ、きっと後悔するよ。来年からはもう友だちと行っていいから、今年だけはいっしょに行こうよ」

「親と出かけるやつなんていねえよ。真穂だって——クラス離れてからほとんど話してないし」

「え——？」

自分と大地がそうであるように、もしかしてそれ以上に、陸と真穂は仲のいいふたりだった。そのふたりがほとんど話してない？

それでも桜が咲いていたころは、よく真穂ちゃんが家に来てゲームもやってたよね？

「ぼくにもプレイさせて」と頼みこんでも、陸はぜったいに仲間に入れてくれようとせず、いつも真穂が「いいよ」とまぜてくれていた。

「どうして？　ケンカでもしたの」

尋ねると、少し間があいたあとで乱暴にドアが開いた。

このところいちだんと背の伸びた陸が、目の前にそびえ立つ。

「こんど余計なこと聞いてきたら、ぶっとばす」

どんっと肩を強く押され、バランスを崩してしりもちをついた。

陸の片眉がぴくりと跳ねる。きっと、そんなに強く押すつもりはなかったのだろう。

陸が動揺している今がチャンスだ。

さっと立ち上がって、もう一度頼みこんだ。

「明日、夏祭りに家族といっしょに行って。どうしても、いつもみたいに二つの家族で出かけたいんだ。陸だって今年行かなかったらぜったいに後悔すると思う」

「うるさいっ」

空斗の目の前でふたたびドアが乱暴に閉ざされた。

このままじゃ、大地との約束を守れない。

こぶしをギュッとにぎって、何度もドアを叩く。

陸が部屋の奥からふたたびドアへと向かってくる乱暴な足音が聞こえた。

ドアが開くなり真っ赤な顔が飛び出してきて、にゅっとのびた手が空斗の胸ぐらをつかむ。自分では大きくなったつもりでいても、中二の兄の手にかかるとバットのように軽く持ち上げられてしまった。

「ふざけんな。なんでオレがおまえの言うこと聞かなくちゃいけねえんだよ」

今度はわざと廊下にころがされた。クーラーで冷えた空気が廊下に漏れているのか、ひやっとした床にほっぺたがもろにぶつかる。

「こらっ、ふたりともなにやってるの」

母親の叫ぶ声が階下から聞こえても、陸は答えようともしない。

どうしよう――。

離ればなれになる大地に、いま空斗ができること。それは大地の願いを叶えてやることだ。無事に〝みんなの夏祭り〟を成功させるくらいしか自分にできることはないのに。

お母さんに相談してみようか。

床に倒れこんだまま、ぼんやりと考える。

よくよく考えてみたら、大人は、転勤の話を子どもたちよりも早く知っていたかもしれない。それなら、最後の夏祭りにはいっしょに行くよう陸を説得してくれるかも。

少し考えたあと、ひとりで首を横に振る。

陸についていくと言ったとき、ぼくに対してお母さんは「大地君も誘うんでしょ」と聞いただけだった。転勤のことは知っていても、家族ぐるみで行くことにはそんなにこだわらないだろう。

頬の下で、床はとっくにぬるくなっている。夏祭りのつい一週間くらい前にも大地が家に遊びにきて、ふたりでこうやって床に頬をくっつけて笑いころげていた。あんなに笑ったのはなぜだったのか、今はもう忘れてしまった。

のろのろと起き上がって階段を降り、キッチンに立つ母親のもとへと向かった。

味噌汁のいい匂いで、ものすごく腹ぺこだったことに今さらながら気がつく。

物音で振り返った母親の目尻がつり上がった。

「どうしてまだ着替えてないの？　手洗いうがいもしてないんでしょ」

「いますぐやるから。でも先に聞きたいことがあるんだけど」

「なに。さっさと言いなさい」

「あのさ、大地のお母さんから何か聞いてない？」

母親の片眉がかすかに上がる。

「明日のお祭りのことで？」

「それもそうなんだけど、どっちかっていうと家のことで」

「さ、さあ、なにも聞いてないけど」

母親は目を泳がせたあと、ごまかすように急《せ》きたてた。

「とにかく、もう晩ごはんなんだから、さっさと準備をしなさい」

「わかった」

母親はやっぱりあてにできないらしい。けれど、空斗だけで兄を説得するのは無理だ。こうなったら、最終兵器の真穂ちゃんに相談してみようか——。

小さいころから、兄の言うことは絶対だったけれど、その兄も真穂が相手となるとコロリと意見を変えるのがお約束だった。ちょうどピアノ教室が終わる時間だったことを思い出す。今から自転車を飛ばせば、真穂が家に着く前につかまえられるはずだ。

「お母さん、ぼくちょっと真穂ちゃんのところに行ってくる」

何か言われる前に廊下を走ってつっきり、玄関を飛び出す。

「こら、空斗っ」

母親の声を、玄関の戸を強く閉めてさえぎった。

すっかり薄紫に染まった空の下、空斗はけんめいに自転車を漕いだ。道の両脇は田んぼで、カエルの大合唱がはじまっている。

汗でユニフォームが背中に張りつき、少し涼しくなった風が口笛を鳴らして耳もとを通りすぎていく。

星が光っている。紫はどんどん藍色《あいいろ》へと色を変えていく。明日にはまた太陽が輝き、月が光って時間が積み重なっていく。

これからの日々のなかで、後悔は薄れるどころかどんどん濃くなっていくことを、空斗は知っている。

もうあんな思いは嫌だ。

羽虫が飛び交う街灯の角を曲がると、真穂のピアノ教室だ。けれど角を曲がる前に、向こうから歩いてくるほっそりとした少女の姿に気がついた。

「真穂ちゃーん」

自転車から降りて手を振ると、向こうも手を振り返してくれる。

「空斗、どうしたの。もう暗いのに」

「いまから家に帰るのっ？」

叫ぶように尋ねた空斗に、真穂が駆け寄ってきて、少し驚きながらうなずく。

「じゃあ、いっしょに帰ろう。ちょっと話したいことがあるんだ」

「え」

真穂が探るような視線を向けてきた。

「もしかして、大地が何か言った？」

「ううん。大地がどうかしたの？」

真穂が用心深く尋ねてきたわけを、もちろん空斗は知っている。きっと、引っ越しのこ

ら。

口に出したとたん、本当のことになってしまうから。きちんと受け止めなくてはいけなくなるからだろう。けれど、自分が知っているという事実を今は勘づかれたくなかった。

そうか、だから大地もぼくに、ぼくたち家族に、何も言わなかったんだ。

真穂の隣でうつむきながら自転車を引く。ここから真穂と大地の家まではゆっくり歩いても五分くらい。あんまり時間はないのに、すぐには言葉が出てこない。

「それじゃ話って陸のこと？」

そうだった。ここに来たのは、陸を説得してもらうためだ。しっかりしなくちゃ。

「真穂ちゃん、陸ともうほとんど話してないって本当？」

「う〜ん、まあ、そうかな」

「陸とケンカしたの？　陸がなにか真穂ちゃんを怒らせるようなことをしたんでしょ」

「そんなこと、してないよ」

真穂の横顔が、なんだか大人みたいに見えて空斗はまばたきを繰り返す。何があったのかそれ以上は聞けなくて、ただ小さく息を吐いた。

「カエル、すごい鳴いてるね」

違う、こんなこと言いたいわけじゃないのに。

真穂は何も答えない。

握りこぶしをつくった手首の内側には光の棒がぼうっと浮きでていて、一本目がかなり薄くなっていることに気がついた。

ぐっと手に力をこめ、空斗は歩みを止めた。

「どうしたの？」

真穂が、一歩先からこちらを振り返る。

「あのさ、陸に、友だちとじゃなく、ぼくたち二家族だけで夏祭りに行こうってお願いしてくれない？」

「え」

子どもだけで行く夏祭りは楽しいに決まっている。だから時帰りする前の空斗も、自分も連れていってくれと無理に頼みこんだのだ。条件は一年間も陸の言うことをなんでも聞くというひどいものだったけれど、それでも夜店がずらりと並ぶ夏祭りに大人なしで行って遊ぶなんてとんでもなく魅力的に思えた。

「明日はぼくにとって大事な日なんだ」

真穂ちゃんにとっても、きっとそうでしょう？

気がつけば、真穂と大地の家の前だった。

「もしかして空斗――」

言いかけた真穂が、口をつぐんで道の先を見た。向こうから、自転車に乗った誰かがやってくる。目をこらしてみると、陸だった。

「ちょうど、タイミングもいいみたいだし、真穂ちゃん、お願い」

「しょうがないなあ」

ダメ押しで頼みこんだ空斗を少し恨みがましい目で見たあと、真穂が小さくうなずいた。

陸がすぐそばで自転車にブレーキをかけたのと、玄関が開いたのは同時だった。

「あれ、姉ちゃんと——空斗？　陸兄《りくにい》までどうしたの」

驚いた大地の声に、三人とも黙りこんだ。

カエルの合唱が、四人をからかうようにボリュームを上げていく。

「空斗、帰るぞ。母さんが心配してる」

真穂のほうに、きっとわざと背を向けて、陸がぶっきらぼうに告げた。

「やだ」

「おまえっ」

自転車に乗ったままの陸が、乱暴に空斗の手首をつかむ。

責めるような真穂の視線に、陸が気づかないはずがない。ギュッとつかまれたままの手首がじんじんと痛んだ。

「手を離しなよ」

陸の腕がびくりと反応した。それでも声のほうを見ようともしない。

ゆっくりと真穂が陸に近づいて、やさしく告げる。

「私とあっちで話そう」

とうとう、空斗の手をきつくにぎっていた陸の手が、ゆるんでいった。

「行こう」

真穂が先に歩きだした。そのあとを、自転車から降りた陸がとぼとぼとついていく。

「なんだ、あれ」

大地が首をかしげてつぶやいた。

「わかんないけど、陸があんなふうに言うこと聞くのは、真穂ちゃんだけだよ。大地は真穂ちゃんからなにか聞いてる？」

「う〜ん、いろいろあったっぽいけど、よくわかんないや。それより、三人ともこんな時間にどうしたの？」

「それが、じつは陸が、家族とじゃなく友だちといっしょに夏祭り行くって言ってて。だから、真穂ちゃんに説得お願いしたんだ」

「え、そっか」

うつむいた大地に、あわてて声をかける。

「きっと、大丈夫だよ。陸、真穂ちゃんの言うことならほとんど聞くし」

ちょうど、真穂がこちらへ向かって戻ってくる。頭上に腕でつくった大きな丸を掲げていた。

「やった！　さすが真穂ちゃん」

カエルのように飛びはねる空斗に、陸が「行くぞ」と告げる。

ふてくされたような、それでいてどこか呆然とした兄の横顔も、やっぱり少し大人びて見えた。

街灯ごしでも、空にはたくさんの星が明るくまたたいていた。

陸と並んで夕食のテーブルにつき、母親から味噌汁のお椀を受け取った。

「まったく、急に出かけるなんて心配するでしょ？　大地君のおたくにもご迷惑じゃないの。まさかこんな夕飯どきに上がりこんだりしてないよね」

「ちょっと話して帰ってきただけだって。ね、陸？」

隣の陸を見て、ぎょっとする。

どうしてそんなにニヤニヤしてるの？

空斗が知るかぎり、最近はむっとした表情のままで、母親にも常につっかかるような態度だったのに。

思わず空斗から声をかけた。

「陸？」

「あ、ああ。ちなみにオレ、明日は家族で行くことにしたから。ちょっとだせえけど」

「あら、そうなの？　よかったわあ」

兄弟の向かいに腰かけた母親がぱっとスマートフォンを手にして誰かに連絡していた。

もしかして大地のとこのおばさんあてかもしれない。こうして観察すれば、母親はやはり、この時から全部知っていたんだと思えてくる。

陸はどうなんだろう。

やけに機嫌がよさそうなところを見ると、なにも知らないのかも。好物のハンバーグにはあまり手をつけていない。

「オレ、ちょっと腹減ってないからもういらない。明日、夏祭りでいっぱい食うし」

「バカね。あとからお腹がすくに決まってるでしょう。今ちゃんと食べなさい」

母親の声にも振り返らず、陸はとっとと二階へ上がっていく。

「まったく」

母親がため息をこぼしたつぎの瞬間、テーブルに置かれたばかりのスマートフォンが震えた。

「あら、お父さんだ。もしかして、お父さんもごはんを食べないって今ごろ言うんじゃないでしょうね。もしもし？」

母親がテーブルから離れてキッチンのほうで父親と話しだした。

結局、空斗ひとりになり、ハンバーグを食べながらそっと手首を確認する。光る棒のうちの一本が先ほどよりさらに薄くなり、かなり集中しなければ見えなくなっていた。

明日は、大地と遊べる最後の日。一緒に野球できるのも最後なんだ。

つきんと胸の奥が痛む。

それでも、笑って楽しもう。何も知らないふりをして、夏祭りを終えよう。それが大地の望みだから。その代わり、祭りのあとは、きっちり転校のことを話してもらうからな。

かたく胸に誓った空斗の耳に、しかし、信じられない声が飛びこんできた。

「それじゃ、明日は休日出勤するの？　夏祭りには間に合うんでしょうね？」

――え？　こんどはお父さん？

「そう。仕方ないね。ええ、ええ、わかった。それじゃ気をつけて」

母親が電話を切ってすぐに、詰めよった。

「ねえ、まさか明日、お父さんが行けないなんて言わないよね」

「それが――」

母親が気まずそうにうなずく。

そういえば時帰りする前、一回目の祭りの日も父親が休日出勤になったことを、空斗はうっすらと思い出した。あのときは大地とケンカし、意地になって兄たちと夏祭りに出かけたから、すっかり忘れてしまっていたのだ。

「せっかく陸が来てくれることになったのに。ちょっと電話を貸して。ぼく、お父さんと話してみるから」

「やめなさいよ。もう電車に乗ってるころだから」

母親より一瞬早くスマホに手を伸ばし、さっと奪いとる。

すぐに電話を折り返した。

「どうした、帰りに何か買ってきてほしいものでもあるのか？」

「お母さんじゃないよ、ぼくだよ、空斗。お父さん、明日も会社に行かないで。夏祭りは家族みんなで行く行事でしょ」

「空斗か。いやあ、頑張ってはみるけど、もし間に合わなかったらごめんな」

「ほんとに悪いと思うならぜったいお祭りまでに帰ってきてよ。いつも言ってるじゃん。ぼくたちにつき合ってもらえるのもあとちょっとだって。その大事な時間を会社なんかのために使ってもいいの」

「う。や、やけに今日は口が達者だな。でもおまえは陸といっしょに子どもたちだけで行くんだろ」

「ぼく、お父さんとお母さんと陸と、大地の家族とみんなで行きたいんだよ。こんなチャンス、もう二度と——」

こみあげてくるものがあって黙ると、スマートフォンの向こうから小さなため息が聞こえた。

「——そうだよな。夏祭りは五時待ち合わせだっけ？」

「うん。いっしょに行ってくれるの？」

「まあ、もうちょい会社で頑張ってから帰ればどうにか明日夕方には間に合うかも。でも約束はできないぞ」

「ありがとう、お父さん。死ぬ気でやればなんとかなるよ」

父親がよく兄弟に向かってかける言葉をそっくりそのまま返す。スマホの向こうで父親が頭をかいているのが、なぜかはっきりとわかった。

翌日、目を覚ますと前回と同じくよく晴れていた。夏祭りの開催を知らせる空砲の乾いた音が、窓の向こうからパン、パン、パンと三回鳴る。

必ず最高の一日にしてみせる。

ついに一本になってしまった手首の光の棒を前に誓う。そのためにいくつかのルールを空斗なりにつくった。

まず第一に、転勤について知っているという事実を、ぜったいに悟られない。

大地の行きたい出店をたくさんまわる。

最後まで泣かない。

どれも、最高の夏祭りにするのに大事なことばかりだ。

窓を開けると、ほんの少し涼しくなった風が吹きこんでくる。

大きく伸びをしたひょうしに、空も昨日より少し高いことに気がついた。

「空斗、そろそろ朝ごはんを食べないと、練習に遅れるよ」

階下から、母親が呼んでいる。

身じたくをして朝ごはんを食べ、野球の練習に出て、そのあとはいよいよ夏祭りだ。

気合いを入れて握りこぶしを空に突きあげようとしたのに、あまり手に力が入らなかった。

そういえば昨日の練習、ちょっと張り切りすぎたかも。

準備を終えてダイニングに顔を出すと、テーブルにオムレツが載っていた。いつもはスクランブルエッグだけれど、特別な日にだけ母親がつくってくれる空斗の大好物だ。

「やった。夏祭り最高。あれ、陸とお父さんは？」

「今日は練習試合だからって、陸はもうサッカーに出かけたよ。お父さんももう会社に行ったし。今日の夏祭りに行くために、昨日も、終電ぎりぎりまで残業してくれたんだからね。あとでありがとうって言っときなさいよ」

「うん、わかった」

張り切ってオムレツを食べようとしたのに、いよいよだと思うと、胸がいっぱいであまり食欲がわかない。

「牛乳だけでいいや」

「え、どうしたの？　具合でも悪い？」

「まさか。ちょっとまだお腹すいてないだけ」

心配そうにのぞきこんでくる母親に牛乳を飲み干してみせ、部屋に戻ってユニフォームに着替えた。スポーツバッグに荷物を詰めこんで、前のめりになって階段を降りる。

けれど、やけに時間がかかったのはなぜだろう。

階段の下では、母親が待ち受けていた。右手に持っているのは——体温計だった。

「どうしてそんなもの持ってるの？」

「だって、空斗がオムレツを食べないなんておかしいでしょ」

「べつに具合なんて悪くないってば」

それでも念のため、と食い下がる母親に押されて、体温計の先端を腋《わき》の下に固定した。

測定完了を知らせる音のあと、少し緊張しながら取りだす。結果は――三六度八分。

「ほら、平熱でしょ」

「でも少し高いわね。練習、無理しないで。少しでも具合悪かったら帰っておいで」

「わかった」

念のため休もうか迷ったけれど、大地といっしょに野球ができるのも今日で最後だ。

「ふんっ」

気合いを入れて、玄関を出る。

腹筋に力を入れて自転車にまたがり、グラウンドへと漕ぎだした。

風が少し涼しい。セミの声もかなり少なくて、心細くなる。それでも、入道雲はまだ元気に空を泳いでいる。空気はうんざりするほど湿っているし、道ばたからは草いきれがむっと香ってくる。首のうしろが日差しをうけて少し痛い。

ぼくたちの夏は、まだ終わってない。

自転車のペダルを漕いで、漕いで、グラウンドへ、いや、大地のもとへと急ぐ。

やがてタイミングぴったりに、道のずっとずっと向こうに小さく見えてきた姿に気づいた。

左手をハンドルから離して大きく振る。

「空斗ぉ」

手をぶんぶんと振りながら、大地もこちらに近づいてくる。

セミの声が、やけに頭のてっぺんにしみる。風は涼しいのに、額がかっかする。

ふらふらと自転車が揺れ、慌ててブレーキをかけた空斗のもとに、曲がるはずの角を素通りして大地が近づいてきた。

「やば、空斗。大丈夫か。顔がすっげえ赤いぞ」

大丈夫だって。早く野球しに行こうよ。

答えようとするのに、ぜえぜえと息が切れるばかりでうまくしゃべれなかった。


目を覚ますと、部屋のベッドに横たわっていた。

ぼうっとする頭に、だんだんと記憶がよみがえってくる。

「そっか、ぼく――」

あのあとしゃがみこんじゃって、大地がうちに連絡して、お母さんに連れ帰ってもらったんだっけ。

ふたりでできる最後の野球だったのに。

天井を見つめていると、うっすらと視界がにじんできた。

勉強机の上に、大きな水筒とマグカップが載っている。母親が置いていってくれたのだろう。

布団をかけて眠っていたのに、まったく汗をかいていない。まだ熱が上がるのかもしれなかった。

水筒から氷水をカップに注ぐ。一杯目をたちまち飲み干してしまい、二杯目を注いで喉に流しこんだ。

いっしょに野球はできなかったけど、夕方までにぜったい治すんだ。

言い聞かせる自分の声が、みっともなく焦っている。

どうしよう、今夜のために戻ってきたのに。熱で行けないなんてそんなのサイアクだ。

三杯目の水を無理に飲みこんだあと、カーテンを開けて動きが止まった。もう太陽がかなり傾いてきている。急いで目覚まし時計を確認すると、午後四時をとっくに過ぎていた。

「うそだ」

ふらふらとベッドに戻り、背中から倒れこむ。

「うそだ、うそだ、うそだっ」

腕でマットレスを叩こうとするのに、うまく力が入らない。

待ち合わせまであと一時間。体はまだかなり熱っぽい。

無理に立ち上がって、一階へと降りた。

「目が覚めたの？　どう、具合は」

リビングで洗濯物をたたんでいた母親が声をかけてくる。ドアから顔をのぞかせて尋ねた。

「すっかり元気。そろそろ行かなくちゃだよね」

「かわいそうだけど、今日は連れていけない。お母さんも残るから、空斗は家でおとなしくしてなさい」

「そんなのダメだよ。今日はぜったい家族どうしで行こうって、大地と約束したんだよ」

母親が眉尻を下げる。

「大地君もお大事にって言ってくれたよ。ここまで付き添ってくれたんだから」

「そんな——陸とお父さんは？」

「もう出たよ。大地君たちともうすぐ合流するころかな」

「じゃあ、ぼくも今から追いかける」

着替えるために二階へ戻ろうとして、ふらりと体がかたむいた。

「そんな体調じゃ、朝と同じで神社に着く前に倒れちゃうでしょ。今夜は家にいて。また会えるから」

「そんなのいつだよ」

叫んだつもりが、弱々しい声しか出ない。

階段を駆けあがりたいのに、のろのろとしかのぼれない。体の重さが二倍になったみたいに、床に引っ張られる。

部屋に戻るなりベッドに倒れこんで、低くうなった。

ぼくはなんのために過去に戻ったんだ？　熱を出して大切な夜に寝込むため？

悔しさで、さらに頭に血がのぼっていく。

けっきょく、約束を守れなかった。最後の想い出をつくれなかった。これでは今回も、引っ越して、それっきりになってしまうかもしれない。

ケンカ別れのあと連絡をくれなかったのは、大地が空斗をずっと許せなかったせいだろうか。それとも空斗のことなんて忘れてしまったせいなのか。

耳の奥で、雅臣の声がよみがえった。

——現実がよくなるとは限りませんからね。

あの神主さんの言うとおりだった。ぼくは、時帰りに失敗したんだ。

ぐったりとして目を閉じ、いつしか空斗は眠りに落ちていた。


「——らと、起きられる？」

つぎに空斗が目を覚ましたのは、母親に揺り起こされたときだった。

「ん？」

夢うつつのまま半身を起こすと、母親がスマートフォンを手にしてのぞきこんでいる。

「どうしたの。今何時？」

「六時くらいだよ。ほら、大地君から電話」

「えっ」

ベッドから跳ね起きようとしたけれど、実際にはのろのろと起き上がっただけだ。

「大地？　大地なの？」

小さな画面の向こうに、夏祭りの夜が広がっている。

「うん、そう。俺だよ」

次の瞬間、風景がぐるりと回転し、画面の中心に大地が現れた。いっしょに、にぎやかなお囃子《はやし》の音や楽しそうな人の声、屋台の香ばしいにおいまでがあふれだしてくる。

「今日、行けなくてごめん。ほんとにごめん。ぼく、あんなに約束したのに」

二度も約束を破ってごめん。

「仕方ないよ。それより具合は大丈夫なのか？」

大地が、画面いっぱいに心配そうな顔を映す。

「うん。まだちょっと体は重いけど、さっきよりよくなった」

「そっか。空斗こそ残念だったたな。今日は来られなかったけど、お面を選んでもらおうと思って。ほら、どれがいい？」

大地が歩いて、お面がずらりと並ぶ屋台の前に移動してくれた。

怒ってない。今回はケンカしなくてすんだ。

なんだか風邪菌をやっつけられそうな気がするくらい、胸がじんと熱くなる。

画面がゆっくりと横にスライドしていく。戦隊ヒーローもののお面や、妖怪、少女向けアニメのヒロインのお面、恐竜。電話がうれしくて、少女向けのお面でも喜んでかぶれそうだった。

「どれか気に入ったのある？」

「あ、ちょっと止まって。少し手前に戻って」

「こう？」

「うん。ぼく、そのドラゴのお面にする」

「オッケー。じゃあ、俺はジラゴ」

「――うん」

大地の選択に、自然と口のはしが上がった。ドラゴは人気アニメのヒーローの仲間として活躍する竜で、ジラゴとはいつもいっしょに活躍しているのだ。

「ごめん、大地。一回スマホを返して」

「悪い。真穂がスマホを使うって。またすぐかけるから」

「空斗、ちょっとだけごめんね。友だちとちょっと話したらすぐ返すから」

真穂の声を最後に、通信が途切れた。

急に部屋の中が静まりかえったけれど、胸の中はすっかり軽くなっている。

でも、やっぱりいっしょに行きたかったな、夏祭り。

少しお腹がすいて、階下へと降りた。

「おかゆでも食べる？」

母親に尋ねられ、こくりとうなずいた。

「今ごろみんな、たこ焼きとか焼きそば、食べてるかな」

「そうね。今夜は残念だったね」

「ん」

もう作ってくれていたらしく、おかゆはすぐに出てきた。空斗の好きな卵がゆだ。ふうふうと冷ましながらゆっくりと口に運ぶ。体が汗をかきはじめている。ようやく熱が下がってくれそうだ。

きれいにたいらげたあと、デザートのゼリーまで食べた。食後に、リビングのソファでぼんやりとテレビを見ているときに、玄関のチャイムが鳴った。

「は〜い」

母親が出ていった。時刻は午後七時半。もうすぐ花火が打ち上がるはずだ。

みんなで、いっしょに見るんだろうな。

じっとテレビ画面に集中しようとするのに、ぜんぜん内容が入ってこない。その代わり、聞こえないはずの声が玄関のほうから響いてくる。

「あれ、なんで」

つぶやいたのと同じタイミングで、母親がリビングに顔を出した。

「大地君がわざわざお見舞いに来てくれたよ」

「えっ」

急いで椅子から立ち上がっても、さっきのようにふらつきはしなかった。母親が「おっと」と空斗の襟首をつかむ。

「風邪をうつすといけないから、話すならふたりともマスクをしなさい。部屋の窓も開けて、あんまり近づいちゃダメだからね」

「わかった」

母親が差しだしたマスクをひったくって、玄関へと急いだ。

「おっす」

大地がニカっと笑って立っている。すでに靴まで脱いで上がりこんでいた。

「はやっ」

言いながら、慌ててうつむく。急に鼻の奥がつんとしたから。

「もうすぐ花火はじまるからさ、ふたりで見よう。空斗の部屋からなら、たぶんきれいに見えるだろ」

「あれ、そうだね」

いつも神社のそばで見ているから考えたこともなかったけれど、言われてみれば空斗の部屋の窓は花火の上がる西の方角に向いている。

二階へ向かう空斗の背中を大地が押してくれる。部屋に行くときはいつもそうだ。けれど、もうすぐこんなふうには会えなくなる。

「どうかした？」

「あ、ううん、なんでもない」

ダメだ。大地は今夜を、いつもの夜みたいに過ごそうとしてるんだ。来年も同じように夏祭りがくるような、ふつうで特別な、夏祭りの夜みたいに。

大きく息を吸って笑顔をつくり、部屋へと入る。

「もうはじまるから、電気はつけないほうがいいかな」

「そうだね」

大地がうなずいたのと同時に、ちょうど西の空に光の球がのぼっていくのが見えた。空いっぱいにオレンジ色の花が咲き、少し遅れてドドンと大きな音が鼓膜をふるわせる。

背負っていたリュックサックの中から、大地がさっきのお面を取りだした。

「あ、ドラゴのお面。サンキュー」

さっそくかぶってみせると、大地も鏡のように同じ動きでジラゴのお面をかぶる。お互いを見て、どちらからともなく笑いあった。

花火が、つぎつぎに空へと打ち上げられていく。お面を額の上にあげて、ふたりで窓際からじっと眺めた。何かを言わなければと思うのに、どんな言葉もぴったりではない気がして、なにも言えない。大地も、口を閉じたままだ。

風に運ばれてきた火薬の匂いが、ふたりを包みこむ。ドドン、とお腹に響く花火の音が、この時間の終わりを告げるようで胸がぎゅっと苦しくなった。

どれくらい、そうしていただろう。

「そういえば真穂がさ」

大地が口を開いた。

「陸兄に告白したらしい」

「ええっ。なんで？　あのふたりが——ええ？」

「空斗、この話ぜったいに内緒にできるか」

「うん、誓う」

こちらを向いた大地に、うなずいてみせる。

大地は、真穂ちゃんが友だちにスマホで話していたという内容を教えてくれた。

「春くらいにさ、陸兄のほうから真穂に告白じたらしいんだ」

「えええええっ」

そんなことはぜんぜん知らなかったから、背中をのけぞらせてしまう。

「でも真穂、そのときは断ったんだって」

陸兄、だからあんなに機嫌が悪かったのかな。でもそれって、八つ当たりじゃないか？

「そりゃ振られるよ。陸なんて乱暴だし、やさしくないし——」

「陸兄はやさしいよ。少なくとも真穂には。真穂も陸兄のこと好きだったし。空斗も気づいてただろ、ふたりが両想いなこと」

「まさか気づいてなかったのか？　って、俺もぜんぜん知らなかったけど」

「え、ああ——うん？」

大地が舌を出しておどける。

なんだ、あせった。

「わざわざ真穂なんかとつき合いたいって、陸兄、意味わかんなすぎ。女子と遊ぶより、男子だけで遊ぶほうが楽しくね？」

「ほんと。真穂ちゃんもよく陸なんかと——意味わかんない」

そもそも、つき合うってなんだろう。

女子は誰が誰に告白したなんてよく騒いでいるけれど、告白の先に待つものがなんなのか、少なくとも空斗のまわりでは誰も確かめたやつはいない。

大地も、ぜったいによくわかっていないはずだ。

それでも、関係のないことを話していればこの時間がずっとつづく気がして、言葉をつぐ。

「春にいったん断ったのに、どうして今度は真穂ちゃんのほうから告白したんだろう」

「それは、さ。告白されたときは、ほんとは好きだったけど、会えなくなっちゃうのがなんとなくわかってて、それで断ったんだって」

「あ」

言ったきり黙った空斗に、大地が目を見開いた。

「もしかして空斗、知ってた？　うちのこと」

「え、ああ、いや、なんにも知らないけど？　会えなくなるって、いったいなんのこと？」

不自然なほど大きな声になってしまった。花火ののぼる口笛のような細い音が、間抜けな沈黙を埋める。

「やっぱり、知ってたんだ。もしかして、真穂が言ったのか？　言わないでって言ったのに」

「い、いや。知らないったら。真穂ちゃんからなんにも聞いてないよ、ほんとに」

言えば言うほど、嘘にしか聞こえなくなる。

大地が悔しそうに顔をゆがめたのを見て、空斗も唇をかんだ。

せっかく、知らないふりで通そうと思っていたのに。大地の願いどおり、夏休みが終わればふつうに二学期がやってくるふりを今夜くらいはしたかったのに。学校でやった劇よりも、じょうずにやってみせるつもりだったのに。けっきょく、失敗した。ごめんとさえも言えず、ただ床を見つめることしかできなかった。

花火が終わりに近づいてきたのか、いちだんと大きな音が鳴りだした。

夜空に大輪の花が光る。夏祭りが終わってしまう。ふたりの最後の夏が、こんなにもあっけなく過ぎ去ってしまう。

気がつくと、声に出していた。

「引っ越しなんて、うそだよね」

うつむいていても、大地が顔を上げたのがわかる。あきらめたような声が答えた。

「ほんと。夏休みのあいだに引っ越して、三年間は関西で暮らすらしい。春くらいにはさ、なんとなくだけど話があったんだ。リモートの時代に遅れてるって、真穂もお母さんもお父さんも、すげえ嫌がってるけどな」

「なんで言ってくれなかったんだよ」

「――ごめん。ほんとは花火のあと、言うつもりだったんだ」

「大地はどうなんだよ。引っ越し、嫌じゃないのか」

花火の光が親友を照らしたけれど、どんな表情をしているのかは、わからなかった。いつの間にか、お面をかぶりなおしていたから。

「嫌に決まってるだろ。俺、まだまだ空斗と野球したかったし、遊びたかった。転勤するかもって聞いてたけど、なんとなく空斗とはずっといっしょだって思って――て」

最後の言葉は囁くようで、よく聞こえない。

なにか答えようとするのに、なにも言えなくなった。どんな言葉も当てはまらない気持ちが、喉の奥で出口を求めてあばれている。

「うう」

細い声が漏れる。空斗も慌ててお面をかぶりなおした。

これまでいちばん大きな花火が空に輝いて、ついに夏祭りにピリオドが打たれた。打たれてしまった。

数え切れないほどの光の線が、夜空ににじわりとにじんでは消えていく。

目をぬぐおうとして、手がお面にぶつかった。持ちあげた手首に光っていたはずの棒も、はかなく消えかけている。

もう、時間がないんだ。

「大地っ」

名前を呼んだのに、やっぱりあとがつづかない。

ぼく、ほんとは半年後のぼくなんだ。一度目の夏祭りは、約束をやぶって、すっごく後悔して、やり直すために過去に戻ってきたんだ。鎌倉までひとりで行って、おんぼろ神社で怪しい神主と巫女さんに会って、時帰りなんてうそみたいな儀式をすすめられてさ。

違う、こんなことを伝えたいんじゃない。そもそも、神主さんに言われていたとおり、時帰りの説明を頭に浮かべただけで舌がぜんぜん動かなくなった。

いろんな色が混じりすぎて、胸の中は、目の前の夜空よりまっくらな色になってしまった。このぐちゃぐちゃの気持ちを、どんな言葉ならちゃんと伝えられるんだろう。

目の前に大地がいる。

それだけで胸がいっぱいになって、どれだけ必死に考えても、やっぱり言葉なんて見つからない。

花火の音が消えた暗い部屋で、ふたりともお面をかぶったままじっと動けないでいる。

手首で光っていた棒は、目をこらしても、もうほとんど見えない。

このまま、さよならなんて、嫌なのに。

今度こそ涙をこらえきれないと思った瞬間、大地のほうが声を発した。

「来年の夏祭りは、いっしょに行こう」

思わずひゅっと息を吸った。空斗が見つけられなかったぴったりの答えを、大地が見つけてくれたんだと思った。

「――うん、ぜったいだよっ。遊びにきてよ。ぜったい、ぜったいだよ」

「約束っ」

さっと差しだされた大地の小指に、空斗の小指が触れる。

次の瞬間、意識がふわりと体から剝がれたのがわかった。

ぐんぐん上へとのぼっていく。まるで空斗自身が花火になったみたいに。

頭の中には、ドラゴのお面を部屋の壁にかけて、大切に飾っている記憶がよみがえってきた。

こんな体験はしていないはずなのに、それはたしかに空斗の過去として記憶されている。

ほかにも、この半年の記憶が、泡のように浮かんではじけていった。

大地と離れて、寂しくて泣いていた夜のことも。ひとりいなくなっただけなのに、やけにだだっ広く感じたグラウンドのことも。

けれど、それでも、大地とあの夜をいっしょに過ごせた。

「うう」

涙をこらえる空斗を、光の海がやさしく包みこむ。

ぐんぐんのぼって、のぼって、いつの間にかうとうとしかけるほどのぼったころ、すとん、と足がどこかに着地した。

あたりを見渡せば、もとの竹林にたたずんでいる。

目の前に、空斗を過去へと送りだしてくれた雅臣が、おとといと同じ袴姿で立っていた。

戻って、きた？

気が抜けたのか、こらえていた涙があとからあとからあふれ、気づけば声をあげて泣いていた。

雅臣が慌てて駆け寄ってくると手を伸ばし、ほんの少しためらったあと、空斗の頭へと乗せる。

「もしかして、夏祭りに行けなかったんですか」

こくりとうなずいて、しゃくりあげる。

「だから、時帰りなんてするものじゃないと言ったでしょう。さあ、こちらへ」

「違う。時帰り、してよかったんだ。夏祭りには行けなかったけど、ちゃんと――」

手を引かれて竹林を抜けながら、必死で伝えようとするのに、喉がひくついてもう声が出てこない。

宝物みたいな夜だった。あとから、何度も記憶を取りだして眺めたくなるような、そういう夜だった。

こよみ庵に連れていかれ、時帰りをする前と同じ席についた。

カウンターのすぐそばの席で、汀子がぐったりとテーブルに突っ伏している。

「おかえり、空斗君、お兄ちゃんがくれるお水をしっかり飲んでね。疲れてるはずだから」

「ああ、うん」

時間はせいぜい十分ほどしか経たないと言われたけれど、本当なんだろうか。

リュックサックからスマートフォンを取り出して確認すると、言われていたとおり、過去へ出発したときからぴったり十分しか経っていない。

いつの間にか雅臣がそばに立っていて、水の入ったペットボトルを出してくれた。

「どうぞ。時帰り後のふらつきなどが抑えられますから」

「え、ぼくぜんぜん平気だよ」

わずかに目を見開いたあと雅臣がうなずいて、メモを取りながら席につく。

「もしかして、子どもは時帰りに耐性があるのかもしれませんね。大人はふらふらとしてしまう人が多いんですよ」

自分もお茶を飲みながら、雅臣が尋ねてくる。

「これからいくつか質問をしたいのですが——もしも時帰りのことを思い出すのがつらい

ようならやめます。夏祭り、行けなかったんですよね」

「え、なにがあったのっ」

汀子がもう一度身を起こして小さく叫んだが、すぐにまた突っ伏してしまった。

さっきよりはさすがに落ち着いたのか、もう空斗の涙はおさまっている。深呼吸をして、今度はきちんと答えた。

「行けなかったのは本当だけど、約束をやぶったわけじゃない。ぼく、熱を出しちゃって家で寝てたんだ。そしたら大地が――友だちがお面を買ってお見舞いに来てくれて、ふたりでいっしょに部屋から花火も見て、ちゃんとお別れも言えたし。だからぼく、時帰りをして本当によかったよ」

メモを取っていた雅臣の手がぴたりと止まる。

「そう、ですか」

そうつぶやいた表情は、驚くほど暗い。

「お兄さんは時帰りに反対なんでしょう。あんなにすごいことなのに、どうして？」

「それは――」

瞳を揺らしたあと、雅臣が答えた。

「俺は、ある人を、とても大事な人を不幸にしてしまったからです。自分の欲を満たすために、その人を犠牲にしたんですよ」

言い終えるなり、雅臣が立ちあがった。

「よけいなことを言いました。さ、そろそろここを出ないと家に着くのが遅くなってしまいますよ」

すりすりと足もとに妙な感触があって、「わっ」と声をあげると、タマが頭をこすりつけていた。さっさと出口へと向かう雅臣をタマが追いかけていく。さらにそのしっぽを追いかけるように、空斗もあとにつづいた。

途中、よろよろと上半身を起こした汀子と目が合う。

「お姉さん、ありがとうございました」

「お友だちとちゃんとお別れできてよかったね。気をつけて帰ってね」

「うん」

竹林を抜けるまで送ってくれた雅臣にも、きちんと頭を下げてお礼をした。雅臣は「どういたしまして」と返したあと、ためらいがちに尋ねてくる。

「本当に、時帰りをしてよかったですか。いえ、言葉を変えます。よいことばかりでしたか」

突然の質問に、すぐにはどう答えていいかわからなかった。

よかったこともあれば、悪かったこともあったかもしれない。

実際、熱も出したし、夏祭りには行けなかった。別れのときは、胸が壊れるかと思うくらい悲しかった。

それから――夏祭りの約束を破ったときには受け取らなかったハガキの記憶が、新たによみがえってもきた。

ハガキには、こう書かれていた。

『空斗、げんきか？　俺は超げんき。新しい野球チーム、すっげえおもしろいやつばっかで、親友もできた。大阪サイコー！　また来年の夏に会おうな』

読んだとき、うれしいはずなのに、胸がズキリと痛んで少し涙が出た。

あれは、よかったことなのかな。悪かったことなのかな。

少し考えたあと、自然と笑顔がこぼれていた。

ぼくのことを、だんだん思い出さなくなったら寂しいけど、大地が泣いてるより、笑ってるほうがやっぱりうれしい。

「うん、いいことばっかだったよ」

返事を聞いた雅臣の口元が、ようやくふっとゆるんだ。

「そうですか。それでは、お気をつけて」

「にゃあ」

タマも、お別れの挨拶のつもりか、高い声で鳴いてくれる。

ふと気になって、空斗は尋ねた。

「あのさ、お兄さんは誰に会うために時帰りしたの」

空を雲が横切ったせいか、雅臣の瞳の色が少し濃くなった気がする。あまり答えたくなさそうにも見えた。

聞かないほうがよかったかな。

ほんのちょっと雅臣の口が動く。囁くような小さな答えを、風が空斗の耳もとまで運んできた。

「——母です」

大人のはずの相手が、なぜか同い年くらいの、いや、もっと小さな子どもに見える。迷子になって、途方に暮れているような。

思わずかけよって雅臣の手を握った。細い指先が震えているのは、寒さのせいだけではないように思える。

さあっと風が吹き渡り、竹の葉たちがひそひそ話でもするように葉をこすらせていた。

第五話　だいすき

⛩

山は冬の眠りから覚め、そちこちの枝に新芽が顔をのぞかせております。

春の日差しをうけて、ここ一条神社の竹林でもまどろむように葉擦れの音がさらり、さらり。猫にとっても幸せな季節でございます。

おや、香ばしい匂いがただよってきましたね。どうやら、巫女である汀子が境内でまた節約に励んでいるようです。兄で神主の雅臣が冬に伐採《ばっさい》した枯れ枝などを捨てずにとっておき、年末に準備した御《お》焚上《たきあげ》用の穴をつかって、敷地で採れたタケノコを焼いているのですよ。ほんの少しでも食費を浮かせようという地道な努力なのです。

え？　ＳＮＳの効果で参拝客は来ないのかですって？

もちろん汀子の日々の投稿のおかげで、訪れる人たちの数も順調に増えてはおりますよ。加えて初詣のお賽銭や神主である雅臣の出張祈禱の玉串料、兄妹の窮状を見かねた氏子のみなさんの御寄進もあって、どうにか汀子の学費も用意ができたのです。通りの案内看板だって新調したほどです。

しかしながらご覧ください、この破れ神社を。相変わらずのおんぼろ具合。まあ、少しはマシになった箇所もありますが決して喜ばしい理由ではありません。

　というのも、雅臣が以前にも増して時帰りを渋るようになっているのです。去年の冬に時帰りをしたかわいい少年がきっかけとなり、みずからの時帰りの記憶がより鮮明になったようなのです。一般の参拝客であれば、徐々に時帰りにまつわる記憶は消えてしまうというのに、雅臣の記憶は保たれたまま。聖神様も酷なことをなさいます。

　時帰りを拒むたびにくだる神罰の数々はときに過酷で、屋根が残っているのが不思議なほどなのですよ。せっかくの蓄えも本拝殿の修繕費としてどんどん消えてしまい、直した部分だけがところどころ小ぎれいになっているというわけです。

　そんなわけで、兄妹を気にかけて、材木座で居酒屋を営む親戚がときどきおすそ分けをしてくれなければ、ずっと山菜とタケノコ料理が夕食の卓に並んでいたかもしれません。

　おや、タケノコが焼きあがったようですね。

　アルミホイルの包みを開けると、焦げめのついた黄金色の身がしっとりと姿を現し、同時に香ばしい匂いがあたりに散っていきました。見るからにおいしそうな様子を目にしても、汀子の表情は浮かないまま。

　やはり、兄のことを心配しているのでしょうか。あいかわらず、毎日のように悪夢にうなされているのですから無理もありません。ふたりきりの兄妹ですもの、さぞかし心が痛むのでしょう。

　それでも私は思うのですよ。

　繰り返し、繰り返し目の前に現れる出来事があるということは、それがどんなにつらいことであっても、もう乗り越える準備ができたという合図なのだと。

だから汀子、きっと雅臣は大丈夫です。大丈夫ですからね。

「はぁ、今月も赤字かなぁ」

——にゃ？

⛩

今朝は、久しぶりに参拝客が汀子の夢にでてきた。どれくらい久しぶりかといえば、かれこれ一ヶ月ぶりにもなる。

このまま夢のお告げがなかったら、ついに聖神様にも見放されたかとおののいていたから、心の底からほっとして本拝殿の中で待ち構えているところだ。

「今度こそお金持ちがやってきて、玉串料をたんとはずんでくれますように」

聖神様に柏手を打ってお願いする。

白足袋《たび》の生地の下から冷気が這《は》いあがってきた。外は春うららなのに、である。内扉を閉め切ってもなぜか暖かくはならず、先ほどから両手を擦りあわせている。

「これもご神罰なんですか、神様？」

うめきながらご神体の鏡を見つめても、いつものごとく返答はない。

猫のタマも寒さがこたえるのか、ここ数日、明るいうちはほとんど外で過ごし、室内にいるときは汀子や雅臣のそばを離れようとしない。かわいそうで、少しばかり念入りに毛を梳《す》いてやった。

「小腹がすいちゃった」

先ほど焼いたタケノコを食べようかと思ったが、もう飽きてしまい食指がうごかない。

いとこが哀れんでプレゼントしてくれたダウンのポケットに手を入れ、ガラスの向こうを眺めた。

薄曇りの空がいつの間にか晴れて、境内に日の光が注いでいる。

夢では境内いっぱいに日が差していたから、きっともうすぐ聖神様の呼んだ参拝客が現れるはずだ。

「にゃあん」

折しもタマが立ち上がってのびをした。

「あ、お迎えにいってくれるの？」

汀子の声に答えるかわりにしっぽをピンと立てて、タマが戸口へと向かっていく。

「それじゃお願いね」

声をかけながら引き戸を開けてやると、するりと出ていった。

視界の隅では、目にくまをつくった雅臣が境内を掃き清めている。きちんと眠れていないことは知っているけれど、指摘すると「快眠だ」と意固地になるから知らんぷりを決めこむしかない。

心療内科とか、すすめたほうがいいのかな。

明け方にそっと様子をのぞきにいくと、必ずといっていいほど汗をかいてうなされていて、そのうなされかたが日に日にひどくなっているようだ。

しゃっしゃっと箒《ほうき》が地面を掃く音が、霞んだ空にのぼっていく。先ほどから同じ場所ばかり掃いていることに、雅臣は気づいているのだろうか。

小さなため息をつき、汀子は引き戸を閉めた。


鎌倉駅発の路線バスは、教也《きようや》が予想していたよりも混みあっていた。

妻の理恵《りえ》をともなって朝早く家をでたから、まだ人の出足もそう多くないと高をくっていたらとんでもない。駅付近は国内外からやってきた気合いの入った観光客たちでにぎわい、ロータリーで発車待ちをしているバスの座席もすべて埋まっていた。

「つぎのを待とうか」

「そんなに遠くないみたいだし、立っていこうよ」

彼女の瞳が映しているのは目の前の鎌倉の景色でも、教也でもたぶんない。立っていこうというのも前向きな発言ではなく、楽をすることを自分に許さないだけ。日常生活でどれだけ自分に罰を与えられるかを、昨日の自分と競っているふしがある。

黙ってつり革につかまると、間もなくバスが走りだした。目的地まではバスで十五分と見知らぬ誰かのブログに書いてあった。停留所に止まりながらの十五分ならたしかにさほどの距離ではないのだろう。

そう広くない公道の路肩を観光客がぞろぞろと歩いており、そのあいだをバスが慎重に進んでいく。思ったよりも坂をのぼるのだなと思った。

いくつか停留所を過ぎたところで、理恵がぽつりとつぶやく。

「海、見えないね」

「ああ、うん。そうだな。鎌倉は山側と海側があるから」

それにしても山だな、と教也も少しかがんで窓の外をじっと眺めた。

ときどき観光客に人気がありそうな、こじゃれたカフェが思い出したように現れていたけれど、今は店も民家も消え、鬱蒼とした木々ばかりが道の両側につづいている。

スマートフォンが示した最寄りの停留所で降りると、それまでのにぎやかさが嘘のように、ぽつんとふたりきりになった。ふたりきり、だ。

嫌な連想をして、首を振る。

閉じこめられて出口を探す動物のように、理恵が猛然と歩きだした。

「こっちみたいだよ。急ごう」

「いや、急がなくても目的地は神社だし」

「混んでるかもしれないでしょう」

「この人気《ひとけ》のなさなら、大丈夫じゃないかな」

「でも、嫌なんだもの。この感じ」

ああ、やっぱり理恵も思ったよな。

教也の口から、小さく息がこぼれた。

世界から切り離されたような緑の中の静寂が、仏事がひとしきり終わって親戚一同が帰っていき、ふたりだけが残ったときの感じにとてもよく似ていたのだ。

「にゃあ」

どこからか響いた鳴き声で、さっと空気が軽くなった。見渡してみれば、いつの間にやってきたのか、足もとに綿雪のような白猫がいる。こちらを見上げる瞳が、雲のない青空のように澄んでいた。

「かわいい」

「にゃあん」

頭をなでようと理恵が差しだした手のひらにぐりぐりと頬をこすりつけたあと、猫がとっとっと、と歩きだした。かと思うと、いったん立ち止まってふたりのほうを振り返っている。

「ついてこいって言ってるみたいだね」

「ちょうど神社の方向もあっちみたいだし、行ってみようか」

うなずいた理恵の頬がずいぶんとやつれていることに気がついたけれど、教也はつとめて自然に笑い返した。

道の両側には、冬を越した枯れ葉が吹きだまっている。カサカサとかすかな足音をたてて前を進んでいた白猫が、さっと右にそれた。

「あ、行っちゃった」

理恵が残念そうにつぶやいたものの、追っていくほどの元気はないようだ。スマートフォンでマップを再び確認した教也は「お」と思わず声をだした。

「どうしたの？」

「いや、あの猫、本当に道案内をしてくれたのかもしれない。曲がった先が、一条神社らしいよ」

「参道もなんにもないのに？」

半信半疑の理恵とともに細道への曲がり角までやってくると、果たして真新しい看板がでている。

「ほんとだ。一条神社って書いてある」

今度は理恵も納得してうなずいた。

風がゆるやかに吹き、教也たちを追い越していく。

看板の指す道は両側を背の高い竹で囲まれており、ずっと先のほうに白猫のしっぽが見えていた。理恵とふたり、置いていかれないように小走りで追いかける。竹林に挟まれた空は窮屈そうで、いつの間にか鈍色《にびいろ》にかげっていた。さわさわと竹の葉のこすれる音ばかりがつづいて少し不気味だ。

こんなところまでやってきたって、きっとどうにもならないのに。

せり上がってくる憂鬱な気分をぐっと喉の奥に押しこんでさらに進んでいくと、突然、境内らしき開けた場所にでた。モダンな和風建築の抹茶処の前に、少女漫画から抜けでてきたような端麗な顔をした神主が、ぼんやりとたたずんでいる。

「ここみたいだな」

「うん。お参りしよっか」

拝殿を探して視線をさまよわせていると、理恵が腕にそっと触れる。

「あれじゃないかな」

「え？　うそだろ」

うながされた先には、ほんの申し訳程度に修理を施された今にも崩れ落ちそうなお社が建っていた。

驚いて突っ立っていると、閉じられていた戸がガタピシと開いて中から巫女さんが飛びだしてくる。

「いらっしゃいませ。お待ちしてましたあ」

花粉症なのだろうか。形のいい鼻の頭が真っ赤になっているけれど、相当な美人だ。神主とふたり、モデルか芸能関係の仕事をしていると言われたほうがしっくりとくる。

「ほら、お兄ちゃんも。どうしてご挨拶しないの」

巫女さんが、相変わらず虚ろな様子の神主をせっついた。

「え？　ああ、ようこそおいでくださいました」

戸惑いながらも夫婦そろってふたりに会釈をかえす。巫女さんや神主からこんなに丁寧に迎えられたのは初めてだ。

「さ、お参りを済ませたら、抹茶処へいらっしゃいませんか。ええと、春ですし？」

「はあ」

思わず理恵と目くばせし、無言で早めに帰ろうと示しあわせる。

今さっきまで曇っていたはずの空からは、いつの間にかのどかな春の日差しが降りそそいでいる。照らしだされているのは、崩れかけの神社に場違いなほど美しい兄妹ふたり。ひとりは視線が定まらず、ひとりはギラつく瞳をこちらに向けていた。なんだかちぐはぐで現実離れしたこの空間は、教也と理恵をからめとるために準備された罠のようで不気味だ。

お社に近づいて賽銭を投げ入れたあと、教也はお参りもそこそこにさっとその場から離れた。理恵のほうはまだ視線を下げたまま、じっとなにかを祈っている。気がつけば頭上にはふたたび厚みのある黒雲が垂れこめ、今にも冷たい雨粒が落ちてきそうになっていた。

なんなんだ、この天気は。

さっさと帰ろう。祈るべき神が本当にいるなら、きっとあんなことは起きなかったはずだ。七五三であれほど願った娘の成長を、ずっとずっと間近で見守っていられたはずだ。

教也が妻の肩を後ろから叩こうとしたとき、なにかが足もとをさっとかすめていった。思わず後ずさると、先ほどの猫だった。

「お連れさまはもう少しゆっくりお参りなさりたいようなので、よかったらあちらで」

巫女さんが、いつの間にそばに来たのかこちらをじっと見上げている。大きな黒目には、有無を言わせない迫力があった。迷って振り返った妻の背中は、教也の存在などきっと忘れ、祈りのなかに沈んでいる。

「はい、それじゃ」

巫女の代わりに猫が「にゃあ」と返事をし、こちらをいちべつして先ほどのモダンな建物へと歩いていった。

神主は、知らぬまにどこかへ姿を消していた。

こよみ庵というらしいその建物に足を踏み入れ、「へえ」と声を出してしまった。これが本当にあの古いお社と同じ敷地にあるのかと疑いたくなるような洒落た建築物なのだ。ただし、暖房が入っているらしいのに肌寒い。

意識せずに教也が両手を擦りあわせると、巫女が申し訳なさそうに首をすくめた。

「兄が元設計士なんですけど、デザイン優先で断熱材とか窓の予算をケチっちゃって。春先はまだ寒いんです」

無念そうに顔をゆがめている巫女をそっと観察してみれば、第一印象よりもかなり若いようだった。せいぜい大学生、といったところだろうか。差しだされた湯呑みを両手で包みこんだとたん、ほうっと息がこぼれる。

「もう少しエアコンの温度を上げますね。お連れさまも体が冷えてるでしょうし」

「すみません」

それから五分ほど待っただろうか。ようやくお参りを終えた理恵がおそるおそるといった様子で庵へと入ってきた。

「すごい。窓一面、竹林なんですね」

席についた理恵の鼻の頭が、巫女と同じように赤くなっていた。

「はい。ここからの景色だけが自慢の神社なんです。あ、ご紹介が遅れました。私、ここで巫女をしています、若宮汀子と申します。失礼ですがおふたりのお名前をおうかがいしても？」

「え、ああ、僕は市川《いちかわ》教也で、こちらは妻の理恵です」

「教也さんと理恵さんですね。あらためて、こんな寂れた神社へようこそおいでくださいました。お待ちしておりました」

「はあ」

間延びした返事をして、教也は首をかしげた。パワースポットだという記事を読んで参拝に訪れただけの自分たちを、待っていたと迎えるのは少し不自然ではないだろうか？

落ち着かない気分になって、窓の向こうに広がる竹林を見やる。隙間なくはえた竹の向こうは薄暗くかげっており、見ていると鼻先からふうっと吸いこまれてしまいそうだ。

「ここ、なんだかちょっと怖くない？　ブログには霊験《れいげん》あらたかなパワースポットだって書いてあったけど」

汀子が厨房へと引っこんだのを見計らって、理恵がこそっと告げてきた。

「うん。でもそれ書いた人、TVにも出演してるスピリチュアルカウンセラーなんだろ?」

「そりゃ有名な人だけど、なんか思ってたのと違うっていうか。今回ばかりはあの人の勘違いな気がする」

神の存在を感じられるというその人物は、日本全国の神社はもちろん、時には海外の遺跡まで巡ってパワースポットを紹介している。登場する場所は、どこも強い〝気〟とやらが巡っているともっぱらの評判で、詣でるだけで心身を浄化してくれる効果があるらしかった。ただ、彼にブログで紹介されるとすぐに読者が押し寄せるはずなのに、この神社に限っては実際に来てみたらこの閑古鳥だ。

「もしかして、一条神社って別にあるんじゃないのか」

「ううん。ここで間違いないと思う。でもまあ、神様だって逃げだすんじゃないかな、あのボロじゃ。ここまでの道もわかりづらいし」

言い出しっぺの理恵までそわそわとしている。

たしかに決してアクセスがいいとは言えないし、あの不気味なお社じゃあな――。

「少し休んだらさっさと帰ろう」

ふたりでこそこそと相談しているうちに、抹茶が運ばれてきた。お茶請けは緑の色をした饅頭だ。

「今日のお茶請けはよもぎ饅頭です。中はこしあんで、すっごくおいしいんですよ」

「いただいてよろしいんでしょうか」

「ええ、これからに備えて飲んでおかれたほうがいいので」

理恵とふたり、あいまいにうなずく。

そわそわとしたまま、黙って抹茶をいただいた。

苦いものは好まない教也だが、どういうわけか舌に心地よい。

夫婦のそばに陣取って、汀子が尋ねてきた。

「教也さんと理恵さんは、なにか後悔していることでもおありなんですか」

突然ほうりこまれた質問に、ふたりとも絶句してしまった。

「さ、さあ。突然言われても思いつかないですね」

無難にやり過ごそうとした教也に対し、理恵のほうは茶器を両手でぎゅっとつかんだままうつむいている。

娘のことを――花音《かのん》のことを思い出しているに違いなかった。

余計なこと、聞くなよ。

苛立ちが漏れてしまったのかもしれない。汀子が少し慌てた。

「ごめんなさい。いきなり不躾《ぶしつけ》なことをお尋ねして。ただその――うちの神社って少し特殊で。後悔を抱えた方がいらっしゃることが多いので。だからもしなにかあるのならご相談に」

「あなたに言っても、もうどうにもできませんから」

理恵の口調が強くなった。教也がさっと妻の背中に手のひらを当てると小刻みに震えている。

「あとは放っておいてもらっていいですか。私たち、静かにお参りしにきたんです」

「おい、理恵。すみません、妻はちょっと——」

詫びようと教也が視線をうつしたが、汀子は気にする様子もなくつづける。

「さっき、お待ちしてましたとお伝えしましたよね。言葉どおり、私たちはおふたりをお待ちしていたんです」

汀子の大きな瞳はひたとこちらを見据えており、窓の向こうに広がる竹林に似た吸引力があった。からかいや悪意は感じられないけれど、背筋が冷える。理恵も教也と同じように感じたのか、隣でごくりと唾を飲みこむ気配がした。

パワースポットと言われる場所は、素人がみだりに足を踏み入れるとかえって害がおよぶこともあると、理恵が件《くだん》のブログで読んで伝えてきたことがなかったか。

「お願いですから、私たちにかまわないでください。もう疲れ切ってるんですよ」

妻の声に、自分自身もかなり疲弊しているのだとあらためて気がつかされた。

「妻の言うとおりです。僕たち、抹茶をいただいたらすぐに帰るので、それまで静かに過ごさせてください。あ、代金はきちんとお支払いしますから」

教也の言葉に、汀子もさすがに黙った——のは一瞬のことだった。大きな瞳がぎらりと光る。

「いいえ、引き下がるわけにはいきません。お社にまた雷が落ちでもしたら、今度こそ崩れ落ちますから。ふもとの八幡様ならまだしも、うちみたいな零細神社、建て直しの予算なんてないのはわかるでしょう？」

なにを言いだすのだろう、この巫女さんは。

テーブルの下で、理恵の足が教也のそれを蹴った。抹茶などうっちゃって、早々に帰ろうという合図である。

お会計を、と教也が口にだす直前、汀子がさえぎるように宣言した。

「おふたりには、なんとしてでも過去に帰ってもらいます」

その目は完全に据わっている。

「いや、僕たちはもう帰――」

「過去に戻りたいんですよね？　そうじゃなかったら、聖神様がわざわざ呼んだりしませんよ」

わけのわからないことを言う汀子に詰め寄られ、それまで黙っていた理恵が、ドンッとこぶしでテーブルを叩いた。

「理恵」

「――んなに願ったたか。あの日に戻りたいと、私たちがどんなに、どんなに願ったかわかりますか？」

目を真っ赤にして立ち上がり、ほとんど汀子につかみかかりそうな理恵をどうにか引きとめた。今度は教也が汀子に強い口調で返す。

「いい加減にしてください。冗談で済まされないことだってあるんだ」

「私は真剣です。おふたりを、帰りたい過去に帰して差し上げます」

窓の向こうで竹林が強く揺れている。奥でちろりと小さな光が瞬いたように見えて、教也はまばたきをした。

鋭い声が飛んだのはその時だ。

「汀子、よせ」

声のほうを振り返ると、先ほどの神主が全身に怒りをたたえて立っていた。

こよみ庵はしんと静まりかえって、窓の向こうからかすかに風の音が届くばかりだ。教也と理恵の座っているテーブルの向かいに、神主と巫女の兄妹が並んで腰かけていた。

「先ほどは、妹が申し訳ありませんでした」

若宮雅臣と名乗った神主が、深々と頭を下げる。その横で気まずそうに目を伏せ、汀子も兄につづいてお辞儀をした。

「でも、過去に戻れるっていう話は嘘じゃないんです」

言いつのった汀子の隣で、雅臣が深いため息をつく。

「まだ言うんですか」

ムッとして返すと、なにか言おうとした妹を制して雅臣が口を開いた。

「それについては本当なんです。この神社のご祭神は聖神。聖《ひじり》は日知り。時の神様なんですよ。古くからこの神社では、聖神様が選んだ人たちを望んだ過去へと一時的に帰してきたという文書《もんじょ》が残っています。ここではその御業《みわざ》を時帰りと呼んでいます。まあ、個人的には時帰りなんて反対で――」

「お、に、い、ちゃ、ん」

雅臣をきっとにらんだあと、汀子が貼りつけたような笑みを夫婦に向けた。

「そんなわけで、戻りたい過去があれば、ぜひ時帰りをしてみませんか。無料ですし、万が一、時帰りなんて嘘だったとしても、おふたりにはなんの損もないですから」

テーブルの上に載っている理恵の両腕が細かく震えていた。泣いているのかと教也がのぞきこんでみたものの、涙はこぼれていない。ただ、瞳が奇妙なほど澄んでいる。

「やります。その時帰りを、やりたいです。戻りたい日に、ほんとうに帰してくれるんですよね」

理恵、まさか本当にそんなこと信じているのか。

どちらかというと現実的な性格だった妻は、娘を失ってからスピリチュアルな世界に傾倒していった。その姿に危うさを感じないわけではなかったけれど、それで心が少しでも安まるならと見守ってきたのである。

だからってまさか時帰りなんて――。

それでも、すがるような目を兄妹に向ける妻を教也は笑えなかった。

自分だって、戻れるものなら戻りたい。なんとしてでも娘の命を救いたい。そのためなら、なにを差しだしたっていい。そうだ、なにを差しだしたっていいんだ。

「僕からもお願いします」

気づけば、頭《こうべ》を垂れて頼んでいた。

「いや、ちょっと待ってください。なんのために時帰りをするのか、くわしくお話を聞かせていただいて、実際にするかどうかはそれから判断させてください」

雅臣の突き放すような硬い声に、理恵がかぶせるように言いつのる。

「私たち、娘が交通事故に遭うのを防ぎたいんです。娘は去年の春、小学校へ向かう途中に右折してきたトラックに」

あとの言葉がつづかず黙った妻を、雅臣がじっと見下ろしている。

しばし、四人の囲むテーブルに重苦しい沈黙が満ちた。

陰をたたえた雅臣の瞳がさらに暗くかげった。

「そういうご事情でしたら、時帰りはお引き受けできません」

理恵が、テーブルから身をのりだす。

「なぜですか。時帰りをさせてくれると言ってきたのは、そちらじゃないですか」

「妹が先走ってしまったかもしれませんが、人の生死は、時帰りをしてもくつがえすことはできないんです。もし過去に戻って交通事故から救えたとしても、そう時間をおかずに別の方法でお嬢さんは亡くなります。その亡くなり方が、交通事故よりも苦しくてつらいものだったらどうしますか」

ひゅっと息を吸ったのが教也自身だと気づくのに時間がかかった。言葉に詰まった理恵をまえにして、雅臣がやや声をやわらげる。

「お嬢さんのことは本当にお気の毒だと思います。しかし、あなたがたのためにも時帰りはおすすめできません。当日に戻って、事故が起きるとわかっているのに防ごうとしないなんて、親御さんなら無理に決まってます。それじゃ、俺はこれで」

雅臣が立ち上がろうとしたそのときだった。四人ともが、足もとに小さな震動を感じた。

「お兄ちゃん、これきっと――ひゃっ」

汀子が小さな叫び声をあげる。ドシンとひときわ大きな物音がしたほうを振り返ると、本拝殿にかかっていたしめ縄の片側が落ち、無残にぶら下がって揺れていた。

「だんだん揺れが大きくなってるよ、お兄ちゃんっ」

「そ、そんなことを言ったって」

あくまで淡々とした表情を崩さなかった雅臣も、さすがに慌てだしている。

「ごちゃごちゃ言ってないで早く祝詞をあげないと、本拝殿が崩れちゃうってば」

汀子の言葉が大げさには思えないほどしめ縄の揺れが激しさを増し、柱の軋《きし》む音が悲鳴のように響いている。こよみ庵は足裏にかすかな震動を感じる程度だというのに。

「いったいなにが起きてるんですか」

思わず尋ねた教也に、汀子が恐怖にゆがむ顔を向けた。

「これ、神罰なんです。基本的に時帰りは、聖神様に選ばれた方が望むかぎり、必ず実行しなくちゃいけないんです。でも兄みたいにご神意に背こうとすると、こうやって怒られるんですよ」

「神様が選んだなんて、どうやってわかるんですか」

つぶやいた教也に、汀子が泣きそうな顔で答える。

「夢で教えてくださるんですよ。おふたりも今朝、私の夢にでてきたんです」

「だから〝お待ちしてました〟なんですね」

すがりたい気持ちと同じくらいふたりにうさんくささを感じていた教也だったが、さすがに局所だけを激しく揺らす奇妙な現象を目の当たりにしては、ふたりの言うご神意なるものを完全に否定することはできなくなっていた。

本当に過去に帰してもらえるのかもしれない。娘に、花音にもう一度会えるのかもしれない。あり得ないと疑いながらも一縷《いちる》の望みにかけたい気持ちは、きっと妻も同じだろう。

激しい揺れに耐えきれず、しめ縄が完全に落ちてしまったようだ。

「お、に、い、ちゃ、んっ」

外聞をかなぐりすてたのか、汀子が雅臣の肩を激しく揺さぶっている。それでも雅臣はまだ渋った。

「今回ばかりはダメです」

そんな。行けるのなら、僕たちは過去に帰らなくちゃいけない。どうしたって花音に会わなくちゃいけない。

気がつくと教也は深々と頭を下げていた。ひんやりとしたテーブル板が額にあたる。奥歯がみしりと音をたてる。

「教也さん、お願いですからそんなこと」

汀子の戸惑った声をさえぎり、ほとんど叫ぶように頼みこむ。

「お願いしますっ。僕たちを過去に帰してください。助けちゃいけないっていうなら、当日じゃなくていい。せめて事故の前日にでもっ」

「私からもお願いします。ほんとに、前日でもかまいませんから」

とっさに事故の前の日にと願ったのには理由がある。

教也も理恵も、前の日、花音の苦手なピーマンをどうにか食べさせようと、少し強めに叱ってしまったのだ。そのあと、いっしょに寝てほしいと夫婦の寝室にやってきたのに、「もうお姉ちゃんだろう」と突き放してしまった。

――ねえ、新しい自転車を買って。そしたらピーマン食べるし、ひとりで寝るから。

そう約束したから自転車を買ってあげたんだぞ、と。

やぶってよかったのだ、そんな約束など。ピーマンも、一生食べられなくたってよかった。

　自分の願いを叶えるために交換条件を提示してあとからやぶることなんて、大人だっていくらでもあるというのに。ここで許しては、約束を守れない子になるなどと神経質に心配をして、突き放してしまった。

　あれが、花音と過ごす最後の夜になるとも知らずに。

　床を見つめたまま、声を振り絞る。

「どうか、娘にもう一度だけ、会わせてください」

「私からもお願いします」

「——お兄ちゃん、お願いします」

　地響きはまだかすかに響いているけれど、少し弱まったようだ。

「まあ、前の日ということなら」

　告げる雅臣の瞳が、ふたたび大きく波打つ。

「先ほどもお伝えしたとおり、亡くなることは変えられませんよ。ですからくれぐれも、お嬢さんの命を救おうとしないでください。お嬢さんの幸せを願うのであればなおさらです」

　教也がうなずいたのを確かめたあと、雅臣が踵《きびす》を返した。

「ついてきてください。時帰りの儀をおこないます」

「あ、ありがとうございます」

「お礼はけっこうです。今回の時帰りが、あなた方にとっていいことなのか、俺にはわからないですから」

「そんなこと――」

抗議しかけた理恵が、立ち止まった雅臣にそっと尋ねた。

「そこまで言うなんて、もしかして神主さんも、時帰りをしたことがあるんじゃないですか？　そのとき、誰かの命を助けたとか」

ぴくり、と雅臣の肩が反応する。

「そうですね。俺は――母を事故から助けました。その結果、どうなったと思いますか」

「どう、なったんですか」

尋ねたのは理恵のほうだ。

「母は事故を避けることができたかわりに重い病気を患って、最後まで苦しみ抜いて亡くなりました。まるで神罰がくだったかのような最期でした。ですから、脅すわけではなく経験に基づいた助言として、お嬢さんのことを思うなら余計な変化を起こさないことです」

「お兄ちゃん――」

もう、地響きはやんでいる。

苦い抹茶の香りが教也の鼻先をかすめていった。

本拝殿に通され、雅臣から時帰りについてさらにくわしい説明を受けたあと、教也と理恵は竹林へ向けて座るよう、うながされた。

「それでは、時帰りの儀をはじめます。準備はいいですか」

「はい」

夫婦の返事は、ほんのわずか時差があったようだ。おそらく教也のほうが一瞬遅かった。指先が小きざみに震えている。

これまで三十年と少し生きてきて、教也は幽霊を見たこともなければ、虫の知らせのひとつも感じたことがなかった。いわゆるスピリチュアルな出来事とは無縁の人生だったのだ。それなのに、今になって過去へ戻るなどという荒唐無稽《こうとうむけい》な話にすがりつき、竹林に向かって正座している。

俯瞰してみれば、滑稽な夫婦だ。詐欺のいいカモになっているのかもしれない。

それでも、一瞬の夢でもいいからすがりたかった。

頬にぴりっとした刺激を感じた直後、雅臣の声が朗々《ろうろう》と空気を震わせた。しゃん、しゃん、と規則正しい音に合わせ、衣擦れの音も聞こえてくる。そっと振り返ると、汀子がきらびやかな衣装を身につけ、神楽《かぐら》を舞うところだった。

ほんの一瞬目が合い、教也を励ますようにうなずいてくれる。

竹林に向きなおり、視界の奥を見つめつづけた。雅臣の説明によれば、かすかな光が漏れだし、同時にふたりの手首に光の棒線が出るのだそうだ。長ければ一日、その半分で半日。

それが半分かどうか、光の棒が一本だった場合はどうやって判じるのかと思ったが、次の説明に移ってしまったため尋ねそびれてしまった。

これが大がかりな詐欺だとしたら、向こうに光を発する機材でも仕込んであるのだろうか。そして実際にはもちろん時帰りなどできず、その非は教也たち夫婦に押しつけられるに違いない。信じる力が足りなかった、覚悟が足りなかった、など言いがかりはいくらでもつけられる。仕上げは高額の請求。波動を高めればうまくいくなどと、勾玉《まがたま》やら何やらを売りつけられる可能性もある。さっきは無料だと説明されたけれど、神楽代だの祝詞代だのと言って、驚くほど高額の請求をされるかもしれない。そうなったら、少し気が弱い人物なら払ってしまうはずだ。

理性で考えればいくらでも否定できるのに、澄んだ空気と耳に心地よい祝詞に身を委ねているうち、この場所ならば時帰りなどという奇跡も起きそうな気がしてくる。

「あ」

隣で理恵がかすかな声をあげた。教也も声こそ出さなかったが、気づけば口を半開きにしていた。

竹林の奥で、たしかに柔らかな光が揺らめきだしている。最初こぶし大だったそれは、しだいに強さを増し、見るまに竹林の奥全体に広がっていった。

手首には、言われたとおりに光の棒が一本、浮きでている。

「嘘だろう」

「行かなくちゃ」

熱に浮かされたように、理恵がふらりと立ち上がった。教也も慌ててあとを追うのに、気が逸《はや》るのかうまく靴を履けない。気がつけば過呼吸かと思うほど息が乱れていた。

どうにか準備を整えてお社をいちべつしてから、先ほど指示されたとおりに竹林に向かって歩いていった。一歩、また一歩ゆっくりと。小径に入ってからは早歩きで、理恵の背中を追いながらいつしか小走りになり、光にみずから飲みこまれていく。

ふわり、と体が宙に浮いた気がしてとっさに先を行く理恵の手をつかむ。向こうも強く握り返してきた。

それ以降、どんなに足を前に踏みだしても地面に触れない。

「私たち、落ちてるんだよね」

「ああ、そうみたいだな」

理恵の髪が逆立ったようになっている。相当な速度で落下している証拠だ。にもかかわらず、まるでふわふわと風まかせに漂う綿毛にでもなったようで、ふたりともさほど強い重力を感じなかった。理恵がいてよかった。こんな状況、ひとりでは受けとめきれなかっただろう。

お互いの手首に、同じくらいの長さの棒がやはりたった一本だけ。

「なあ、これってなんだか短い気がしないか」

「そうかな。勝手に一日だと思ってた。たった一日──」

「うん」

俺たち本当に過去に向かってるのかな。尋ねようとして口をつぐんだ。

花音のあどけない笑顔がまぶたに浮かび、掻きむしりたいほど胸が苦しくなる。そっと隣を見ると、理恵の表情がこわばっていた。

「あの子、きっと待ってる」

理恵がつぶやいた次の瞬間、すとんと足の裏がどこかを踏んだ。


「あれ」

夢から覚めたような気分で、教也は目の前のパソコンを見つめた。

今さっきまで手をつないでいたはずの妻の姿はどこにもなく、いきなり会社の自席についている。

ほんとに、戻ってきたのか？

PCで日時を確認すると、四月二十三日。忘れるはずがない。ゴールデンウィークを間近に控えた去年の春。花音が事故に遭う前日だ。経験したのとおなじように、窓の外はよく晴れていた。

嘘じゃなかった。戻ってきたんだ。

ぎりっと奥歯を噛みしめる。時刻は午前十時。のんびり会社で働いている場合ではない。

勢いよく帰り支度をはじめた教也を見て、隣の席の沢田《さわだ》が声をかけてきた。

「あ、外で打ちあわせですか」

「いや、今日はもう帰る。悪いけどさ、課長にうまく言っておいてくれないか。この恩は必ず返すから」

「ええ？」

面食らった沢田があまり反応できずにいるすきに、さっとフロアをあとにした。

会える、花音に。本当に過去に帰ってきた。

地下鉄のホームまで一度も立ち止まらずに走り、ちょうど閉まりかけていたドアを無理にこじ開けて乗りこんだ。

優先席に座っていた老人が咎めるような視線を向けてきたけれど、気づかぬふりを決めこむ。

まだ入学したての四月、給食がはじまったばかりだから花音の帰宅時間は早い。給食を終えたらすぐに帰りの方向がおなじ子どもたちとグループで下校し、十三時ごろには家に戻ってくるはずだ。

戻ってくる。ちゃんと、帰ってくるんだ。

理恵といっしょに、精いっぱいの笑顔で迎えてやろう。ピーマンなんてださずに、大好物のグラタンにハンバーグに、そうだ、デザートもどこかで調達しなくては。

心臓が痛いほど強く律動を刻んでいる。会える、会える。狂おしいほど願った過去のある一点に、今、自分が存在している。

花音が、いる。

それだけで、世界は完璧に美しかった。車両の真ん中に捨てられて行ったり来たりしている空のペットボトルにも、不機嫌そうに貧乏ゆすりをしている若者にも、感謝してまわりたいほど気持ちが昂《たか》ぶっている。

落ち着かなければ。花音が変に思うかもしれないから。

電車の座席に腰かけたまま、まだどこか信じられない気分で頬を両手でぺちんと叩いた。先ほどの老人が怪訝《けげん》な顔を向けてきたが、ふたたび無視する。

娘との限られた時間を思うだけで胸がキリキリと痛み、なにもまともに考えられない。今になって帰宅して娘と会う瞬間を怖れている自分に、教也は気がついた。

本当に、会えるのだろうか。

今見ている世界はただの幻で、家の扉を開けたとたんにすべてが砂のように崩れ去ってしまうのではないか。花音を失って以来、何度もうなされてきた悪夢のバリエーションのひとつに閉じこめられているだけなのではないか。

ごくりと唾をのみくだして、背もたれに体をあずけた。

教也でさえこうなのだから、ふさぎこんでいた理恵のほうはさらに混乱しているだろう。

しっかりしなければ。

自宅の最寄り駅に到着し、落ち着け、落ち着け、とみずからに言い聞かせながらマンションへと向かう。途中、花音が授業を受けているはずの小学校の前を通った。

事故のあとは、つらくてわざわざ別のルートで駅まで向かっていたのだが、少しでも花音の姿が見えないかと校庭越しに校舎を見つめてしまう。その姿を通行人が警戒しながら通りすぎていった。

ダメだな、なにをやっても落ち着けない。

深呼吸を繰りかえしてどうにかマンションまでたどり着き、部屋へと入った。とたんに、クリームシチューの香りが漂ってくる。

せわしない足音とともに、つんのめりながら理恵が玄関までやってきた。

視線の先にこちらの姿をみとめ、とたんに腰がくだけたように廊下に座りこんでいる。

「なんだ、教也だったの」

「ごめん」

気持ちがわかるだけにとっさに謝って靴を脱ぎ、自分もその場にへたりこんだ。

教也を迎え、包んでくれたのは、空気そのものが笑っているような、紛れもない生者の気配、花音の気配だった。この世を去った人間のひっそりとした名残《なごり》などではなかった。

帰ってくる。あと少しで、本当に花音に会えるんだ。

お互いの顔を見あわせ、どちらともなく抱きあって、ただ泣いた。

花音のぬくもりが、その間もずっと、ふたりを包んでいた。

下校まであと小一時間。

ひとしきり涙を流したあと、理恵はキッチンをくるくると動き回りながら料理をつづけている。グラタンにハンバーグ、かぼちゃのサラダ、キノコのバター炒《いた》め、クリームシチューにポテトサラダに海老とブロッコリーのゆで卵和《あ》え、チキンライス、食後のアイスにケーキなどなど。花音の好物をこれでもかというほど並べるつもりらしい。

教也のほうはリビングのローテーブルに、花音の大好きな人生ゲームのボードを広げた。ルーレットやお札《さつ》もあらかじめ用意しておき、あとはプレイするだけ。

——ねえ、パパ、ゲームしようよ。

——ん〜？　あとでな。

動画を見ながらのらりくらりと返事をし、けっきょく遊んでやらなかった夜がいくつもあった。今日は、花音がもう嫌だというまで一緒にプレイするつもりだ。

さっき、理恵とふたりで決めたのだ。

時帰りしているあいだは絶対に、花音の嫌がることはしない。花音の前で泣かない。花音といっしょにたくさん笑う。さりげなくいつもと同じような一日を送ろうとも考えたが、ふたりともやってあげたいことが多すぎて、とても無理だと悟った。

花音が帰ってきたら、理恵には料理の仕込みを中断してもらい、まず三人で近所の公園に行くことになっている。

いつもなら、花音がアスレチックと合体したすべり台で飽きることなく遊ぶあいだ、ベンチに腰かけてネットの記事を読みふけっているだけだった。

――ねえ、パパ、ママ、おにごっこしよう。

大変なお願いでもなんでもない。娘の足をロープでできた橋の隙間からつかんで驚かせたり、すべり台を降りた花音が地面を蹴って駆けだすのを手を抜いて追いかけるだけ。

たったそれだけの相手もせずにきた自分を、教也は殴ってやりたかった。

今日は思い切り遊ぼうな、花音。

そわそわと、時が過ぎるのを待つ。

夫婦の覚悟をうながすように、時計が針を動かしつづける。

規則正しい音とは裏腹に、教也はずっと鼓動が乱れていた。

やがて、そのときは来た。

インターフォンが鳴り、理恵と目で合図をしあって教也が通話にでる。

階下のオートロックを解除し、花音が部屋のあるフロアまでエレベーターで上がってくるのを待った。本当はマンションのエントランスで待とうとしたのだけれど、道ばたで花音を抱きしめたまま泣き崩れてしまいそうだったから、夫婦で話してやはり部屋で待つことにしたのだ。

それでも――。

ピンポーン。

チャイムが鳴るなり、足をもつれさせながら玄関まで迎えにでた。カチャリとドアを開けると、花音が丸い目を大きく見開いて父である教也を見上げている。

「パパ？　おしごとじゃないの？」

「――」

おかえり。

精いっぱい迎えてやろうと思うのに、声がでてこない。喉が焼けるように熱くなり、ひと言でも無理に発すれば歯止めがきかなくなりそうだ。

答えるかわりにランドセルごと花音を持ち上げ、にじむ涙を見られないようギュッと抱きしめた。あたたかな体温が伝わってくる。心臓の音がかすかに、しかしちゃんと聞こえる。

ダメだ、やっぱりもうこれ以上は――。

嗚咽《おえつ》が漏れそうになった瞬間、花音が抗議の声をあげた。

「パパ、いたいよう」

「あ、ごめん、ごめん。さあ、手を洗ってうがいしておいで」

「うん」

靴を脱ぎながら花音が小さな鼻をひくつかせた。ふっくらとした頬は、走って帰ってきたのかほんのりと上気している。

「ママがおりょうりしてるの？」

そういえばなぜ理恵は迎えにでてこなかったのだろう。

「うん、今日はパパも早く仕事が終わったし、晩ごはんは花音の大好きなものをみんなで食べようって張り切ってるよ」

ぱっと顔を輝かせた花音が、手洗いもうがいも忘れてキッチンへと駆けていった。

危ない、走っちゃダメ、帰ったらまず手洗いうがいだよ、ひとつひとつやりなさい。

細かな注意は、もう口から飛びださない。ひとつひとつを丁寧にやれなくたって、それがどうだったというのだろう。

花音は、こんなにも生きている。それ以上のことを求めるなど、なんて自分は贅沢だったんだろう。

唇を嚙みしめ、花音のあとにつづいた。

キッチンでは、理恵にまとわりつくようにして、花音がフライパンの中身をのぞいている。理恵もなにかをこらえるように、花音を片手で抱きながら菜箸で食材を炒めていた。

「どうしてきょうは、こんなにいっぱいつくるの」

「だって――だって花音にはもっと背がのびて素敵なお姉さんになってもらわなくちゃ」

透明なしずくがぽとりと小さな頰に落ちたことに、花音は気がつかない。大好きな母親の腕と、煮こみハンバーグの香りに包まれ、無邪気に笑っている。

「ごめん、ちょっと代わってもらっていい？」

理恵が、花音からそっと腕を放し、こちらへ真っ赤な目を向けてきた。

「うん、もちろん」

さっと、廊下へ通してやる。

理恵が小走りで出ていったあと、炒めかけだったきのこをかき混ぜながら花音を誘った。

「今日は天気もいいしさ、パパとママといっしょに公園に行かないか？　アスレチックすべり台で鬼ごっこをしようと思うんだけど、どうかな？」

こちらを見上げた花音がぽかんと口を開け、「ほんとう？」と尋ねてきた。

「パパ、おにごっこきらいじゃないの？」

こちらを見上げた娘の気づかうような表情に胸をつかれる。

「そんなことない。パパは今まで、ちょっと」

バカだったんだ。

そんな言葉を飲みこんで、にっと笑ってみせる。

「鬼ごっこが上手だってこと隠してたんだ」

「そうなの？　じゃあいく」

「よし、準備しておいで」

目を輝かせる娘をもう一度ぎゅっと抱きしめ、今度こそ手洗いとうがいを済ませるよう告げた。

炒め終えたきのこを皿に盛りつけ、戻ってこない理恵の様子を寝室まで確かめにいく。ノックをしてドアの外から声をかけた。

「でてこられそうか」

「うん、もう大丈夫。しっかりしなくちゃね」

すぐにドアが開き、理恵が顔をのぞかせた。少し目を腫らしながら、口角を重そうにでも上げてみせる。

「花音、公園に行くって。三人で鬼ごっこしよう」

「わかった。筋肉痛になる――まではいられないか」

うなずいたあと、ふたりでどうにか笑いあった。


午後の日差しが公園全体をふんわりと照らしている。

花音の目当ての遊具には、未就学児らしい男の子ふたりが母親に見守られて遊んでいた。

「じゃあ、一回すべってから鬼ごっこだよ」

そうは言うものの、決して一回で終わらないことを教也も理恵も知っている。二回、三回、とすべり台を楽しんだあと、ようやく花音がふたりに向かって手を振った。

「おにごっこしよう」

笑う花音を、太陽がえこひいきでもするように照らしだす。

ああ、なんて美しいんだろう。あれほどなにげなく、ありがたみもなく過ごしていた一日が、とてつもない奇跡だったことをようやく理解する。

隣で理恵が大きく息を吸って吐く音がした。

「ようし、パパもママも負けないぞ」

勢いよく立ち上がって、すべり台まで駆ける。

かわいらしいソプラノで叫んで、花音が逃げだした。

たったこれだけのことで、こんなにもはしゃいでくれる。父親と遊んでくれる時期はものすごく短いと覚悟してはいたけれど、想像よりもずっとずっと早く唐突に終わってしまった。

「パパ、ほら、あしがでてるよ」

事故の日もはいていた、お気に入りのスニーカーだ。ピンクの、大好きなアニメのキャラクターが描かれた小さな小さなスニーカーが、ロープで編まれた橋のすきまからちょこんとでていた。

「タッチしてやるぞう」

わざと怖い顔をつくり、うなりながらそちらへ向かっていく。

もちろん、捕まえるまえに花音は橋を渡りきって別の場所へ移動し、こんどは遊具に空けられた丸い隙間からやわらかな手をひらひらとだしている。

「ほら、ママ、てだよ。いまならつかまえられるよ」

「ようし、ぜったいタッチしちゃうからねえ」

理恵も気合いを入れて猛然とダッシュしたけれど、やはり花音はさっと手を引っこめて、アスレチックとひとつづきになっているすべり台からひゅうと降りてきた。

「ついに降りてきたなあ」

はずむような笑い声が空に駆けあがっていく。幸福に音があるとしたら、きっとこんな音だ。どうやっても他のものでは代わりのきかない、このかわいらしい声だ。

怪獣の真似をしながら、ふわりふわりと動く春風そのもののような背中を追いかける。祝福の音をしっかりと耳に刻みこむ。娘を挟みうちにしようと、理恵もいっぱいに手のひらを広げて向こうで待ちかまえていた。

鬼ごっこなのに、逃げなければいけないのに、花音がますます笑いながら理恵の胸めざしてまっすぐに駆けていく。

「ママ、みいつけたっ」

「あれ、かくれんぼになっちゃった」

理恵にしがみつく花音を後ろから「サンドイッチだぞお」と挟んでいやいやをされる。

いま、ありえないはずの一日を過ごしている。それだけで十分だ。十分、満足だ——などと思える親はきっといない。

花音を地面にそっと下ろし、ぐしゃぐしゃになった細い髪の毛を整えてやる。

「もうおうちにかえって、じんせいゲームしよう」

「いいなあ。そうしよう。パパもママもちょうどやりたいと思ってたんだよ」

「やった！　花音、きょうはラッキー」

「ううん、ママたちがラッキーなんだよ」

理恵が、くしゃりと笑う。

家へ戻ろうと花音の手を握ると、反対側で花音の手をつないでいる理恵がそっと目くばせし、手首の裏側を教也に向けてきた。

教也も慌てて自分のを確認してみると、くっきりとしていた金色の棒が、来たときの半分くらいの薄さになっていた。

「あ」

理恵を見やると、黙ってうなずいている。その瞳は、凪《な》いでいるようにも、正気をとうに手放したようにも見えた。

〝あなたがたのためにも時帰りはおすすめできません〟

言い切った雅臣の声が、今さらながら耳の奥に甦ってくる。

空はいつの間にか淡く茜《あかね》色に染まりはじめている。こんなにも胸に迫る夕焼けの色を、教也はそれまで見たことがなかった。

いつもなら帰宅してすぐに、汗をかいたからとシャワーを浴びるよう口うるさく急《せ》かすところを、今日は理恵も教也もなにも言わなかった。すると、花音のほうからさっさとバスルームへと向かっていく。

思わず理恵と目を合わせてしまった。

「すぐおふろから上がってくるね。あと、やっぱりじんせいゲームやめてごはんたべる」

なんでも自分の思いどおりにはならないんだぞ、などという説教じみた返事も引っこめて、「わかった」と軽くうなずくだけにした。

さすがに花音もなにか感じるところがあったのか、バスルームへとつづくドアの前でいったん立ち止まり、はにかんでみせた。

「今日、パパとママ、すっごくやさしいね」

「今日だけじゃくて、いつもやさしいだろう」

おどけてみせると、笑って身をくねらせている。

「ママ、夕食の支度しておくからね。今夜は花音のだいすきなもの、いっぱいあるよ」

「やったあ」

そのままスキップでバスルームへと吸いこまれていった。

理恵とふたりしてキッチンに立つと、いつか花音の離乳食づくりをしたときのことを思い出した。それは料理の苦手な教也でもどうにか即席でつくれる唯一の食事だった。

たかだかにんじんを擂《す》ったり、カボチャをつぶしたりして口に運んでやるだけ。もっと勉強して、もっと色々つくってやればよかった。料理だけじゃない。花音が望むことなら何でもしてあげたかった。もっと、もっと、いっしょの時間を——。

そっと腕に理恵の手のひらがおかれ、いつの間にか動きが止まってしまっていたことに気がつく。

「悪い。ええと、なにをやればいいんだっけ」

「それじゃ、このクッキーにチョコレートでメッセージを書いてくれる？　私、書こうと思ったんだけど、頭のなか真っ白になっちゃって」

「――そうか」

こっちも真っ白なんだけどな。

戸惑いながら、理恵からデコレート用のチョコペンを受け取る。

「ごめん、やっぱり僕もわかんないや」

「そっか。それじゃ、適当に水玉とかでもいいし。あと、フルーツサラダを和《あ》えてくれる？　マヨネーズとヨーグルトと蜂蜜を混ぜたソース、そこにあるから」

「わかった。いっしょにお風呂に入ってこなくていいのか？」

「うん、さっきからそうしようかなって何度も思ってるの。思ってるんだけどね、きっと歯止めがきかなくなるから」

「そっか。そうだよな」

理恵の言う歯止めがきかなくなるというのは、きっとこのまま大人しくは時帰りを終わらせられなくなるということを指している。教也だって、今にも理性のたがが外れてしまいそうだ。

スプーンの柄を強く握りしめて無言でフルーツを和えた。花音の好きなイチゴやマスカット、リンゴまで入っている。

煮込みハンバーグも、クリームシチューも、花音が逝《い》ってしまってからは一度も食卓に登場したことのないものばかりだった。

「喜ぶだろうな」

「うん」

「喜ばせてやろうな」

「――うん」

理恵の肩が細かく震えていた。抱き寄せようと腕を伸ばしたひょうしに、先ほどよりさらに薄くなった光の棒が目に飛びこんできた。

「時間、もうあんまりないみたいだ」

理恵が、ティッシュをぱっと手にとって洟をちんとかんだあと、頰を両手でパンと叩いた。

シャワーを浴びて部屋着に着替えた花音が、スキップで部屋に入ってきた。

「ねえ、おなかすいた」

甘えた声で狭いキッチンに入り、ふたりにまとわりついてくる。

こらこら危ないぞ。

などときつい声はもちろんださない。代わりにしゃがんで抱きしめてやると、花音は教也の腕のなかで身をよじって笑いながら抜けだした。

「おてつだいしにきたんだからはなして。ねえ、ママ、できたおさらをはこぶからちょうだい」

両手を差しだした花音に、理恵がかすかに目を見ひらく。そのあと、おそらく教也よりも強く抱きしめて告げた。

「どうしたの？　たった一日ですっごくお姉ちゃんになっちゃったみたい」

「だってもう一年生だもん」

母親の腕からもすり抜けたあと、花音がつんと顎《あご》をそらしてみせた。その姿をあわてて写真におさめる。

「それじゃ、ちょっと重いけどフルーツサラダを持っていってくれるか」

「はあい」

両手でサラダボウルを受けとると、大切そうに抱えてダイニングテーブルまで持っていく。

大好物をテーブルに並べ、花音がいつも使いたがっていた来客用の食器をだして、真んなかには花音が好きなチューリップの花を飾った。

花音が「わあ」と歓声をあげる。

「パーティだね」

一瞬の沈黙のあと、理恵がどうにか笑った。

「うん、家族のパーティだね」

「じゃあ、かんぱいしなくちゃ」

「もちろん。乾杯用のサイダーも買っておいたからな」

「やったあ」

テーブルの上は、栄養バランスもへったくれもない花音の好物であふれかえっている。ぴかぴかの瞳に大好きなものばかりを映して、花音が笑っている。

自分がいま、なにをどう感じているのか、もはや教也にはわからない。ただ、胸のなかがぱんぱんに膨れあがり、いまにも破裂してしまいそうだった。

グラスには三人ともサイダーをついだ。

「それじゃ、花音に乾杯の音頭を頼もうかな」

「いいよ。かんぱーい」

三人でグラスを合わせる。サイダーの泡が勢いよく昇っていく。

なにを話したのか、ひと言も漏らさずに覚えておくつもりだったのに、花音の話す声はあまりに澄んでいて、話す言葉があまりにかわいらしくて、他愛がなくて、胸に止めようとすればするほど、くゆる湯気のようにはかなく消えてしまう。

瞬きをこらえれば、この時間をテーブルの上で押しとどめられる気がして、教也はくるくると表情を変える娘のすがたをただひたすら見つめつづけた。

花音が眠いと言いだしたのは、午後八時をまわったころだった。

「そうか。でも、まだいいんじゃないかな。ほら、人生ゲームだってせっかく用意してるし」

「あしたもがっこうだし、もうねる」

「――そうね、それじゃ今日は家族三人で寝ようか」

「花音、ママとだけ寝たいよう」

なつかしいお約束のセリフだ。教也だけのけ者にするその言葉さえ愛おしい。

「ひどいなあ、花音。パパもいっしょに寝たっていいじゃないか。ぜったいにおひげじょりじょりしないからさあ」

「ほんとう？」

「約束だ。その代わり、ベッドで三人並んだ写真を撮らせてくれないかな」

こちらを疑わしげに見上げる花音に、真面目な顔でうなずいてみせる。

小指を差しだしかけて、光の棒がさらに薄くなっていることに気がついた。

こんなに早いのか――。

「どうしたの、パパ」

「ん？　なんでもない。さ、歯を磨こうか」

支度をさせているあいだも花音の瞳はとろんと眠たげになっていく。

明日のことを考えてしまったら、自分が正気を保っていられないのがわかっているから、あえて蓋をした。おそらく理恵も同じようにしているだろう。唇を引きむすんで娘の歯の仕上げ磨きをし、口のまわりを拭いてやっていた。

ひとりで寝なさいなど、どうしてこんなにも愛しい相手を突き放せたのだろう。

浅い呼吸を繰り返し、妻と娘と三人で夫婦の寝室へと入った。ダブルベッドの真ん中にぽすんと収まった花音をはさんで川の字になる。

明かりを最小限にして、ぎりぎり花音の表情が見えるようにした。

目を真っ赤にしている理恵の手を、花音の頭ごしに強く握る。慰めたのではなく、そうしなければ教也がどうにかなってしまいそうで、すがったのだ。

「きょうのパーティ、楽しかったね」

理恵の声に、花音が無邪気にこたえた。

「うん、またやろう」

「そんなに――そんなに、楽しかった？」

「うんっ。だから、あしたまたやろう」

返事に詰まった理恵の代わりに、教也が言葉を継いだ。

「いつもやったら、楽しくなくなっちゃうだろう。特別なパーティだから、違う日にやろう」

「じゃあ、クリスマス？　あ、花音のたんじょうびはどう？」

「うん、そうしよう」

我慢しなければ。花音を余計に苦しませる可能性のある声がけは、ぜったいに控えなければならない。それでもつい口を開きかけたとき、理恵が小さく叫んだ。

「明日っ」

はっとして理恵の手を強く握り直す。理恵は、空いているほうの手のひらで口を覆った。

「ママ、どうしたの」

「ううん、なんでもないよ。ただ——」

たまらず、教也が口をはさむ。

「明日、パーティやろう。毎日、パーティしよう。だから——だから、車に気をつけて学校に行って帰ってくるんだよ」

「うん。花音、いつも気をつけてるよ」

「そうだよね」

理恵が、花音をきつく、きつく抱きしめた。

気をつけて青信号を渡っている花音を、そのトラックは轢《ひ》いたのだ。即死だったと聞かされた。それが救いだったのか、教也にはいまだにわからないでいる。

「それでも、青信号になっても、気をつけて渡るんだよ。学校なんてちょっとくらい遅れてもいいんだからな」

「わかった」

花音が眠そうに目をこすり、小さなかわいらしい口を開けた。

「もうねよう、パパ」

嫌だ。まだ寝ないでくれ。

「ちょっと待ってっ。写真を撮ろう。ほら、こっち見て」

「花音、ねむいよう」

叫びそうになるのを必死でこらえる。理恵が額にかかる花音の前髪を繰り返し、繰り返しなでている。

どうにか目を開いている花音をはさんで、親子三人のありふれた夜を写真に収めた。当たり前すぎて撮ろうともしなかった就寝前の姿を。

光の棒が、ほとんど目をこらさなければ見えないほど薄くなっている。

「花音、うちの子になってくれて、ありがとう」

あいている左手で小さな手を握りしめる。

「――だいすきだよ」

閉じかけていたまぶたをうっすらと開けて、花音が笑う。

「花音も、パパとママがだいすき。パパとママと花音がこうえんでわらってたとこ、あしたかいてあげる」

「――うん。うん」

鼻先を花音の髪にくっつけて、何度もうなずく。

花音の事故は防げないという確信が、なぜか教也にはあった。もしかして、夫婦のあいだに横たわる花音が、あまりにも天使に似ていたからかもしれない。人間離れした清らかさをたたえて規則正しい寝息をたてはじめた花音を、ただ見つめることしかできない。

「ねえ、手首を見て」

理恵が、震える声で囁く。

はっと視線を手首に落とすのと同時に、ふわりと意識が体から引き剝がされるのがわかった。

待ってくれ。まだ足りない。まだダメだ。もう少しだけ、あと五分だけでもいっしょにいさせてくれ。

娘の名前を呼ぼうとしたけれど、寝顔を見てこぼれた言葉は別のものだった。

「だいすきだよ」

意識が体から抜けきる直前、必死に口元を上げて笑ってみせる。

花音も、眠ったまま微笑んだように見えたのは気のせいだろうか。いや、きっと届いたはずだ。娘に捧げたさいごの声、愛の言葉は、花音の魂にちゃんと聞こえたはずだ。

あどけない寝顔が、ゆっくりと光に溶けて見えなくなった。

下ってきたときと同じ光の世界を、ゆるやかな上昇気流に乗って理恵とともに引き上げられていく。

「笑ってなくちゃね」

「ああ。でも」

こんなにシンプルで、こんなに難しい宿題ってあるだろうか。

花音が生まれた日のことが、昨日のことのように浮かんできた。生まれたての、しわくちゃの顔。離乳食が気に食わず、吐きだしたときのしかめつら。小さなくっくをはいてもなかなか歩きだそうとせず、ただにこにこ笑って手を叩いていた姿。三歳の七五三ではじめての着物選びに真剣だったおませな横顔。五歳のころには理恵よりもパパに手厳しい注意をするようになっていた。

――パパ、おててあらって。

――パパ、こっちこないで。

――パパ、おふろに入ろう。

――パパ、だっこして。

――パパ、パパ。

小さく、嗚咽が漏れる。

花音と過ごすあいだこらえていた涙が、次から次へ、記憶とともにあふれだしてくる。

隣では理恵も、泣いていた。

ふたりで目を見あわせ、泣きながら、けんめいに笑った。

そのうち、本当は経験していないはずの不思議な記憶まで脳裏によみがえってきた。

事故は――やはり起きた。あれほど注意をしたけれど、防ぐことはできなかったのだ。異なるのはそのあとの夫婦の姿だった。

悲嘆に暮れ、休日も引きこもりがちだったはずなのに、夫婦でできる限り外にでた。花音とでかけた公園へ、遊園地へ、プールへ。なるべく目に入らないようにしていた三人だったころの記憶を、もう一度おさらいするようになぞって歩いていた。笑顔で。ときに、泣いて笑いながら。

あの子といっしょだった日々が、この贈り物の一日と等しく特別な時間だった。愚かにもそのことに気づかずに、いや、そのことを忘れて自分たちは娘との時間を当たり前のように過ごしていた。

だから、花音は伝えてくれたのかもしれない。

この世に在《あ》ることが、奇跡であるのを忘れずに生きろと。

ぎゅっと理恵の手を握ると、同じ強さで握り返してきた。

さらに、さらに上昇していく。

もう一滴も涙がでないほど泣き尽くしたころ、足の裏が唐突に地面を感じ取った。

それは久しぶりに、自分が自分であるという感覚だった。たった一年のズレでも、やはり心と体は細かな違和感を感じていたのかもしれない。

教也の隣で、理恵がぼんやりとたたずんでいた。あたりを見まわし「帰ってきちゃったんだ」と小さくつぶやく。くたくたとしゃがんでうつむいたまま、動かなくなってしまった。

震える肩に手をおいて答える。

「うん。そうだな」

花音のいない世界に、また戻ってきてしまった。

わかっていたことなのに、たとえようのない虚しさに襲われ、妻と同じようにしゃがみこんだ。

「おかえりなさい」

顔を上げると、雅臣が別れたときと同じ姿で立っている。

整った口元がかすかに動いたけれど、結局なにも言わないまま閉じられた。

代わりに声を発したのは理恵だった。

「ありがとう、ございました」

しゃくりあげながらも、しっかりと上がった口元を、午後の日差しが照らす。幾夜も積み重ねた後悔によって刻まれた皺が、その笑顔をしなやかにみせていた。

「ありがとうございました」

遅れて頭を下げた教也も、うまく笑えていただろうか。

「飲みものを用意してありますので、こちらへ」

ふたりしてどうにか立ち上がったあと、こよみ庵へとふたたび招き入れられた。案内された席に、しばらくして雅臣がペットボトルの水を運んでくる。

「お飲みください。時帰りのあと、ふらつく方もけっこういらっしゃるので。この神社の湧き水で防止できます」

言いながら、ふたりの向かいに腰かける。

「本来であれば、時帰りした方々に色々とお話をうかがっているのですが——今回はご事情もあるでしょうし、もしご負担であれば控えさせていただきます」

「いえ、かまいません。話させてください。これから時帰りする方たちのお役に立つかもしれないですし」

理恵が、雅臣の目を見据えて答えた。雅臣がいたましそうに目をすがめる。

「いや、本当に無理はしなくても」

「お話、聞かせていただいたら？」

部屋の隅から、ほんの少し心配そうな声が響く。見れば汀子が、ひどく疲れた様子で腰かけていた。

「時帰りの神楽を舞うと、ああなるんです。見ないふりでもしてやってください」

「お、に、い、ちゃ、ん。話を逸らさないで」

言葉はきついが、気遣うような表情をしている。

「もしよければ、本当に聞いてやってくれませんか。つらくないと言えば嘘になりますが、時帰りをさせていただいて——心から感謝しているんです」

「わかりました。それではくれぐれもご無理のない範囲で」

水を口にしたあと、教也と理恵は代わるがわる花音と過ごした一日のことを話した。誘惑にかられて事故に注意するよう諭してしまったことも含めて、一瞬の夢のようだったあの時間のことを包み隠さず話して聞かせた。

花音がどんなにかわいかったか。

あの一日がどれだけ美しかったか。

時帰りのおかげで、その後の夫婦がどれほど救われてきたのかも。

耳を傾けるあいだ、雅臣はほとんど口を挟まなかった。手にしていたボールペンも動いていなかったように見えた。ただ瞳だけが、ときおり大きく揺らいでいた。

夫婦の声がようやく途切れて教也が小さく息を吐いたとき、初めて雅臣が尋ねた。

「後悔は一度もしなかったんですか。時帰りなんてするんじゃなかったとちょっとでも思わなかったんですか。だってあなたたちはいわば、お子さんを二度——」

「お兄ちゃんっ」

悲鳴のような汀子の声がさえぎる。

「いえ、大丈夫です」

汀子に向かってうなずいてみせてから、教也はつづけた。

「実際、思いましたよ。もう理屈じゃなくて、ただただ苦しくて、のたうち回るほどの喪失感で——ネガティブな思いに飲みこまれそうになったことだってたくさんありますけど」

「あの子が、花音が、私たちが笑っていることをきっと望んでいるってわかったから」

理恵が、まっすぐに雅臣を見据えて言葉を継いだ。

「そうです。だから、夫婦で決意することができたんです。どんな日も笑って過ごそうって」

事故を防ぐことはできなかったけれど、その後の自分たちを変えることはできているはずだ。

少なくとも、またいつか花音と再会したときに、叱られないくらいには。

「神主さん、お母様のために時帰りをされて、後悔しているとおっしゃってましたよね。かえって苦しませることになってしまったって」

理恵が、まだ水気の残る声で雅臣に問いかけると、相手は身構えるように腕を組んだ。

外の竹林を眺めたまま、雅臣がぽつりとつぶやく。

「ええ。今でもすべきではなかったと——」

「いいえ、後悔なんてしないでください」

迷いのない否定とともに、理恵が首を横にふった。

「子どもといっしょにいられる時間が延びたことを、喜ばない母親なんていません。残されたどんな日にも、きっとお母様は神主さんから喜びだけを受け取っていたはずです」

雅臣が、虚をつかれたように理恵を見つめた。

「そんなわけがない。俺はそばで見ていたんです。母は体がボロボロになっていった。それでも俺は、言えなかった。もうやめてくれと言えずに、最後まで母に苦しい治療を強《し》いつづけた。治療さえやめれば、母はもっと早く楽になれるとわかっていながら」

「お兄ちゃん」

汀子が、まだ青い顔のまま身を起こす。

気がつけば教也も、声をかけていた。

「もちろん、お母様のお体が楽だったとは思いません。それでも、まだ幼い子どもといられる可能性があるとしたら、お母様はきっと同じ道を選んだでしょう。子がもたらすものは、苦しみさえも贈りものなんですよ。僕たちはそう思うようになりました」

雅臣の口元が、わずかに震える。

「それに、お母様もご兄妹に願われているんじゃないでしょうか」

「なにを、ですか」

「あなたがたご兄妹が日々笑っていることをです。おふたりの笑顔を、お母様はきっと心から望まれているはずです」

教也が言い終えるのと同時に、タマが軽やかに膝に飛び乗ってきた。

「にゃあん」

甘えるように教也の腹に頭をこすりつける姿に、雅臣が目を見開いている。

「この子がそんなに懐《なつ》くのは、珍しいですね」

「きっと、この言葉をずっと神主さんに伝えたかったんですよ」

「にゃあん」

今のはきっと肯定の声だ。

観念したように、雅臣がつづける。

「笑うのは苦手ですが――考えてみます」

目をすがめたまま、タマがもう一度「にゃあん」と鳴いた。

⛩

竹林を抜け、バス停へと向かう夫婦が、こちらを振りかえり振りかえりしながら帰っていく。

見送りを終えて、雅臣はほうっと息を吐いた。

笑ってほしいと、母さんは本当に思っているだろうか。

いや、本当はわかっている。後悔して生きろなどと、あの人が思うはずがないと。

ただ、病床の母の痩せ細った体が、苦しそうに笑う姿が、簡単にはまぶたの裏から消えてくれない。

それでも――笑っていれば、いつかはこの想いも薄れていくのだろうか。過去のものにしていいと思えるだろうか。

聖神よ、なぜあなたは、俺から時帰りの記憶を消さずにいるのですか。

最後に一礼して神社へ帰ってゆく雅臣を、まるで夏のようなまぶしい日差しが照らす。

季節が、また変わるのか。

過去にしがみついて、必死に時を止めようとしていた。心を後悔でいっぱいにしていた。占めていたこの想いが消えたとき、そこになにが残るのだろう。

自問しながら、うつむいて歩く。

「お兄ちゃん」

見れば、竹林の向こうで汀子が手を振っていた。

「にゃあん」

タマが励ますように、足もとにまとわりついてくる。

「お抹茶でもいただこう。和菓子があまっちゃってるし。参拝が少ないせいでね」

「わかったよ」

雅臣が無理に口角を上げたのと同時に柔らかな風が境内を吹き抜け、竹林がさらさらと葉をこすらせた。

◆初出　双葉社文芸総合サイト「ＣＯＬＯＲＦＵＬ」
二〇二三年五月一〇日〜二〇二四年六月六日
書籍化にあたり、
「あの日へいってらっしゃいませ　時帰り神社の芳名帳」から改題しました。

双葉文庫

な-53-01

時帰《ときがえ》りの神様《かみさま》

2024年11月16日　第1刷発行
2025年 2 月19日　第4刷発行

【著者】
成田名璃子《なりたなりこ》

【発行者】
箕浦克史
【発行所】
株式会社双葉社
〒162-8540 東京都新宿区東五軒町3番28号
［電話］03-5261-4818(営業部)　03-5261-4831(編集部)
www.futabasha.co.jp(双葉社の書籍・コミックが買えます)
【印刷所】
中央精版印刷株式会社
【製本所】
中央精版印刷株式会社

【フォーマット・デザイン】
日下潤一

ISBN978-4-575-52790-2 C0193
Printed in Japan